あかあかや明恵

梓澤要

新潮社

あかあかや　あかあかあかや　あかあかや　あかあかあかや　あかあかや月

あかあかや明恵◆目次

装画　立原圭子

あかあかや明恵

序

ここ栂尾《とがのお》高山寺を囲む山の稜線から朝陽が少しずつ覗いてくる。霜が周囲の木々の梢《こずえ》にも地上にもきらきらと光り輝く。ご本人のお望みで板戸を開け放すと、鋭い光が一筋、お顔をあかあかと照らした。

明恵《みょうえ》上人さまが亡くなった。寛喜《かんぎ》四年（一二三二）正月十九日の朝。

うっすらと笑みを浮かべたそのお顔は、まるで母に抱かれて眠りに落ちるおさな子のように見えた。御年六十。一昨年の春、食事が喉を通らなくなり、以来、病がちになられたが、日々の習慣を変えようとせず、早朝の勤行《ごんぎょう》から日が暮れて互いの顔が見えなくなるまで、文机の前の円座に端座して弟子たちに講義をなさる。

息が切れて眩暈《めまい》になやまされるようになると、脇息《きょうそく》にもたれて弟子たちが議論する様子を見守っておいでだった。どうか横になってくださいと弟子たちがくり返し懇願しても、頑として首を横にふられる。わたしのことはかまうな。いいから続けよ。気を散らしてはならぬ。言葉になさらずとも師の強い意に皆、頬を打たれたように粛然《しゅくぜん》とした。

看取ったのは明恵さまが同法《どうぼう》とか同行《どうぎょう》と呼んでおられたお弟子が十人ほどと、従者のわたし。それだけだ。自分が死んでも人に知らせるな、おまえたちだけで送り、ふだんどおり生活せよ。

重ねてそうおっしゃったから、二日後われらだけでささやかに葬儀をいとなみ、亡骸を修学《しゅがく》の場であり師の住房でもあった禅堂院《ぜんどういん》の裏山に埋葬した。皆のことがよう見えるここにと、ご本人が指定した場所だ。

　禅堂院の壁に明恵さまの絵姿《えすがた》をかけると、わたしたちはその前にへたり込んでしまった。

　その肖像画は弟子の画僧恵《え》日房成忍《にちぼうじょうにん》さんが一年ほど前に描いた等身大の上半身図で、質素な墨染めの僧衣をまとい、胸の前で念珠を繰っておられるお姿だ。ご本人の肩幅や頭の幅、目、耳、鼻の長さなどすべて実際に寸法を測って描き、瞬きこそしないが、ふだん見慣れているお姿そのもの。講義の合間にふと黙り込み、虚空に視線を投げて想をめぐらしておられる瞬間そのままだ。

　画像の前にご愛用の文机を据えて御持経を置き、香炉と仏具に、硯箱、団扇、法螺貝、水瓶。藁座《わらざ》の横に疲れると寄りかかっておられた脇息、手焙りの火桶も据えた。すべて生前のまま、いまにも隣の居室から出てこられて、さあ始めよう、とお声を掛けられそうだ。

　水瓶の中には師が手ずから裏山の湧き水から汲んでこられた水がまだ残っている。仏前に供え、話し疲れると喉を潤して、うまそうに、ああ、とちいさくつぶやかれるのが常だった。

　わたしはふと思いついて、御寝所から仔犬の木像を運んできて藁座の横に置いた。以前かわいがっていた犬がいなくなってしまい気落ちしておられる上人さまをお慰めするために、運慶《うんけい》の息子の湛慶《たんけい》が彫ってくれたものだ。ちょこんとすわって小首をかしげる姿が愛らしく、いつもいとおしげに背を撫で頭を撫でて、寝るときは枕元に運んでいくほどで、病臥しておられた間も手の届くところに置かせて、ときおり撫でておられた。

　その丸っこい玉眼《ぎょくがん》にもう明恵さまのお姿が映ることはないのだと思うと、生命のないつくりものなのに、なにやら悲しげな表情に見える。いまにもクゥーンと甘え声を出しそうに。

わたしはいままでどおりお仕えすることにした。明け方と昼の日に二度の食事をお出しし、夕刻には灯火を点す。薬湯を煎じ、盥《たらい》に顔とからだを清める湯を満たし、頭を剃る剃刀《かみそり》も忘れず研《と》いでおく。長年の習慣どおりにこまごま動いているときだけは、胸にぽっかり穴が空いてしまったのを忘れていられる。イサ、ご苦労。ありがとうよ。お声が聞こえる。それで落ち着けるのだ。

五日後、ふたりの寺僧が姿を消した。ともに三十代半ば、師を慕う気持は人一倍で、行《ぎょう》にも勉学にも熱心、従順な者たちだ。書置きは一切なかったから行方を捜す手立てがなく、

「ここにいても先の望みはないと見切りをつけて出ていったのさ」

などと言いだす者がいて、皆、疑心暗鬼の顔を見合わせ、重い沈黙が支配した。

早くも皆の心がばらばらになりかかっている。わたしは初めてひどく恐ろしくなった。

そのとき、いちばん古株の義林房喜海《ぎりんぼうきかい》さんが、わたしに向かって喉の奥から軋《きし》んだ声を絞り出した。

「のうイサさん、このなかでいちばん長く師のお側にいたのは、わたしより誰よりおまえさんだ。昼も夜も身近にいて、お言葉を聞き、われらの知らぬお姿も見てきたろう。話しておくれ。なんでもいいから、話しておくれ」

ふだんはだれより冷静沈着、おだやかで声を荒らげたことなど一度もない喜海さんの声は震えていて、まるで哀願するようだ。

「いえ、わたしは、そんな」

話せることなどありゃせんのに。とまどってほかの方々を見まわせば、どの顔もまるですがりつくような目でわたしを見つめている。

第一章　耳無し法師

一

明恵さまにお仕えして三十七年。一日も離れず身のまわりのお世話をしてきた。出家もせず従者のまま、ただお側にいた。それだけのことで、はずかしいかぎりだが、しかし、まさかこれほど長くお仕えすることになろうとは思ってもみなかった。

最初にお会いしたのは、わたしが八歳のとき。樵《きこり》で猟師の父が熊に襲われてずたずたに切り裂かれて死に、幼い子を四人も抱えてせっぱつまった母が、当時師が住んでおられた紀州の白上峰《しらかみ》の崖上の庵の前に捨てたのだ。

わたしは生来身体が大きく、里の人家に忍び込んで食いものを盗むわ、鶏をくすねるわ、畑の芋を掘り盗るわ、手がつけられぬ暴れ者で、母としては、いずれ人を殺《あや》めるか、捕らえられて死罪になるか、家族まで巻き込む極悪人になるのではないかと恐れ、せめて明恵さまのもとなら、前世の悪業《あくごう》を消してもらえるのではないかと、すがりついたのではなかろうか。

「ええかイサ、おまえは親も身内もない、みなしごなのじゃぞ。ここでしか生きていけぬ身ぞ。

ええな。よっく心得えて、ここから一歩も動かずおるんやで」

　背中に赤子をくくりつけた母が見たことのない怖い顔で言いきかせたのを、いまでもはっきり憶えている。真冬の凍てつく夕刻だった。すでに闇が垂れ込め、崖下を海鳥がいつになくけたたましく鳴き騒いで飛び交っていなければ、そのまま朝まで誰にも気づかれず、凍え死んでいたかもしれぬ。いや、母にすれば、それならそれで憐れんで経の一つも読んで埋めてくれるだろうと見切ったか。

　でもわたしは、母が去ったらすぐ逃げ出す気でいた。坊主の庵なんざまっぴらごめん。おやじに仕込まれた罠で兎や雉を仕留めて里で売れば、ひとりでも生きていける。こんな貧しい土地からさっさとおさらばして、いっそ山賊の仲間になって面白おかしく生きてやるか。そうほくそ笑んでいたのに、あろうことか、母が去るやいなや庵から老爺《ろうや》が飛び出してきて、逃げる間もなく捕まってしまったのだ。

　あとで聞けば、上人さまが、

「小鬼が来た。早う捕まえぬと消えてしまう」

そうおっしゃったそうで、どういう能力か、わたしが仕えるようになってからも、そういうことがしばしばあった。

　ぼろ布子《ぬのこ》の襟首を引っつかまれて連れていかれた狭苦しい部屋に、華奢《きゃしゃ》なからだつきの若い坊さんがいた。おすわり、と目顔でうながされ、老爺はその人の前にわたしを据え置くと、しきりににやつきながら引戸をぴしゃりと閉め、外からつっかい棒までして出ていった。

「残念であったな。しかたないから、しばらくここに居ってはどうだ？」

　頬にやわらかい笑みを浮かべて言われたから、わたしはその顔を睨みつけてこたえた。

「やなこった。坊主になんぞさせられてたまるか。へっ、絶対にいやじゃ」

「そうか。それならそれでもいい。無理強いはせぬ。だがな、考えてもみよ。この時期、兎も雉もなかなか獲《と》れまい。おまえはたちまち飢え死にするか凍え死にだ。ここにおれば、粗末だが飯が食え、寝床もある。なにより、殺生《せっしょう》せずにすむ。悪業を積まずにすむ。悪い話ではあるまい？」

「いんや。うまい話にゃかならず裏がある。どうせ人買いに売り飛ばす魂胆じゃろうが」

口をひん曲げて鼻でせせら笑ってやった。かようにひねくれた餓鬼だったのだ。源平の戦乱が広がり、働き手を失った荘園や塩田めあてに人買いが横行している。捕まったら最後、死ぬまで鞭打たれて奴隷働きだ。

「そんなことはせぬ。そのかわり仕事をしてもらう。おまえは働いて飯と寝床をもらう。しごくまっとうな取引であろう？」

水汲みと粗朶《そだ》集め、それに師の身のまわりの世話。それがわたしに課せられた仕事で、苦でもなんでもなかったが、老爺はふもとの村から食糧を担ぎあげるのが難儀で、ここぞとばかりわたしに押しつけた。なにしろ熊笹が生い茂る獣道を這うようによじ登らねばならないのだ。

わたしが来てからふた月ほどで、老爺は去った。八十近い老体には山暮らしの厳しさ、ことに寒風吹きすさぶ冬の過酷さにとうに耐えられなくなっていたのだ。それなのによほど上人から離れるのがつらいとみえて、こんな性悪の小鬼なんぞに後を頼まねばならぬのが悔しいと嚙みつかんばかりに、わたしにつっかかり、わが身が情けないとぼろぼろ泣きながら去っていった。

それからは明恵さまとわたし、ふたりきりの暮らしになった。

若い衆は白上峰の庵のことはご存じなかろう。あれから幾度となく有田の地で庵居をかまえて転々としたし、京の北西奥の神護寺《じんごじ》、高山寺に居住し、京北の賀茂川近くの別所や南都の東大寺にもいたことがあるが、わたしにとってはやはり、師と出会ったあの白上峰の庵がいちばんなつかしく、思い出深い場所だ。

有田郡湯浅庄《ゆあさのしょう》の栖原《すはら》村。里の裏山の白上山。その峰の頂上近くに、巨岩が左右に並んでそそり立っている。その上のわずかな窪みに引っ掛けるようにして建てられた、西向きの粗末な小屋。庵というのもはばかられる二間きりの陋屋《ろうおく》だった。

前方の崖から木々の梢ごしに西の海が望め、はるかに淡路島が霞んで見える。海は湾だからか波がおだやかで、夕景がことのほか美しい。師がここを選んだのはひとえにその眺望のためだったのだろう。

庵のそばには小さな湧き水が流れ落ちており、ちょろちょろ程度で煮炊きにやっと足りるほどだが、師は毎朝まだ暗いうちにその清水を汲んで仏前に供え、口を漱《すす》いで身を清めてから行を始めるのが日課だった。

北側は鼓谷《つづみだに》と呼ばれている深い谷で、谷風が轟々《ごうごう》と響いてくる。谷底から吹きあげる風は峰上まで達し、そのまま空高く昇っていく。上空の風とぶつかりあって渦を巻き、ひゅるひゅると不気味な音を響かせる。

真っ暗な夜の虚空に響く風音は狼の遠吠えに似て、わたしは恐ろしさに身をすくませたが、師はかえってその音を聞くと喜ばれた。

「われらと狼、ともに化生《けしょう》のともがらだ。心を通じ、呼び交わして親しもうぞ」

師はその幻の孤狼をご自身になぞらえておられたのではないか。後年になってそう思った。

小屋の西側の濡れ縁のすぐそばに一本の老松がそそり立っており、その根元に縄で編んだ床几《しょうぎ》を据え、師はよくそこに坐して座禅をなさった。何刻も、身じろぎひとつせず坐りつづけるのだ。その姿はまるで松の根の一部にでもなったかのようで、うしろ姿をそっと窺い見ては、ちゃんと息をしているか、不安になったものだ。

小屋の西南、二段ほど下ったところに、これまた強風に吹きちぎられそうな一間きりの小屋があり、そこにはときおり、親族の帰依者や教えを請いに登ってくる若い僧たちが寝泊まりする。

師は彼らのことをけっして弟子とは言わなかった。同行、または同法。ともに修行し、研鑽する仲間と考えておられたのだ。その考えは師も彼らも歳をとっても、ずっと変わらなかった。

とはいえ、その頃は師自身まだ二十三歳の若者で、剃り上げた頭も青々と匂いたつ清々しい美僧だった。

二

あの夜のことは忘れない。つい昨日のことのように鮮明に覚えている。わたしが住み着いてから半年後の夏。

ねっとりと湿った重い風ががたがた板戸を揺らす蒸し暑い夜だった。

物置の隅でぐっすり寝入っていたわたしは、異様な物音で目を覚ました。空気が激しく揺れ動く気配といったほうがいいか。

仏間のほうからだ。転がるように駆け込んで板戸を引き開けると、目の前に明恵さまがご本尊の掛軸の前に伏し拝むように上半身を折って蹲《うずくま》っていた。

その右の側頭部が赤黒い血で染まっていた。かたわらに血のついた剃刀が転がっており、あたりは鮮血が飛び散って、灯明に照らされた本尊の掛軸の下のほうやその前の経机に置かれた仏具や聖教《しょうぎょう》の写本にまで、点々と血しぶきが飛んでいる。

「御坊っ」

がくがくする膝で這い寄って抱き起こすと、明恵さまは顔を挙げ、苦しげに呻いた。

「大丈夫だ。案ぜずともよい」

上人さまの膝の横に血まみれの肉片が転がっていた。

目を疑った。耳だ。右の耳。自分で耳を切り落としたのだ。

血はまだ流れ出ていて、頬から顎へ、そこから首筋へ、下着の麻の帷子《かたびら》の襟元まで真っ赤に染めている。

「手で押さえとってっ。きつう押さえとってっ」

震える声で叫びたてると、わたしは外へと走った。

小屋の北の崖の途中に弟切草《おとぎりそう》の群生があるのを見て知っていた。以前おやじから、その草の葉と茎は止血と傷の化膿止めにめっぽう効く薬草と教えられた。

乏しい月明かりを頼りにずるずる滑りながら降りていき、手あたり次第むしり取った。

両腕に抱えられるだけ摘み取ると、這うようにして小屋へもどり、口いっぱい頬張って噛み砕いた。

唾液でくたくたになると吐き出し、また次のを口に押し込んで噛み砕く。その間も両手を水で濡らして葉を揉みしだいた。あとで考えればすり鉢で擂《す》って滑らかにすればもっとよかったのだが、そんな暇も思いつく余裕もなかった。

それを布に広げて傷口に押し当てようと見渡したが、使えそうな布きれがない。

「勘弁してや」

師の墨染めの衣の片袖を引きちぎり、細く裂いた。それにも血が沁みていたが、やむを得ぬ。くたくたになった弟切草を厚く塗りつけると、傷口にきつく押しつけ、残った端切れで頭全体をぐるぐる巻きにして端をしっかり結わえた。

「これでようなるで。きっと、ようなる。おやじが言うとったで、間違いないで」

また口の中いっぱいに草を押し込んで嚙みしだきながら、もごもごとくり返した。

師はちいさくうなずいたが、激痛にうめき、歯をきつく食いしばっておられる。

端切れがずれないように両手で患部を布ごとしっかり押さえた。ぼろぼろと涙を流しながら、ずっとそうしていた。

師は気が遠くなりかけているのか、目を閉じ、激しかった息遣いも次第におさまった。

わたしはいつの間にか眠ってしまったらしい。

ふと気づくと、板壁の隙間から朝陽がさし込んでいて、師の手がわたしの頭を撫でていた。

見まわすと、あたりの床は師がすでにきれいに拭き清めてあった。

「おまえのおかげで楽になり、少し眠ったようだ。夢を見た」

どんな夢か。ひとりの梵僧《ぼんそう》が、我は過去、現在、未来の三世の仏がまだ仏ではなく菩薩として修行し、頭も目も耳も手足も仏法のために惜しまぬ行為をした旨を記録する者である、おまえのこともしかと記す。そう言い、筆をとって一冊の大きな書物に書き込んで消えた。

それがなにを意味するのか、わたしには皆目わからなかったし、それより里に下りて手当を受けてくれと懇願したが、明恵さまはかぶりをふり、いつもどおり勤行の支度を始めたではないか。

顔は赤く火照り、両目が熱っぽくうるんでいる。熱が出ているのだ。ときおり顔をゆがめ、からだを動かすのもつらそうだ。

ならば、自分が里へ下りて、誰か連れてくる。薬と食べ物ももらってくる。それまで寝ておって。何度もそう頼んだのに、師はそれにもかぶりをふった。よいのだイサ、それより水を汲んできておくれ。からだを清めたい。

強く命じられ、わたしはしぶしぶ手桶を持って外へ出た。

水を汲みながら、懐にあるものに気づいた。血で染まった耳だった。昨夜、落ちていたのを拾い、法衣の袖の端切れでくるんだまま、すっかり忘れていた。

渓流の側の岩場から少し離れたところに布ごと埋め、目印に漬物石ほどの丸石を置いた。耳塚のつもりだった。

ついでに崖の弟切草を摘んでもどった。湿布を新しいのにとりかえてやらないといけない。すでに熱で蒸されて異臭を放っている。こんな蒸し暑い時期、傷が化膿したらどうなるか。考えるだけで恐ろしかった。

竈《かまど》に火をおこして湯を沸かし、わずかばかり残っていた麦と屑米で粥をこしらえて、からだを拭いて少しさっぱりした師に出した。食欲はなさそうだったが、一椀だけでも喰ってくれろと泣きそうな顔で言いつのるわたしに苦笑しながら、啜ってくれた。

師は食事もそこそこ、仏眼仏母《ぶつげんぶつも》尊《そん》の掛軸の前で読経をはじめた。よほど痛いとみえて無理に声を絞り出し、ときおり声を詰まらせてうめいたが、けっして途中でやめようとはしなかった。

その背後の濡れ縁で、わたしはひたすら弟切草の葉茎を手で揉み、薬研《やげん》代わりの平たい石と石で擂りつぶした。九歳かそこらの餓鬼にはそれしか思いつけなかった。わたしの両掌や指、爪の間までどす黒い緑色に染まり、青臭い匂いが沁みついて、長いこと消えなかった。

片袖が下着の白帷子むき出しの珍妙な恰好なのに、一心に勤行するうしろ姿は餓鬼の眼にも神々しく映った。あとから考えれば、そのときが、わたしが明恵さまとかたく結びつけられた瞬間であった気がする。

——なにがあっても、おらがついていてさしあげなくては。このお方を守らねば。

義務感とか使命感とか、そんなごたいそうなことではない。ただ本心からそう思った。


そんなときにかぎって、里から誰も登ってこなかった。やっぱり自分が助けを求めにいかなくては。食糧も尽きかけている。五日たち、七日が過ぎて、いよいよ焦ったわたしが機を窺っていると、ようやく里の者が食糧を担いで登ってきた。

「御坊っ。なんだって、こげな恐ろしいことを」

腰を抜かさんばかりに驚き、

「このくされ餓鬼めが、なぜ早う報せなんだ。もしも御坊の身に万が一のことがあったら、ぶち殺してくれたところぞ。出ていけっ。とっとと出ていきやがれ」

小突きまわされて追い出されそうになったが、明恵さまが、この者が助けてくれたのだと庇ってくださったから、たたき出されずにすんだ。

口さがない里人たちは、明恵房さまは美男だから、女人に言い寄られて、それを避けるためにわざと身を損ねたのだと噂した。たしかに、後年多くの女人に慕われ、戦で夫や身内を失った女人たちを救けられた明恵さまだが、その頃はまだ女人の姿は身近に一人もなく、接触もなかった。そのことはずっと一緒にいたわたしがよく知っている。

三

月に一度か二度、師の亡き母御《ははご》の実家である湯浅の郎党が米や麦、豆や野菜を担いできてくれるが、師はなるべく受けたくないとみえて、庵の暮らしはたえず飢えと紙一重の貧しさだった。

湯浅党といえば、紀州有田郡の名だたる豪族で、師の母御は湯浅党を率いる湯浅宗重《むねしげ》の息女。宗重はかつて平治の乱の折、熊野詣に出ていた平清盛の留守を狙って源義朝《みなもとのよしとも》と藤原信頼《ふじわらののぶより》が挙兵して京を制圧した際、兵三十七騎を引き連れて窮地の清盛のもとに駆けつけ、無事に都へ帰還させたという。

師の父御である平重国《たいらのしげくに》は有田郡石垣庄《いしがきのしょう》の武士で、上京して高倉上皇の御所を守る武者所《むさどころ》に属していた。どちらの家も裕福な名門武家領主で、山賤《やまがつ》の餓鬼にとっては憧れの存在だった。

わたしは武士になりたかったのだ。きらびやかな甲冑をまとい、白刃をひらめかせて馬で疾走する武者の群れをしばしば目にした。源氏か平氏か、騎馬軍団が追いつ追われつもみ合う光景に出くわすこともあった。村人たちは戸を固く閉ざし、巻き添えにならぬよう隠れるのが常だったが、わたしは裏山に駆けあがり、胸を躍らせて見物した。

勝者と敗者、生と死、血と汗、きらめく刃、大気を震わす矢鳴り、後ろ脚で立ち上がる馬の激しい息と嘶《いなな》き。すべてがいきいきと輝いていた。

最初いやいやながら庵にいることにしたのは、そこにおれば、湯浅か平の者の目に留まって武士にさせてもらえるやもしれぬと考えたからだ。いま思えば、実にあさましい幼稚な野心だ。

明恵さまはむろん、そんなことはとうにお見通しだった。

「イサよ。武士だとて読み書きが必要なのだよ。真っ先に矢面《やおもて》に立たされて死ぬ雑兵ではなく、ひとかどの武士になりたいのであろう？」

言葉巧みにそそのかしてくれたのは、まさに仏の方便というやつだ。

かくしてわたしは読み書きを仕込まれることになった。師がときおり訪れてくるお弟子たちに講義をなさる背後に小さな文机を据え置かれ、手習いをさせられるのは苦痛以外のなにものでもなかったが、朝から夕刻まで、小休止もせず論じつづける師の背がわたしを見張っていて、逃げ出すことはできなかった。

イサよ、どこまで書けた？　読んでみい。師にいわれ、たどたどしく読みあげると、にっこり笑って、なかなかよい、と褒めてくださる。お弟子たちもそのときだけは緊張から解き放たれ、肩をもみながら笑顔を見せる。思えばなごやかな時間であった。

師がひとりで経典や論書を書写しておられるときも、わたしはその横にちんまり正座して痛む脚をもみながら墨を磨り、反故《ほご》紙が真っ黒になるまで書かされた。数字から始まり、ひらがな、カタカナ、それに簡単な漢字。佛、人、父、母、子、男、女、地、水、火、風、空、生、老、病、死、見る、聞く、食べる、寝る。

どうだねイサ、文字というのは面白いであろう。字が読めれば、会ったこともない人と知り合える。昔の人の考えも知れる。人ばかりではない。仏菩薩《ぶつぼさつ》ともつながれるのだ。すごいと思わぬか？　そう言われても少しも嬉しかねえし、だいいち、仏菩薩など信じちゃいなかった。山の鳥や獣たちや馬や牛が何を考えているか、それでわかるというならまだしも、文字なんざなんの役にもたちゃしねえ。腹の中でそう馬鹿にしていた。

それでも、里に降りて市人《いちびと》の荷に、「一束十文」とか「いかけ」「つくろい」とか書いてあるのがわかったときには妙に誇らしく、目の前が急に明るくなった気がした。読めない字に出会うと、見様見真似で写し取って帰り、教えていただいた。

しばしば里に降りられたのに、なぜ逃げ出さなかったのか？　はて、なんでであろう。食糧を持って帰らぬと、師が飢えてしまう。痩せこけて骨が突き出たうなじを思いだし、舌打ちしながら山へ帰るのが常だった。

なぜ、垢まみれ虱《しらみ》まみれの汚らしい餓鬼のくせに減らず口ばかり達者なわたしを側に置き、教育までしてくださったのか。いまでも不思議に思う。

一つ思いあたるのは、庵に来て三、四日後だったか、老爺に命じられて仏間の床を拭き掃除していたとき、師におまえいくつだと聞かれた。わたしが両手の指を八本折ってみせると、師は胸を衝かれた顔になり、まじまじとわたしを見つめて深々と嘆息なさった。

わたしは人並外れて図体が大きかったから、もっと上だと思っておられたか。そうか八つか、そうか……。独り言のようにつぶやくと、不意にはらはらと涙をこぼされた。

わたしは追い出されるのではないかと身を硬くしたが、師は坐るように命じ、こう言われた。

「私がふた親を亡くしたのも八歳のときだ。おまえが現れたのは御仏の導きやもしれぬ。託されたのやもしれぬ」

師が八歳の年の正月に母御が病で亡くなり、さらにその年の秋、父御が挙兵した源頼朝討伐のため平氏軍として出征。関東の地で討ち死にしてしまわれた。一年の間にふた親に死に別れて孤児になったのだった。師の下にまだ乳飲み子の妹御がひとり。幼い兄妹を哀れんだ母方の伯母御の嫁ぎ先に引き取られ、そこでしばらく育てられ、翌年、九歳のとき、神護寺の僧だった叔父御に連れられて、初めて神護寺に登ったのだという。

それからときおり、ご自分の幼少期のことを話されるようになった。

父御が洛西嵯峨野の法輪寺《ほうりんじ》で嫡男を授けたまえと祈願すると、夢にひとりの童子が現れて汝の願いをかなえてやろうと言い、針で耳を刺されたところで目が覚めた。母御のほうは六角堂の観音に参籠して、『法華経《ほけきょう》』の普門品《ふもんぼん》を唱えながら堂の周囲をめぐること一万遍、金柑《きんかん》をいただいて懐《ふところ》に入れた夢を見て、懐妊。両親ともども仏の加護で授かった子と、薬師丸《やくしまる》と名づけて大事に育てたと、よく聞かされたそうだ。

はたしてそのせいか。ものごころつくかつかぬかの頃から、なぜか仏の世界に心惹かれたという。まだ二歳のとき、乳母に抱かれて清水寺に詣でた際、薄暗い堂内に僧たちや俗人たちが密集しており、くぐもった読経の声や、仏の前に額《ぬか》ずいて伏し拝む者たちのおごそかな様子に、よくはわからぬながらも、心に染み入るものを感じ、貴い思いに満たされたという。

乳母は参拝もそこそこ、寺の裏手の地主神社の前でやっていた猿楽を見物しに連れていかれたが、師はまるで面白いと思えず、さっきのお堂へもう一度行きたいと激しく泣いた。それが御仏の世界を貴く美しいと思った最初だったと、そのときのことはいまもまざまざと憶えていると、なつかしげにおっしゃった。

だが、ひねくれ者のわたしは内心疑った。数え二歳の赤子の記憶なんぞほんとうにあるものか。自分の最初の記憶は四歳のとき、初めて熊を見た時だ。小便をちびりそうになるほど怖かった。しかし、次第に明恵というお方が常人離れした記憶力の持ち主で、何十年も前のささいな出来事すら、その場の情景はもとより、人の言葉、風の音や空の色、匂いや味までも憶えていられる特殊なお方なのだと知るようになった。

こうもおっしゃった。四歳のとき、父御がたわむれに師の頭に烏帽子《えぼし》を乗せて、わが子ながらなんと見目麗《みめうるわ》しい、さぞ見よき武者になろう、われとおなじく御所に上がらせん、とおっしゃったので、子供心にひどく恐怖した。自分は法師になろうと思っているのに、見目よきがために武者にされるくらいなら、いっそ不具になって法師に――。そう思いつめ、縁側からわざと身を投げた。ところがすんでのところで家人に見つけられて抱き取られてしまい、誤って落ちたと思われてさんざん心配された。

そこで次は、顔を焼いて傷をつけようと思いたち、竈に火箸を突っ込んで真っ赤になるまで焼いた。その熱気のすさまじさに恐ろしくなったが、ここで怖気づいてなるものかと意を決し、試しに左の臂《ひじ》より下二寸ほどのところに引き当てた。その熱さ、気が遠くなるほどの激痛に心ならずも大泣きしてしまい、ついに顔には当てられなかった。

「これが仏法のためにわが身をやつさんと思った初めだ」

そう言いながら、墨染めの僧衣の左袖を手ぐり上げて見せてくださったが、なるほど、臂の内側に、二寸ほどか、肉が盛り上がってひきつれた傷跡が斜めに走っていた。色白のやわらかい幼児の肌に刻印されたその傷跡は、一生消えることはないのであろう。

そのとき、わたしが思ったのは、死んだおやじがよく、猪の牙にえぐられた二の腕や肩の傷跡を得意げに見せびらかしたことだった。ええかイサ、猟師は獣傷が身の飾りや。勇敢さの証しなんやぞ。そう自慢した。それとおなじなのだろうと思った。

そんななま易しいものではないのだと思い知ったのは、それから半年ほどして、あの恐ろしい出来事、耳切りの一件があったからだ。

明恵さまがここへ移り住むことになったのは、その前年の秋。

その二年前、高雄の神護寺にいた明恵さまに朝廷から直々のお召しがあった。

――衰退してしまっている華厳宗《けごんしゅう》を再興すべし。

華厳経の教えは、日本には奈良朝に伝来した。聖武《しょうむ》天皇が深く帰依して東大寺を建立し、毘盧《びる》遮那《しゃな》大仏《だいぶつ》を造顕。その普遍の光に照らされ、この国の人々が心豊かに平穏に暮らせるための教え、いわば国家鎮護の根底とし、東大寺を全国諸国の国分寺の総本山に据えて華厳宗となった。

しかし、悟りを開いた釈尊がいちばん最初に説いた教えで、高邁《こうまい》で抽象的すぎて理解がむずかしいため、その後伝来して朝廷や貴族たちが望む現世利益の成就を追求する天台宗や真言宗の密教に押され、さらに近年、称名念仏の浄土教が盛んになり、ますます形骸化してしまっている。

このまま華厳の教えが絶えてしまっては、奈良朝以来のわが国正統の仏法の衰微につながる。危機感を募らせた東大寺が朝廷に要請して華厳思想に精通している学僧を求め、二十一歳の明恵さまに白羽の矢が立った。その若さですでに明恵房成弁《みょうえぼうじょうべん》の名は知れ渡っていたのだ。

東大寺に出向して、諸僧に経典を講義し、論議して学ばせよ。朝廷からの強い命令だ。それに明恵さま自身、華厳教学の諸本を数多く所蔵している東大寺でさらに研学したいとの熱望があったから、それから足掛け二年の間、高雄と南都を往復して、学び学ばせ、若僧たちとともに聖教の書写に励んだ。喜海さんもそのなかの一人だ。

しかし、師はやがて、東大寺内の学僧たちの派閥争いに心底うんざりし、もう二度と行くものかとすっぱり辞して高雄へ帰ってしまった。

だが、なまぐさい争い事は神護寺でも似たようなものだった。

いまでこそ、いつもおだやかな笑みをたたえ、声を荒らげることなどない師だが、若い頃は気性が激しく、仏道への一途な思いに燃えておられた。組織のなかでふりまわされ、利用され、裏切られたりするのは耐えられない。自分ひとりでひたすら修行し、学ぶ。それしか考えられない。隠遁したい。

そう思いつめ、自房で本尊としている仏眼仏母尊の画像と、ありったけの聖教の巻子本《かんすぼん》を笈《おい》に詰めて担ぎ、たった一人で高雄の山を下りてしまった。

そのとき詠んだ歌が、「山寺は法師臭《くさ》くて居たからず　心清くばくそふくにても」。

こんな俗臭ふんぷんの僧どもと一緒にいるくらいなら、心清くして便所掃除をするほうがずっとましだ、というのだからすさまじい。

客気《かっき》に近い激しさ。いや、武士の血筋のなせる業か。ぎりぎりと限界まで引き絞った弓矢を一気に放つ、裂帛《れっぱく》の気迫がこのお方の本性なのだと、その後もそういうことが何度もあったから、いまになればよくよくうなずける。

単身出奔して故郷にもどり、住みついたのがこの白上の峰、粗末な庵というわけだ。

四

明恵さまが耳を切り落としてから、喜海さんたちがやってきたのはひと月もたってからだった。

彼らは師の異様な姿に衝撃を受け、どうしてそんなことをしたのかと口々に詰め寄った。

だが、明恵さまは、

「おまえさんたちは、釈迦如来の入滅《にゅうめつ》間際の御《ご》遺誡《ゆいかい》のことを覚えているかね？」

ただ、そうこたえただけだった。

「お釈迦さまの最期の御諭《おさと》しですか……?」

皆、真面目に学んでいる人たちだが、釈然としないふうで顔を見合わせるばかりだった。

「それを守るためにはこうするしかない。そう考えてのことだ」

それ以上は頑として口を開こうとしなかった。言っても理解されないと思ってのことか。ご本人にもまだなまなましすぎて口にするのがためらわれたか。

十年以上も後になってから、あらためて喜海さんらに訊かれたとき、初めて詳しく語られた。

釈迦如来の御遺誡とはこういうことだ。

俗世を出て仏道に生きんとする者は、その志を心に刻むために、身の一番上にある頭から真っ先に髪を落とし、飾りを捨てよ。青黄赤白黒の五つの正色以外の壊色《えじき》の袈裟を身に着け、世俗の華美装飾を排して、煩悩を捨てよ。

もしも慢心や驕りの心が起きたら、そのことを改めて思い起こすべし。仏道のために姿を変えるのであれば、眼も鼻も耳もつぶして落とし、手足も切り取ってしまうべきだが、凡夫にはとうていできることではないから、せめて虚飾を取り去れ。

「なのに、現実はどうか。僧たちはこぞってきらびやかな袈裟を自慢し、寺領を肥《こや》し、他より目立たん、立派に見せんと競い合っているではないか。俗世間の権力に近づき、庇護を受けて栄達を願う。なんという愚かさか。釈尊の最後の教えに反している。そう思うと、私はどうしても辛抱できず、わが姿を変えて俗世間から離れ、釈尊の足跡につづかねばと決心したのだ」

「しかし、それにしても、耳を落とされるとは」

「眼をつぶしてしまえば、経を見ることができぬ。鼻を削げば、鼻水が垂れて経を汚す。手を切り落とせば、印を結ぶのに不自由だ。しかし耳は、切り落としても音が聴こえなくなるわけではない。眼《げん》・耳《に》・鼻《び》・舌《ぜつ》・身《しん》の五根《ごこん》の一つを欠くことになるが、それがどれほどのことか」

「まさか、それで片輪になろうと？」

　皆、顔を見合わせ、信じられぬという面持ちでかぶりをふった。

「いくら自分に戒《いまし》めておっても、いつしか慢心が生じる。人におだてられ持ち上げられて、果ては誑《たぶら》かされる。私は心弱い男だから、うっかり出世してしまうことになろう。私にとってそれほど不本意な、忌むべきことはない」

「尊敬されて、重く用いられるのがいやだとおっしゃるので？」

「ああ、世間にも僧の世界にも相手にされず、自分もしゃしゃり出るような気持をおこさずにすむようになるためだ」

「われらのような、お慕いする者たちを導くのもお嫌だと？」

　皆の口調は険しくなっていったが、師の哀しげなお顔と、仏道への真摯さ、人に理解されずともなしとげんとする激しさに気圧《けお》され、次第に黙り込んでしまった。いや、十数年の歳月を共にしてきた彼らには、師の言葉が嘘偽《うそいつわ》りのない本心と理解できたのだ。

　それにしても、「見込まれて出世してしまうのは困る」とは、なんという奇妙な発想か。

　いま考えても首をかしげたくなる。いや、あのときは想像もできなかったが、いまではははっきりわかる。俗世を捨てたはずの坊主も俗人と少しも変わらぬ。認められ、他人を押しのけてでも出世したがる。我欲と権勢欲、五欲の塊のような連中ばかりだ。最初は志高い清廉高潔な人も、誘惑に負け、汚濁《おじょく》にまみれる。能力がある者ほど無残に堕ちる。師はそれが耐えがたかったのだ。

　耳切りの理由を語ろうとしない明恵さまの前でまだ茫然としている同法たちに、師はいつになく高揚した面持ちで語った。

「耳を切った次の日、釈迦如来の御像の前で、痛みをこらえて『華厳経』十地品《じゅうじぼん》を読んだ。如来が他化自在天王宮《たけじざいてんおうぐう》の摩尼宝蔵殿《まにほうぞうでん》の上におられて、無量不可思議《むりょうふかしぎ》の大菩薩方とともに説法なさる場面だ。私はそれがなんとも崇高にありがたく思われ、羨ましく思いながら読み進めていると、次第に自分も菩薩衆に混じって座に連なり、一緒に聴いている心地になった」

溢れる涙を拭き拭き、耳の痛さをこらえて大声をあげて読み進めると、その情景がありありと目に浮かび、釈迦如来の慈顔を拝する心地がした。

歓喜し、なおも声を上げて読みつづけると、不意に目の上が光り輝いた。目を挙げて見ると、虚空に文殊師利《もんじゅしり》菩薩が浮かんでいた。そのお姿は全身金色《こんじき》にして、金獅子に乗り、身の丈三尺ほど。光り輝くことまばゆいばかり。茫然としているうちに消えてしまった。

ふだんはおとなしくもの静かな明恵さまが興奮を抑えきれぬふうにしゃべりつづけた。

だが、わたしは首をかしげずにいられなかった。

高熱のせいで幻覚を見たのだろう。そう思った。

だが、いまになれば、師自身、耳を切ったのを後悔する部分があったのかもしれぬと思ったりする。真摯な求道心からの行為ではあったが、しかし、自分の独りよがりではなかったか。無益な、愚かな行為。そんな心の迷いがどこかにあったのではないか。そのせいでそんな幻覚を見た。それによってようやく御仏に肯定してもらえたと思え、迷いから脱することができた。そういうことではなかったか。

そのときの血しぶきを浴びた仏眼仏母尊の掛軸は、いまもこの高山寺の仏間にある。血の跡は四十年近い歳月に色褪せ、薄茶色になっているが、それでもはっきり見てとれる。

明恵さまはなにゆえ汚れたこれを手放そうとせず、日々ずっと拝してきたのか。あらためて訊《き》いたことはないからわからないが、そうではないかと思い当たることはある。

白蓮華の上に定印《じょういん》を結んで坐し、ほっそりした白い肉身に白衣。ほのかに薄紅色の細面で優しげなお顔。見るからに清楚な、美しいお姿だ。わたしがよくうっとりと見惚れていると、明恵さまが、仏眼仏母尊とは一切の諸仏を生み出す慈母であり、世の中の真実を見通す如来の眼力を象徴する密教の御仏なのだと教えてくださった。神護寺での修行時代にこの仏画を見つけ、文覚《もんがく》上人さまに懇願して与えられたのだとも聞いた。

耳切りの一件からどれくらいたった頃だったたか、わたしがいつものとおり仏間の掃除をしていたとき、この仏画にそれまでなかった文字が書き込まれているのに気づいた。

御像の右側と左側。ちいさい走り書きのような筆跡だ。

鼻がつくほど近づき、目を凝らして見た。左側は漢字ばかりでお手上げだが、右側は、カタカナと簡単な漢字だけだから、なんとか読めた。


モロトモニアハレトヲボセワ佛ヨ　キミヨリホカニシル人モナシ

一文字ずつ、つっかえつっかえ、何度も口に出して読んだ。

その下に、漢字が九文字。「耳」と「母」だけ読めた。

あとで、恐る恐る、これはなんと読むのかと尋ねると、

「無耳法師《みみなしほうし》之《の》母御前《ははごぜ》也《なり》」

少しばかり羞かしげなお顔で教えてくれた。

耳塚のことは、師にも他の誰にもなにも言わなかったし、師からもどうしたとは訊かれなかっ

た。やがて雑草が繁ってどこだかわからなくなってしまった。

五

わたしがいちばんつらいのはひもじいことだった。

師は座禅や書きものに熱中すると時間を忘れてしまう。わたしが芋と雑穀にそこらへんに生えている草を放り込んで雑炊をこしらえて、飯ができたと告げても、見向きもなさらぬ。いいからおまえは先に食べよ、と言ってくださるから、これさいわいと自分だけさっさと掻き込んだ。

育ち盛りでたえず腹を空かせていたから、師の分まで食べつくしそうになるのがしょっちゅうだった。師はお勤めをきちんとすませてからやっと食事にするのだが、鍋底にへばりついている硬くなった残飯を見て苦笑しつつ、水を注いでこそげ落として流し込む。粗朶の節約に、煮炊きがすんだらすぐ竈の火を落としてしまうから、湯づけにもできず、師はほとんど温かいものを召し上がれなかった。

塩や味噌も不足していてほとんど味がなく、師は魚や獣肉は戒律を厳守していっさい断っておられたから、滋養もない。あまりのわびしさに、わたしはそればかりは生まれ育った家が恋しくてならなかった。いつもではないが、おやじが獲物を持ち帰ったときには、炙り肉や内臓の煮込みが食べられた。口のまわりを脂でぎとぎとにし、ふくれた腹を撫でながら眠りにつくしあわせ。思い出すと涙が出そうだった。

そんな厳しい生活のせいで、師はとうとう体調を崩してしまわれた。衣服や食物などに依存して生存するから人間の身体を「有待《うだい》」という。その人体を構成する地水火風の四大《しだい》が、栄養不足と慢性的な冷えのせいで崩壊してしまったのだ。白痢《はくり》というらしいが急激な水下痢に襲われ、何日も止まらない。みるみる衰弱していくのにたまりかね、わたしは山を駆け下りて助けを求めた。湯浅の者たちが駆けつけ、驚きあわてて、下山して薬を、治療を、とやっきになってすすめるのに、師は頑なにかぶりを振った。

「辺鄙な地で医薬などろくにないのだから、奔走するには及ばぬ。生者必滅《しょうじゃひつめつ》、生ある者はかならず死ぬ。どうしてあらためて驚くことがあるか。修行のために病死したとしても、仏道を修す志に殉ずるのだ。悔いはない」

そうはいうが、死んだらおしまいじゃねえか。わたしは生意気にも腹を立て、無理やり褥《しとね》にくるんで担ぎ出してでも里へ下してくれと頼み込んだが、

「イサとやら、わしらはあのお方にはなぜか逆らえんのだよ。堪忍しておくれ」

養母である崎山の伯母御が吐息をつきつきおっしゃった。

なんと薄情な。見殺しにする気か。そのときは地団駄踏んで憤ったが、いまではよくわかる。養母さまでさえ、まだ若い甥御をすでに偉大なおひとと畏怖しておられたのだ。

いよいよ絶望的な気持でいると、奇跡が起きた。それから間もないある夜、師の夢にひとりの梵僧があらわれ、白い器になみなみと湯のようなものを注いで、服すべしと授けてくれた。師はアザミのしぼり汁かと思いながら飲み干したというのだ。

目が醒めてもそのおそろしく苦い味が口中に残っていたが、気分は爽快で、痛みも下痢もおさまり、病は日に日に癒えた。

しかし、このことをきっかけに、師は白上での生活に限界を感じるようになったようだ。生活の不自由ではない。逆に不自由に徹することが許されないのが苦痛になったのだった。

たとえば、托鉢《たくはつ》に出ればどの家も見知った顔ばかりで、皆、必要以上に喜捨しようとする。一握りの米麦、豆、塩、味噌、それ以上はいらないと断るのに無理やり押しつけられる。わたしが大喜びで受け取ろうとすると、いつになく厳しい顔で叱られる。「私はただ無心に一介の乞食坊《こつじき》主にほんの少しほどこしていただきたいだけなのだ」と心底哀しげにつぶやくのだ。

わたしからすれば、師の素性からして無理な話で、皆それだけ大事に思い、守ろうとしているのに、それのどこがいけないのかと不思議でならなかった。崎山の養母さまが妥協案として、五日に一度、家人に食糧を運んで調理させ、温かい食事がとれるよう計らってくれたが、師にとってはそれも煩わしいことのようだった。

人間《じんかん》を離れ、できるかぎり援助を受けずぎりぎりの生活をし、孤独の中で修行に専念する。そうでなくては神護寺を飛び出した意味がない。そもそも故郷にもどってきたのが甘えだった。いっそ知り人が誰もいない土地へ移ろう。

そう決心なさり、その頃庵へ来ていた勝善房《しょうぜんぼう》という若僧を伴って淡路島へ適地を探しに出かけられた。島内を見てまわってよい場所を見つけ、あらためて白上を抜け出して移住しようと決めて帰ってきたが、そこではいま以上に聖教を手に入れるのが困難だと思い、実行に移せずにいた。

そんな最中、神護寺の上覚房《じょうがくぼう》さまからもどってくるよう使いがあった。

正式な法名は道勝房行慈《どうしょうぼうぎょうじ》。通称上覚房行慈さま。明恵さまより二十六歳年上の母方の叔父御であり、出家の師だ。その上覚さまの師である文覚上人がもどってこいと強く命令しておられるというのだった。

それを機に、紀州での隠遁を切り上げることになった。わたしは置き去りにされると怯え、その前に自分から去ろうと考えたが、師はしごくあたりまえのお顔で、おまえも行くのだとおっしやった。

建久《けんきゅう》九年（一一九八）秋、明恵さま二十六歳、わたしは十一歳になっていた。

第二章　夢の記

一

京の都を過ぎて洛西へ。鳴滝《なるたき》を過ぎると山はますます深く濃くなり、行く手に覆いかぶさってくる。八月の初め、秋の気配が濃くなってきていた。

荷を担いで師の後をついて歩きながら、わたしは怯えた。紀州からの旅路は見るものすべてもの珍しく、南都や京の町の賑やかさときらびやかな光景にすっかり浮かれきっていただけに、恐ろしくてたまらなかった。物心ついたときからの山暮らしだが、紀州の山はこんなに深く暗くない。これから行くところはどれほど闇深いところか。

「ちょうどこのあたりだった」

明恵さまがふと立ち止まって言った。九歳で初めて神護寺へ上ったときのことだという。

「馬が渓流の水を飲みたそうにしたので手綱をゆるめてやると、馬は立ち止まらず歩きながら飲んだ。それを見て、馬でさえ人の心を察して我慢している。それにひきかえ私は自ら望んで入山するのに、身内と離れるつらさをこらえきれずめそめそ泣いている。それがどうしようもなく情けなく、懸命に自分を叱咤した」

それを聞き、わたしは歩きながらしゃくりあげた。いまの自分より幼い九歳の少年が可哀そうでならなかった。

その夜、死んだ乳母が肉も骨もばらばらの無残な姿になっている夢を見たとも聞かされた。生前、自堕落で罪深い女だったから、地獄で苦しんでいるのだと思い、亡くなった両親や乳母のために立派な僧になって後世《ごせ》を助けてやらなくてはと決心したというのだ。ご自身の不安を打ち消して奮い立たせるためにそんな夢を見たのだろう。

「イサ、うしろを振り返ってみよ」

うながされ、鬼が追ってきたかと恐る恐るふり返ると、絶景がひろがっていた。眼下に深い緑の連なり、その先に京の町並が見渡せ、その上は広い空、茜色に染まった神々しいばかりの夕景だった。

山門の前で出迎えてくれた上覚房さまは、あきらかにほっとした様子だった。明恵さまがほんとうにやってくるか、心配しておられたのではあるまいか。

五十がらみの上覚房さまは、叔父と甥の血のつながりゆえか、繊細そうな面立ちがよく似ておられた。温厚な人柄で話す声音もおだやか。甥の耳のない右の横顔に視線をやり、痛ましげにちいさくうなずかれた。甥御がなんのためにそんなことをしたのか、このお方は理解しておられるのだとわたしは感じた。

「上人さまが待ちかねておられる」

「いえ、その前に、ご本尊さまを拝したく」

明恵さまはおだやかながらも毅然とそう言い放つと、足早に寺内の最奥、いちばん高いところにある金堂へ向かった。

　堂内はすでに薄闇が垂れ込めており、堂守が点した灯明の光に浮かびあがった薬師如来像の異様な姿に、わたしはあやうく腰を抜かしそうになった。ふてぶてしく見えるほど彫りの深い肉厚のお顔、ずっしりと重量感たっぷりの肢体、胸も肩も内側からはちきれんばかりに力がみなぎっている。

　こちらを睨みすえる両眼、すさまじい威圧感。見れば見るほど怖ろしくて慄《ふる》えが止まらぬわたしに、横に立った上覚さまが耳元でそっと教えてくれた。明恵さまは出家前の十三歳から十九歳で山を下りるまで、一日も欠かさず真夜中に忍び込み、このお像の前で祈ったというのだ。

とぼしい灯明が揺らめいて、陰影を濃くするこのお顔はさぞ、昼間よりいっそう異様に、奇怪に見えるだろう。気の弱い者なら、怖気づいて狂ってしまいかねぬだろうに、明恵さまは平然としていたという。

「豪胆とか恐いもの知らずというのではない。神仏に守られている人間だからだ」

　上覚さまの声音には、甥であり弟子でもある若者に対する畏敬の色が滲んでいた。

　明恵さまはお像の前にひざまずいて見上げたまま、堂内が真っ暗になるまで動こうとしなかった。なにを考えておられるのか、なにを語りかけておられるのか。その横顔はひどく陰鬱で、いまにも泣き出しそうに見えた。

　上覚さまにうながされて、ようやく文覚上人が待つ本房に向かうときも、何度も立ち止まってふり返り、お像をじっと見つめる。その様子はまるで父親に助けを求める幼子のようだった。

　文覚上人は、さきほどの薬師如来に負けず劣らず恐ろしげな御仁だった。このとき六十歳だったが、かさ高く肉厚な体軀、ぎろりとわたしを見据える目。見るからに精力的な、まるで山岳修行の荒法師か、弓槍を手に馬を駆る荒武者のような威圧感を全身から発していた。

　摂津国の武士団渡辺党の遠藤氏の出と聞いて納得した。若い頃は宮城警護の武者で、平治の乱のときは平清盛に加勢した。その兵乱には上覚房さまも湯浅党の一員として弱冠十三歳で加わっていたというから、その後、弟子になったのはその頃からのつながりがあったのやもしれぬ。

　上人はその後、人妻に横恋慕し、誤ってその女を殺してしまったのを深く悔いて出家したという。出家といっても寺で修行して正式な僧になったわけではなく、自身で髷を落としただけのいわゆる私度僧《しどそう》で、わたしが荒法師と感じたのはあながち見当違いではなかったわけだ。文覚という僧名も自分で勝手につけたらしい。

　どういういきさつがあったか、上人は弘法大師の遺跡である神護寺が荒廃しきっているのに悲憤慷慨《ひふんこうがい》し、武士時代につてがあった後白河法皇に復興を直訴して荘園の寄進を頼み込んだ。だがそのあまりのしつこさが逆鱗に触れ、伊豆に流罪にされてしまった。伊豆へはすでに弟子になっていた上覚房さまも同行し、そこで流人として不遇をかこっていた源頼朝と運命的な出会いを果たし、挙兵を強く勧めたのだった。

　以来、頼朝の参謀として京と東国を行き来して暗躍。頼朝が平家を滅ぼして鎌倉に幕府を開くとそれを後ろ盾に、神護寺、東寺、高野山金剛峯寺《こうやさんこんごうぶじ》と復興に邁進してきた。明恵さまが神護寺にやってきたのは、まさに伽藍復興の槌音が響きわたっている最中だった。

「おお明恵房、よう来てくれた。待ちかねたぞ」

　文覚上人は探るように孫ほどの若僧の顔を覗き込んだが、右耳の傷痕は見ないように目をそらしていた。わたしのことはぎろりと一瞥しただけで、名も何者だとも訊かなかった。

「実は、ちと困っておってのう」

昨年来、東寺の運営を巡って寺僧たちといざこざがあり、上人はその所労のせいで体調を崩し、なかなか完治せずまいっている。おまえの験力《げんりき》で助けてほしいのだというのだった。

後で聞くところによれば、むかし、やはり上人が病に苦しんだ際、明恵さまに例の薬師如来に祈禱させるとたちまちよくなったのだという。明恵さまがまだ得度前の十四歳のときのことで、以来、明恵さまの不思議な力を信じて疑わないということらしかった。

「いや、そのために呼んだのではないぞ。おまえになんとしても頼みたいことがあるのだ。断じてわれ一身のために呼んだのではない」

その口調には虚勢とおもねりがにじんでいた。自分の病平癒の祈禱をさせるために呼びつけたと知れば明恵が怒って、また以前のように出ていってしまうと恐れているようだった。

「ずっとこの寺に住《じゅう》してほしいのだ。御坊がよいと思うように暮らせばよい。山内の磐屋《いわや》の向かいに大磐石《だいばんじゃく》がある。その上に庵室を造ってしんぜよう。これ以上の閑居《かんきょ》はあるまい。また、栂尾に別院を造って運慶法印の釈迦如来を安置たてまつり、御坊にお任せする」

上人は膝を乗り出し、言葉を継いだ。

「そなたの知恵をもって、弘法大師の密教を興隆してほしい。また、ここを華厳宗興隆の地とし寺僧らと稚児どもを教導してくれれば、これこそすなわち仏法興隆と衆生利益の行となろう」

他にもっと年配の学侶《がくりょ》たちはいくらでもいるだろうに、まだ二十代の明恵さまに指導者になってくれと頼んでいるのだ。横に坐した上覚さまもうなずいているところをみると、自分を追い越して弟子が大任を託されるのをすでに了解しているのはあきらかだった。

「しかし……」

明恵さまはとまどい、迷った。独りで修行に専念したいのはやまやまだが、聖教がないことには研学が進まない。その苦労と限界を白上でいやというほど味わった。ここでなら存分に学べる。それに、文覚上人が真言密教のこの寺で華厳教学を研究させようというのは、よほど期するところあってのことだ。

「頼む。御坊が頼りなのだ。頼む」

上人と上覚師、おふたりに頭を下げられては、無下に拒絶はできなかった。

明恵さまは休む間もなく、真言密教だけでなく華厳も学びたいと志願する五、六名の若僧たちに教えはじめた。喜海さんと義淵房霊典《ぎえんぼうりょうてん》さんもその中にいた。

むかしから厨房を任されている年寄の住僧が、空腹に耐えかねて厨房をうろつくわたしに、こっそり蒸かし芋をくれながら教えてくれた。

あの人は他の稚児どもとはまるで違っておったわ。ここへ来てまず手始めに『倶舎頌《くしゃじゅ》』という難解な経文を教えられると、十日もせんうちに暗記してしまい、その聡明さに皆驚嘆したものだ。とにかく変わった子じゃった。あるとき、山内に住みついている仔犬《こいぬ》をまたいで通り、すぐもどって丁重に拝んだのを偶然見かけて理由を訊くと、こう答えよった。失ったふた親を忘れられず、犬でも鳥でも父母の生まれ変わりではないかと敬っているのだと。他の稚児らと楽しげに戯れたり笑ったりもせんかった。もしも父母や所縁《ゆかり》の者が三途《さんず》に生まれて重苦を受けているならば、それを救うまでは楽しむことはできないし、またもしも善処《ぜんしょ》に生まれ変わっておられて、私が死というものを知らず、放逸に歓楽する姿をご覧になったらさぞかし嘆かれるだろう、というのだ。たまげた子供じゃないか。

それにひきかえ、おまえときたら――。決まって渋面の小言になるのだが、坊主になる気などさらさらないわたしは、芋欲しさに殊勝なふうをよそおいながら聞き流していた。

師もやはり神護寺でのかつての日々がなつかしいのか、真夜中の住房でときおり、かたわらで眠気をこらえながら墨を磨るわたしに、この寺にいた頃のことを話してくださった。

まだ出家得度前の十二歳のとき、高雄を出ようと思いつめ、薬師如来と八幡大菩薩に暇乞《いとまご》いをしてからと思って寝た夜の夢に、山門を出て下る坂道で大蛇が鎌首をもたげて行く手を遮り、四、五寸もある蜂が飛びまわって行かせまいとした。どちらも八幡大菩薩の使者だとわかったので、やむなく出奔を諦めたという。

十三歳のときには、すでに年老いて死が近づいたと思ったというのだから、驚くではないか。それだけではない。この先いつまで生きられるかわからないのだから、釈尊がその前世で飢えた狼にわが身を喰わせて救ったのにならって自分も狼に喰われて死のうと、真夜中、一人で墓場へ行って横たわっていた。すると二匹の狼が現れてしきりに匂いを嗅ぎまわったが、そのまま去ってしまい、ひどく残念に思って帰ってきたというのだ。

ふつうなら信じがたいが、わたしは妙に納得した。思い込みが激しいというか、直情径行というべきか。本気も本気、真剣そのもの、耳切りとおなじなのだ。

十六歳で上覚房さまについて出家得度。東大寺の戒壇院《かいだんいん》で具足戒《ぐそくかい》を受けて正式な僧になり、そこで迷いと悟りについて詳細に分類する倶舎論《くしゃろん》をじっくり学び、さらに仁和寺《にんなじ》へ通って華厳教学に出会った。

その間も、毎日かならず神護寺の経堂に入り、長時間聖教類を読み耽ったという。

神護寺にはかつて鳥羽天皇から奉納された一切経がある。寺が荒廃して困窮しきっていた時期も、心ある寺僧らが必死に守り抜いた聖典中の聖典で、その数五千余巻。紺紙や丁子染の料紙に金や銀で記され、扉絵には金銀砂子で華麗な絵が描かれて、軸木は水晶。きらびやかに装飾された、いってみれば宝物である。

原本は蔵の奥深く秘蔵され、高僧やいかなる貴顕にも閲覧や持ち出しを許さないが、寺僧たちの勉学のためと万が一の散逸を恐れて、写本の制作が粛々と進められていた。

その写本ですら、寺僧でもめったな者は見ることすら許されないのに、明恵さまだけは特別に閲覧が許され、書写も許されていたというのだ。文覚上人や上覚師がいかに当時からこの年若い僧の学才を見込み、期待していたかだ。

「寺僧たちのなかにはやっかむ者もいたが、あのひとが寝食を忘れて没頭しておる姿を見れば、いやでも認めるしかなかったさ。自分らのような凡庸な僧とはまるで違う。どこか別の世界のひとのような、犯しがたい雰囲気があったからな」

老僧の声音にも、畏敬の念と、それと同等に、痛ましいと思っている気配があったが、当時のわたしにはまだその理由はわからなかった。ただ類まれゆえに孤独にならざるをえなかった若い明恵さまの心中を想像するしかなかった。畏敬されればされるほど孤立し、その分ますます、自分の世界に閉じこもるしかなかったのではあるまいか。

十九歳で勧修寺の理明房興然《こうぜん》さまから密教の金剛界《こんごうかい》の伝受を受け、密教と華厳という異なる思想を学び、神護寺の中でも特異な存在になったのも、その孤独のなかでもがいてつかみとった自分の世界だったのであろう。

もうひとつ言えば、その頃からすでに、学問の部分では師の上覚さまも太刀打ちできなくなっていたらしい。聖教の解釈について疑問をぶつけてくるこの弟子を納得させてやれなくなったというのを、上覚さまご自身の口から聞いたことがある。弟子が自分を追い越していくのを、どんな思いで見ておられたか。期待し見守りながらも複雑なものがあったのではなかろうか。

まして、感受性が強すぎて精神的に不安定なところがある甥を導いていくのは、並大抵の苦労ではなかったろう。一歩間違えれば、狂ってしまいかねぬ危うさにひやひやすることも多かったはずだ。叔父としての情愛と、師としての挫折感、さらには文覚上人の過剰な干渉からの防波堤という責任。それらを心中に抱え、それでも上覚さまが大きな包容力で見守ってくれたからこそ、明恵さまは生きてこられたのかもしれない。あるいは父親のような思いでおられたか。

二

明恵さまはその頃から、しきりに不思議な夢を見るようになったという。

たとえば、十八歳で上覚師から初めて真言修法《しゅほう》の最初である十八道を伝授されたとき、その初《しょ》行《ぎょう》開白《かいびゃく》の夜、清明な満月が夢に現れたが、七、八尺ばかりの黒色の釼《けん》が月輪を覆って光を隠してしまっていた。その後も不吉祥の現象が度々あり、行法の間に理解できぬ部分があったのはその徴《しるし》かと思い当たったという。

十九歳から仏眼仏母如来を自分の本尊とし、毎日二時、仏眼法を修すようになった。朝道場に入り、申刻《さるのこく》（午後三時から五時）か、酉刻《とりのこく》（午後五時から七時）に退出。初夜《そや》（午後七時から九時）にふたたび入堂し、後夜《ごや》（午前四時）過ぎ、あるいは晨朝《じんじょう》（午前六時）になってようやく退出するという、おそろしく過酷な行で、その間たびたび、夢想や不思議な奇瑞があった。

天童が美しい輿に明恵さまを乗せて「仏眼如来、仏眼如来」と大声で呼び立てて練り歩いたから、自分はすでに仏眼如来になったのかと思った夢。またある夜の夢は、自分は荒舎におり、下を見ると悪虫や毒蛇が蠢《うごめ》いていた。それが『法華経』譬喩品《ひゆぼん》の記述にそっくりで恐れおののいていると仏眼如来が現れ、心にわが母だと思い、その胸に抱かれて門を出て安堵した。仏眼如来が馬に乗った自分を指縄《さしなわ》を引いて導いてくれる夢や、そのふところに抱かれて常に養育される夢なども見たし、夢ではなく行のさなかに現前《げんぜん》することもあった。

不可思議な出来事はまだまだあった。

真夜中過ぎの丑刻《うしのこく》（午前一時から三時）になってようやく行を終えて堂を出て、念誦しながら壇の下を見下ろすと、六、七頭の猪が列をなして西から東へと走り通った。先頭の猪の背には星が五、六個乗っており、大きさは直径三、四寸ばかりで、光明燦然《こうみょうさんぜん》として鮮やかだった。その夜はことに暗く、房の中は蠟燭《ろうそく》の明かりもなかったのに、その星の光で残りの猪もはっきり見えた。

北斗七星が下ってこられたのかと思った。修法成就の瑞相と確信した。真言密教を梵僧に学んで確立した唐代の高僧にして天文暦法にも精通していた一行禅師《いちぎょうぜんじ》の伝記に、北斗七星を猪に取らせるはなしがある。それとおなじだと思った。

そういえば、耳を切る前にも奇妙な夢を見たそうだ。

夢に二翅《わ》の大孔雀王《だいくじゃくおう》が現れた。人身より大きく、頭と尾はともにさまざまの光り輝く宝石や瓔《よう》珞《らく》で荘厳されていた。その身から香気が薫り満ちて、世界中に遍満した。

孔雀たちは空中を自由自在に飛翔《ひしょう》し、瓔珞から妙なる大音声が響き、世界中にいきわたった。そばにひとりの人がいて、私成弁に告げた。「この鳥は常に霊鷲山《りょうじゅせん》に住み、深く無上の大乗《だいじょう》を愛楽《あいぎょう》して、孔雀たちは「八万四千の法、対治門《たいじもん》、皆これ釈尊説くところの妙法なり」と偈《げ》を説いた。俗世間の愛欲の執著《しゅうじゃく》を遠離《おんり》させる」。

鳥たちが説き終わると、私は手に二巻の経を持っていた。一巻の外題《げだい》は仏眼如来、もう一巻には釈迦如来と書いてあった。これは孔雀たちから得たのだと思った。私の心は歓喜のあまり「南無釈迦如来、南無仏眼如来」と唱えて涙を流した。

目が醒めたとき、枕の下に涙がたまっていたというから、よほど強い衝撃を受けた夢であったのだ。夢で匂いを感じることなどないのではないかとわたしは首をかしげたが、師はたしかにえもいわれぬ芳香を嗅いで恍惚としたという。

孔雀ってのはどんな鳥なんだい、おらは一度も見たことないと言うと、天竺に実際にいる大きな鳥で、雄鳥は長い尾羽根を持ち、それを大きく広げるとたいそう美しい。毒蛇や蠍《さそり》を捕食して人を救ってくれることから、人間の貪欲《とんよく》・瞋恚《しんに》・愚痴《ぐち》の三毒《さんどく》を喰らい、業障《ごっしょう》や罪悪や病痛を除いてくれる孔雀明王《くじゃくみょうおう》と呼ばれて崇拝されていると教えてくださった。釈尊が『法華経』をお説きになったという霊鷲山にも、その美しい孔雀がいたということらしい。

また、糸野《いとの》の庵にいた後年、高い塔に昇る夢を見たとも聞いた。

「夢に一つの塔があり、私はそれを昇ってやろうと思った。まず塔の一層目によじ昇り、その上に二層目があったのでまた昇った。こういうふうに何層も昇って、いまはもう日月《にちげつ》があるところも過ぎたであろうと思い、最上層に昇りついてみると、上にまだ九輪《くりん》があった。それでまたよじ昇り、流宝流星《りゅうほうりゅうせい》の際《きわ》に至って手を懸けた、と思ったところで目が覚めてしまった」

流星は、夜空の流れ星のことではなく九輪の頂のことで、いちばん上まで行けなかったのだ。達成感がなくて残念に思っていると、二十日ばかりして、また夢に前《さき》のその塔が出てきた。

前回はだめだったが、今度こそ昇りきってやろうと思い、前とおなじように一層一層よじ昇っていった。今度は流宝流星の上まで昇り、その流星の上に立って周囲を見わたすと、十方世界《じっぽうせかい》がことごとく眼前に見え、日月星宿《にちがつしょうしゅく》もはるか足元にある。色究竟天《しきくきょうてん》よりも高く昇ったと確信し、あとはまた、地に降り立った。

色究竟天は、三界中の色界《しきかい》の最上天のことで、そこより上は、物質も人間も生きものも存在しない無《む》色界《しきかい》だから、色界の頂点という意味で有頂天《うちょうてん》ともいう。いってみれば天のなかの天だ。そこよりさらに高く昇った気がしたというのだ。

「イサ、おまえはばかばかしいと思うだろうが」

「いや、そうは思わんけども」

夢なのだからなんでもありだ、とはさすがに言えなかった。

「で、そこからどんなものが見えた？　日も月も星もみんな下なんだろ。なら、何があるんだい？」

想像もつかない。空しかないのか？　虚空《こくう》ってやつしか？　それとも、神や仏がおられるとか？

わたしの無邪気すぎる問いに、明恵さまは小さくほほえんだきり、こたえてくださらなかった。

弘法大師の夢もある。まだ得度前の修行時代に見た夢だ。

場所は納涼房というから、真夏のことであろう。弘法大師が床長押《なげし》を枕に臥《ふ》せっておられた。見れば、二つのお眼が枕元に置かれている。そこで水晶のようなその目玉を頂戴し、衣の袖に包んで持ちかえったというのだ。

長押を枕に大の字で眠り込んでおられるお大師さまというのもいかにも豪胆だが、水晶のような目玉をこっそりいただいた明恵さまも、なかなか豪胆な少年ではないか。真言宗の開祖である弘法大師から法を受け継ぐ予感というか、覚悟をうながす、深い意味のある夢だったのかもしれないが、門外漢のわたしはただただおもしろく聞いた。

そういう霊夢といいたいような不思議な夢や出来事が頻繁にあったので、師は十九歳のときからそれらを、『夢記《ゆめのき》』と名づけて書き留めておくようになったという。

「もしもその夢や出来事が神仏のお告げや未来の予言であるなら、うかつに見過ごしてしまってはもったいないし、罰が当たる。そのときはどういうことかわからずとも、後になって、ああ、そういう意味だったのかと腑に落ちる。そういうことはままあるからだ」

だから忘れぬうちに書き留めておくのだ、と丹念に記しておられた。知人や上覚さまなど実在の人物が登場する夢や、現実の出来事にかかわる夢もあるが、そういう場合も、意味不明な展開が多く、何年も後になってから初めて思いあたることが少なくないというのだ。

イサ、おまえはどんな夢を見る、と訊かれたが、わたしが見る夢ときたら、白飯や肉や魚を腹が裂けるまで喰らう夢とか、熊に襲われる夢とか、言うも恥ずかしいものばかりで、たまに毛色の違う夢や父母や弟妹の夢を見ることはあるが、目覚めたときははっきり憶えていてもすぐに忘れてしまう。明恵さまが何年たってもしっかり記憶しているというのが不思議なくらいだ。

明恵さまは毎日、夜遅くまで精力的に講義をつづけた。受けるほうはさぞ大変だったろうが、皆充実しきった顔で励んでいた。

深夜あてがわれた住房にもどるころにはくたくたに疲れきっているのに、それからわたしの習字を見てくださる。

「イサ、怠けてはならぬぞ。いまが一生のうちでいちばん大事な時期なのだ。いましっかり学べば、なんにでもなれる。どこででも生きていける」

よくそうおっしゃった。

そのおかげで、わたしは日常の読み書きに不自由しなくなり、田舎者の山猿と馬鹿にする稚児たちと対等にやり合えるようになった。

稚児といえば、実にいろんなやつがいた。それぞれ師僧について身のまわりの世話をしながらやがて得度するための勉学をするのだが、僧の獣欲の相手をさせられることもある。なかには自分から進んで何人もの僧に身を任せて、もめごとの種になる者もいるとも聞いた。

威張っているのはたいてい公家の四男とか五男で口減らしのために出されたやつらで、年少の稚児を虐めるのもその連中だ。わたしは年のわりに図体が大きく、新参者のくせに態度も横柄だとたちまち目をつけられ、よく物陰に呼びつけられて因縁をつけられた。若いのに文覚上人が一目も二目も置く明恵さまをおもしろく思わぬ僧たちが焚きつけるのもあったろう。

いいかげん腹に据えかね、このままではいずれ叩きのめして半殺しにしてしまうと焦りだした頃、思わぬ事態がもちあがった。

「あの頃とまるでおなじだ。ちっとも変っておらぬ」

師はときおり、拳を握って吐き捨てるようになった。

寺僧たちの風当たりは強く、あからさまにいやがらせする連中も少なくなかった。公家の出の者たちは文覚上人の独断専行を憎み、その反発が明恵さまに向けられたのだ。

師はとうとう、引きとめる文覚上人と上覚さまをふりきって神護寺を出て、紀州に帰ることになされた。わずかひと月の短い滞在だった。

来たときは我らだけだったが、今度は喜海さんと霊典さんが一緒だった。お二人とも子供の頃に入山して精進し、ゆくゆくは寺を背負って立つ気鋭の若僧と期待されているのに、それを捨てるのはさぞ決心がいったろう。それでも明恵さまについて学びたいという思いが彼らを駆りたてたのだ。

三

わたしたちはもとの白上峰の草庵に帰った。

そこで神護寺から背負ってきた聖教十余合を頼りに研学を進め、書写に専念する。寺での煩わしさを忘れて打ち込むつもりだったのに、残念なことに、そうはいかなかった。麓の里からほんの三、四町の近さで、帰還を喜んだ里人たちがしょっちゅう登ってくるし、樵の斧の音が間近に聞こえ、庵の前の崖下からも漁師たちの声が響いてくる。

もっと人里離れた辺鄙な土地に移りたい。明恵さまの願いを知った叔父御の湯浅宗光《ゆあさむねみつ》さまが、有田川を遡った師の生地石垣庄、そこからさらに二十町ほど山に分け入った筏立《いかだち》というところに、草庵を建ててくださった。

晩秋から冬の間、海の側の白上とは比べものにならぬ厳しい寒さに耐えながら、充実した日々がつづいた。わたしは人数が増えた分、食糧と薪、水の確保に追われて休む暇がなかったが、神護寺での不愉快な日々よりはるかに心おだやかでいられた。

このままずっと――。皆そう願っていた。なのに、春になると文覚上人から再三再四、もどってこいと連絡がくるようになった。上覚さまからも、曲げて頼むと、なにやらひどくせっぱつまった様子の書状が来て、明恵さまはやむなく、また神護寺へもどることになった。研学と書写が順調に進めば進むほど、携えてきた聖教だけでは足りなくなってもいた。

しかし、いざ神護寺へ帰ってみると、寺内の様子が違っていた。以前は好意的だった者たちの視線まで刺々《とげとげ》しく、荒れた空気が漂っていた。

師はそれを無視してまた講義に専念しはじめたが、間もなく衝撃的な報せが山内を駆け巡った。

——鎌倉の将軍源頼朝公死去。

それからひと月もたたぬうちに、後ろ盾を失った文覚上人は逮捕され、佐渡へ流罪にされた。流罪の沙汰は前々から朝廷に申し渡されていたのだが、鎌倉幕府をはばかって実施されずにいたのを、ここぞとばかり反上人派の寺僧と公家らが強行し、帝の勅勘《ちょっかん》を取りつけたのだ。

「明恵房よ、すまぬ。おまえが巻きぞえになるのだけは避けたかったのじゃが」

文覚上人は無念の面持ちで頭を下げ、それでも毅然と佐渡へ向かった。上覚さまはそれを見届けるため随行していかれた。

神護寺は目を疑うほど急激に荒廃し、見切りをつけて下山する寺僧が少なくなかった。師も講義も行もできなくなり、筏立へ帰らざるをえなかった。今度は十余名の若僧が一緒だった。

それからの大きな変化は、明恵さまが人のために祈禱をするようになったことだった。

修行時代、自分はゆくゆく真言師になるか、それとも学生《がくしょう》になるか思い迷ったが、どちらも自分の心にかなうとは思えなかった。出家のときの祈請《きせい》の本意ではない、それより、仏のご意思を得て、聖教の文言を頼りにひたすら修行しようと思い定めたという。

文覚上人の病平癒の祈禱で験力を賞賛されたときも、嬉しいとは思えなかった。ただ、自身の修行も大事だが、人を利するのも僧侶の大事な役目だとくり返し言われたことは、胸に深く刻まれていた。紀州にもどって親族や子供の頃からの知己が病や不幸に苦しんでいるのを目にし、すがりつくように懇願されれば、拒絶はできなかった。生来、情にもろいお人なのだ。

やるとなったら一心不乱。それも生来の性格だ。だが、次から次へと希望者がおしかけ、根を詰めすぎて疲れきり、ついに病に倒れてしまわれた。灸治を受けたが完治せず、心配した湯浅宗光さまが糸野のお館に引き取って養生させることになった。師はおとなしく従ったが、その間も著作を休もうとしなかった。

半年後、病が癒えて筏立の草庵へもどればもどったで、お心を煩わすことが多くなっていた。急に十人余の大所帯になり、まして二十代の若僧ばかりの共同生活だ。日々の仕事の役割分担や生活規律が整っているわけではなく、一日の行と研学の分担も明確ではなかったから、それぞれの性格の違いや能力差からくる諍いが増えた。もともと数名が暮らせる程度の小さな草庵だから、手狭で何をするにも不便すぎた。狭い房で雑魚寝では些細なことで角突き合わせることになる。

悩んでいるところに、湯浅の叔父御がまた救いの手をさし伸べてくれた。糸野の館の敷地内にある成道寺《じょうどうじ》という古寺、その裏山の中腹に二棟の建物を新築して寄進してくれたのだ。

しかし、移転作業はけっこう大変だったし、広くなった分、来訪者が増えてその対応に追われ、落ちついて修行するのもままならぬ始末で、明恵さまは次第にいらだちをつのらせていった。

そんなある日、「イサ、海を見たくないか?」とおっしゃった。

海を見下ろせる白上峰の庵に出かけようという意味かと思い、即座に賛成したが、違った。その海に浮かぶ島へ渡ろうというのだ。

二月の半ば、漁師の小舟を雇い、白上の峰の上に昇る月とともに、苅磨島《かるま》へと漕ぎ出した。湯浅湾の岸から一里ほど、二つの小島が南北に並んで浮かび、紐でつながれているように見える無人島だ。明恵さまと喜海さん、道忠さん、それにわたし。

道忠さんは権大納言《ごんだいな》平　時忠《ごんたいらのときただ》公の息男という名門中の名門の出で、時忠公といえば、平清盛入道の正室である二位の尼　平　時子《たいらのときこ》の弟で、「平氏にあらずんば人にあらず」と豪語して権勢を誇った人だが、平家一門滅亡後、能登へ流され、そこで亡くなった。幼少だったため連座を免れた道忠さんは神護寺に入れられ、文覚上人の監視下に置かれたのだという。気弱で生真面目な若者で、ほぼ同年配の喜海さんとよく気が合っていた。

同行を切望する者たちを説得するのはひと苦労だったが、明恵さまに休養と気晴らしが必要なことは皆承知していた。

丸い月は昇るにつれて皓々《こうこう》と輝き、藍色の海に浮かぶ月影を波が揺らした。風に任せて舟を進め、南苅磨島に着いた。五日後に迎えに来るよう約束して舟を帰し、島の南端の西に向いた洞窟に数枚の板をさしかけて仮の庵とした。

だいぶ西へ傾いた満月に近い月を見上げ、わたしはようやく気づいた。二月十五日はお釈迦さまの入滅《にゅうめつ》の日、祥月命日だ。あと数日でその日がやってくる。

三人は西向きに釈迦如来の画像を掛け、日がな一日読経と坐禅で過ごした。わたしは浜で遊び、崖をよじ登って海を眺めた。二十町ばかり南の方に、鷹《たか》島と久《く》礼《れ》島、その南西はるかに四国がうっすらと見える。

五日間の食糧といえば、それぞれ法螺《ほら》貝《がい》の殻に詰めた糒《ほしいい》一塊《かたまり》、飲み水一桶、竹筒の酢、それだけだったから、わたしはこっそり海藻や貝を採って食べた。

漁師や釣り人は遠慮してか、舟を寄せて近づいてこず、聞こえるのは波の音と梢を渡る松風だけ。完全に人の喧噪を離れたおかげで、明恵さまの表情は日に日にやわらかくなり、坐禅の合間にわたしを連れて浜をそぞろ歩いた。

「イサ、この海はな、釈迦如来さまがお生まれになった天竺にまでつづいているのだよ。釈尊の遺跡を洗う川の水が海に流れ込み、波がはるか遠くのここへまでお心を運んでくるのだ」

うっとりと海原を眺めておっしゃり、しゃがみ込んで足元の小石を拾いあげた。

「ごらん。こんなちいさな仏さまもやってこられたよ」
掌に深緑色の艶やかな三角形の小石を載せると、指先でそっと撫でた。そういえば、仏さまが坐禅をしているようなかたちで、見るからに可愛らしい。明恵さまはこの小石を大事に持ち帰り、天竺の釈尊ゆかりの蘇婆卒堵河《そばそとがわ》にちなんで蘇婆《そば》石と名づけ、亡くなるまで文机の上に置いて愛玩しておられた。

その日は、四人連れ立って、夕焼けに染まる空と海を眺めた。暮れなずむ春の陽もようやく傾き、金色の光が蒼海と天空をあかあかと輝き照らしていた。

その時突然、猛風が吹きつけ、浜砂を巻き上げた。巨大な日の影が大海原に映り、奔る大波がさまざまな色を吐き、きらめき砕け散った。

「まるで因陀羅尼浄瑠璃珠《いんだらにじょうるりじゅ》を掛けめぐらしたような。あるいは毘瑠璃清浄妙月宝《びるりしょうじょうみょうげっぽう》……」

喜海さんが感嘆の声をあげた。帝釈天の宮殿を飾る因陀羅網《いんだらもう》はその結び目の一つひとつに宝珠がついていて、その光が互いに映り合っている。宇宙の全存在が相互に関連して存在していることの譬えである。毘瑠璃清浄妙月宝は、四天王の南方の守護神増長天《ぞうちょうてん》が掌に載せて掲げ持つ月輪。

明恵さまは感極まって涙を流し、わたしらは言葉もなく見入った。

あのときの光景は、いまもはっきりこの目に焼きついている。信心も知識もない十三歳のわたしでさえ、仏の存在を感じた。光の中に仏を感じた。

いや、陽光、風、空、浜の砂、崖の木々、浜のヤドカリやカニ、ハマボウフウの若葉、どれもが自分と一心同体。もの言わぬものたち、形なきものたちと完全に溶け合っているように感じた。

明恵さまもよほど忘れがたかったとみえて、その後何度もそのときの話をなさった。

「島のなにもかもが仏のお言葉に思えた。ずっと聖教の中にそれを求めていたが、そうではないと初めて知った。言葉や真言ではない教えが、この目から、耳から、肌から、五感すべてから、直接、この心の中になだれ込んできた。島が語りかけてきた。空が、風が、波音が、語りかけてくれた。すばらしく幸福な気分に満たされた。あれほど得がたい体験はいまだかつて一度もない」

　島への思いは強く、親族や弟子たちを伴って、苅磨島の隣の鷹島へ渡ったこともある。建暦《けんりゃく》三年（一二一三）の九月、十二月に建保《けんぽう》と改元された年だが、百余人もの大人数がその島に集い、西の方の島々を天竺に見立てて礼拝し、ともに歓喜の涙を流した。

　鷹島でも明恵さまは、苅磨島と同様、浜で一個の小石を拾われた。こちらは蘇婆石より大ぶりで長径一寸八分（約五・四センチ）ほど、平べったくてすべすべした卵形の黒石で、白い筋がすっと通っている。人からすればなんのへんてつもない、ただの小石なのに、掌に包み込むと、まるで生きものか鳥の卵のように鼓動を感じる、と明恵さまはおっしゃった。愛おしくてたまらぬというお顔でだ。

四

　後年、高山寺へ移ってからのことだが、明恵さまは苅磨島へ手紙を書き送った。

　神護寺の中門前に山桜の巨木があり、白い花がいまを盛りに咲き誇っているのを見上げたとき、苅磨島にも桜があったな、とおっしゃった。わたしはすっかり忘れていたが、神護寺の巨木とは比べものにならない若木なのに、崖の斜面にしがみつくように立ち、精いっぱい海風に逆らって花を咲かせているのを並んで眺めたのを思い出した。

「あの木もだいぶ大きくなっておろうな」

感慨深げにつぶやき、住房にもどるとすぐ苅磨島への書状をしたため、わたしに届けにいってくれとおっしゃった。

「島へ？」

すでに二十年以上も側に仕えて、たいがいのことには驚きもしなくなっていたが、このときばかりは耳を疑った。

「そうだよ。本当なら私自身が行って、おなつかしい島様と久闊《きゆうかつ》を叙《じよ》したいのだが」

多忙の身でそれもかなわぬ。やむにやまれぬ恋慕の思いだというのだ。

「で、どうすればよろしいので？」

あそこは無人島だ。誰に届けろというのか。

「浜で、栂尾の明恵房よりの文《ふみ》にて候《そうろ》うと大声で喚《よ》ばわり、そのまま打ち捨てて帰ってくるだけでよい。風が島中の木々や獣たちに報せてくれる。高らかに空を舞い、海へ届けてくれる」

そうおっしゃると、わたしに読み聞かせてくださった。

「その後お変わりございませんでしょうか。お別れいたしまして後《のち》は、よい便も得られぬまま、ご挨拶もできませせなんだ」

まるで生きている人に対する手紙だ。

「そもそも島の本来を考えますれば、これは欲界に繋がり属する法則であり、姿を顕《あら》わし形を持つとする二色《にしき》を具《そな》え、六根《ろっこん》の一である眼根《げんこん》、六識の眼識《げんしき》に所縁があり、八事《はちじ》倶生《くしょう》の姿でありまする」

このあたりから仏法のはなしになり、わたしには難しくて理解不能だったが、

「島様も、木や石とおなじく感情を持たぬ非情《ひじょう》ではありますが、しかしながら、すべての生きものや衆生と区別して考えるべきではありません。ましてや、島様の御身である国土身《こくどしん》は、実は『華厳経』に説く仏の十身の最たるもの、毘盧遮那如来のお体の一部なのであります」

毘盧遮那如来の一部、いや、化身そのものだというくだりで、はっと思い出した。

以前、密教と華厳教はどう違うのかと無邪気に訊いたことがある。師はどう説明しようかとしばらく考え、こうおこたえになった。

「違うと人はいうが、しかし、密教の教主である大日如来《だいにちにょらい》と華厳教の教主である毘盧遮那如来は、実はおなじ御仏なのだよ。ただ名前が違うだけなのだ」

どちらも、お日さま、日輪なのだとおっしゃった。

「その光明こそが、この世界の万物すべてを生み出し育《はぐく》んでくれるおおもとなのだ。われら人間や獣や鳥を育み養ってくれる。いや、生きものである有情《うじょう》だけではない。非情である穀物も野菜も山の木々も、草花も、その力のおかげで生きられる。土を肥《こや》し、芽を出させ、木々を育て、木々が水を生み、雨となって降り注いで、有情非情の隔てなく万物を養う。そのおおもとが陽の光なのだ」

わかるだろう、イサ。おまえも感じるはずだ。

「しかし、実際の陽光は昼には照らすが、夜は力を失い、暗い闇になる。だが、毘盧遮那如来や大日如来の光明は、昼も夜も、曇りや雨や雪のときも、翳《かげ》ることはない。絶えずこの世界に遍満し、あまねく照らし守っている偉大な力なのだよ」

その光は、日照りの際、大地や人や生きものを癒し、生き返らせる恵みの雨でもある。

「その慈雨が降り注いで深く沁み込むと、われらや草花やすべてのものは仏の力に満たされ、仏そのものになるのだ」

すなわち、それ自身が仏そのもの。欲望や憎悪にまみれたどうしようもない人間どもも、実は仏の化身であり、仏の一部分だというのだ。

このおらも仏だって？　そんなの信じられれっか。証拠があんなら見せてくんな。不遜にも笑い捨てたわたしだが、ふとした折に思い出した。たとえば、陽光を浴びて心まで温められたと感じるとき、雨が汗と垢で汚れたからだを洗い流し、喉を潤してくれるとき、ほんのつかの間でも幸福感に満たされ、何か大きなものにつつまれ守られているような気がして、自分以外の誰かにも、獣たちや木や草にも、その喜びを分けてやりたいと思う。

だから、いま、島が毘盧遮那如来そのものなのだと聞かされても、不思議と、嘘や世迷い言とは思わなかった。すなおに、ああそうか、と思えた。

つづきを読みあげる明恵さまのお声は、心なしか潤んでいるように聞こえた。

「かの日、磯で遊び、島様とたわむれたことが思い出されて忘れられず、恋慕の心を抱きながら、見参する機なく過ぎてしまい、まことに残念に思います。また、そこにありました桜の木が思い出されてなつかしく慕わしく、消息などさしあげて、ご機嫌いかがでありましょうかと申したく思うときもありますが、もの言わぬ桜へ文やる物狂い、などと言われるだろうと気にして、俗世間の道理に同調し、心ならずも思いをつつみ隠しておりましたけれども、しかしながら、気違い沙汰だと思うような人は友達にしないことにいたしましょう。

宝州を求める自在海師《じざいかいし》を伴って島に渡り、大海原に住み、海雲比丘《かいうんびく》を友として、心からのびのびと遊べたら、なんの不足がありましょうや。島に参って思う存分修行して以来、身分ある立派な人なんぞより、ほんとうに心通わせ合える、おもしろい遊宴の友はあなた様、そう心にかたく決めております。

あなた様は永い間、世の中をごらんになっておられるのですから、昔の風習の真似をして地面に穴を掘ってその穴に語りかけて心を鎮めた者がおったなあと思われることでありましょう」

その文言で思い出した。かつて苅磨島にいたとき、ある日の明け方、たしか渡った翌朝のことだったが、ひとり洞窟を抜け出した明恵さまが、浜で砂を掘り、その窪みに向かって何事かせっぱつまった様子でしゃべっておられたことがあった。追って出て遠くから見ていたわたしは、なんとなくだが、心に抱えきれぬ鬱屈を吐き出しているのではないかと感じ、気づかれぬようそっとその場を後にした。

昔の風習にそういうのがあるのかどうか知らない。だが、もしかしたら明恵さまは、たとえば両親を亡くされたとき、あるいは神護寺で修行していた頃、何度もそうやって、人には言えぬ悲嘆や鬱屈や孤独感を吐き出したのではあるまいか。

「近頃はそのようなことは世間の人はいたしませんから、そんなふるまいをいたせば、なにかよからぬ野心を心中に隠し持っていると思われるのがおちですが」

あのときも、毘盧遮那如来の化身である島に苦悩を訴え、心を鎮めたのではなかろうか。

「しかし、大事な友であるあなたさまを大切にしないようでは、一切衆生を仏の光の中におさめとって守らんとする心がないのとおなじですから、このように心中の思いを書状に記してさしあげるのも罪とは言われますまい」

またお便りしたいと心に決めております。恐惶敬白《きょうこうけいはく》。島様へ。

「行ってきます。あの桜の木の様子も見てまいりますで」

わたしはひとりで島へ渡り、命じられたとおりにした。

崖の桜の木はずいぶん大きくなり、白い花を風に揺らしていた。

浜で書状を広げ、声を張り上げて「明恵房さまからのお文にございます」と何度も叫んだ。波の音と風の音にかき消されぬよう、声をふりしぼった。

それがすむと、なぜか虚脱感に襲われ、しばらくぼんやり立ち尽くしたが、最後のお言いつけを果たさねばならぬ。

さて、風に飛ばすか、それとも、石ころを重石《おもし》にして置いて帰るか。迷った末、両手に広げ、青空に向かって放り投げた。白い紙片は海からの風にあおられ、ひるがえりながら高々と舞い上がっていった。

これでいい。ほっとしてふと足元を見ると、波に打ち上げられたか、からからに乾いたタツノオトシゴの死骸が落ちているのを見つけた。大きいのが二体、小さいのが一体。まるで夫婦と子のように折り重なっていた。

明恵さまが以前、竜宮城か海の底の宮殿に招かれ、そこで説法した夢を見たとおっしゃったことを、思い出した。タツノオトシゴは竜宮城の生きものだ。これもなにかの縁か。それとも、島からの返事か。

そう思い、そっと拾い上げて、書状を包んであった紙に包んで持ち帰り、お渡しした。

明恵さまは苅磨島の蘇婆石と鷹島の石を入れてある文箱にそれを納め、執筆の合間にときおり取り出して愛しげに眺めておられた。

亡くなられた後、文箱を開けてみると、鷹島の石にこんな文言が記されていた。

「我ナクテ後《のち》ニ愛スル人ナクバ　トビテ帰レネ鷹島ノ石」

自分が死んだあと、大事にしてくれる人がもしもいなければ、空を飛んで故郷の鷹島へお帰り。

いかに愛しておられたか。掌に包み込むと、まるで小鳥の卵のようだ、と言われたのがつい昨日のことのような気がする。

文箱の中にはもうひとつ、底の方に白絹布に大事そうに包まれたこぶりな櫛が納められていた。金泥で南無阿弥陀仏と書かれている。いつだったか一度だけ、母の形見だと見せてくださったことがある。九歳で初めて神護寺に入ったとき、懐に忍ばせてきたのであろう。

そのとき、こうおっしゃった。

「唐国から伝わった本に、親孝行な子の話を集めた『孝子伝』というのがあってな。その中にこういう話がある。昔、赤子のときに母を亡くした張敷《ちょうふ》という人は、恋しさに泣いてばかりいたが、十歳のとき形見の扇を得て、玉筺《ぎょくのはこ》の中に納め、母が恋しくて耐えがたくなるととり出して眺めたという」

言いながら師はその櫛をそっと撫でさすった。

「私も、十八歳で『遺教経《ゆいきょうぎょう》』に出会うまではそうだった。母や父を忘れられずにいた」

十六歳で得度し、三年後には密教の行法を伝授されるまでになったが、不明の点を上覚師に問うても満足な答えを得ることはできなかった。月に矢が突き刺さるといった不吉な夢をしばしば見て悩み、なんとしても自分の力で解決せんと経蔵にこもって経典を片端から読み漁った。そこで発見したのが、釈尊の遺言ともいえる『遺教経』だった。

以来、釈尊を尊父慈父とし、自分はその愛子《いとしご》と思い定め、その経を持経にして経袋の中に収め、たえず携えておられた。

五

島からもどって糸野成道寺の草庵での生活は、以前に増して多忙になった。毎日、晨朝・日中・日没《にちもつ》の昼三時の行を欠かさず、その合間に講義と書写に励む。

明恵さまはさらにその合間に、ご自身の行として坐禅をなさる。心を鎮めて集中する禅定にいたるため、病弱をかえりみず真冬の川の凍えるような水で沐浴して身を清め、初夜に堂に入り、釈迦如来像の前で独り瞑想するのだ。堂を出るのは深夜、そのまま後夜の行をつづけることもある。その厳しさたるや、湯浅宗光さまやご家族の方々、それに喜海さんたちまで見かねて、休息をとるよういくら勧めても聞き入れようとしなかった。

いつだったか、おっしゃったことがある。初夜の行を終えて灯明を消して堂を出ようとしたとき、壇上に宝珠のような形の光が現れ、すぐ消えた。大風雨の夜だったが、それを善根成就《ぜんこんじょうじゅ》、よい報いをもたらす清浄が成った徴《しるし》と感じたという。

そこまでわれとわが身を追いつめる師が、わたしは恐ろしくてならなかった。

それだけではない。湯浅の人々のためにまさに身を粉にした。病を癒すために全身何ヶ所も灸を据えた翌日から、痛みをこらえて、湯浅家の女人たちの求めにこたえ、夜を徹して『華厳唯心《ゆいしん》義《ぎ》』という本を書きあげたのだ。

心の如く仏も亦《また》しかり　仏の如く衆生もしかり　心・仏および衆生　この三、差別《しゃべつ》なし

諸仏はことごとく、一切は心より転ずと了知したまう

もしよくかくの如く解《げ》すれば、かの人、真《まこと》の仏を見ん
心も亦この身にあらず　身も亦この心にあらず

この抽象的な概念の意味をわかりやすく説明して、女人たちに与えた。むやみにむずかしく考えて怯むことはありません。自分の心に素直に感じれば、それでよいのです。真剣なおももちで聞き入る女人たちに、やわらかい笑みを浮かべて語りかけたのだ。

なかでも、宗光さまの妻女、糸野御前《いとのごぜん》とよばれていたお方は、明恵さまにとって、特別な存在であったと思う。年の離れたご夫婦で、御前は明恵さまより一つ年下。華奢なからだつきで色白、まさに明眸皓歯《めいぼうこうし》という言葉がぴったりの美しい女人だった。

生来、ひどく感じやすい気質のお人で、もののけにとり憑《つ》かれることがしばしばだったそうだが、その頃は懐妊していたせいで、なおのこと悩まされていた。明恵さまが夜通し読経念誦してさしあげると、もののけはようやく退散し、御前の病は癒えた。

出産の時にも人事不省におちいり、一時は息が絶えてしまったが、明恵さまが仏眼尊の真言を唱えて香水《こうずい》を加持して飲ませると、間もなく蘇生した。みるみる頬に血の気がもどり、うっすら眼を開けると、明恵さまに微笑みかけたから、見守っていた人たちはどれほど安堵したことか。おなかのお子も無事に生まれ、元気な産声をあげた。

糸野成道寺の草庵ではもうひとつ、明恵さまにとって重大な出来事があった。神護寺から帰省した上覚さまから伝法灌頂《でんぼうかんじょう》を受け、他の者に法を授けることができる阿闍梨《あじゃり》になったのだ。それを機に、密教の形式にのっとって華厳教学を次々に若い同法たちに伝授し、ご自身も華厳を融合して独自の分野を明確になさった。

また、湯浅の地だけでなく、紀州の各地へ出かけた。是非にと請われ、祈禱で病者を治すことも多くなった。

最初に釈尊の入滅を供養する涅槃会《ねはんえ》を始めたのも、その糸野でのことだった。

草庵のかたわらに一本の大樹があり、師はその木を菩提樹に見立て、その下に石を積み重ねて釈尊が悟りを開いた金剛座とすると、側に高さ一丈ばかりの卒塔婆を立て、自ら「南無摩竭提國《なむまがだこく》伽耶城邊菩提樹下成佛寶塔《かやじょうへんぼだいじゅげじょうぶつほうとう》」と記された。

二月十五日の夜、近隣の人々、貴賤・長幼・道俗・男女百人以上が参集し、かの西天竺の釈尊入滅の夜の様子を再現した。駆けつけた国王、王子、群臣、庶民らが、悟りの菩提樹が枯れ衰えていくさまに嘆き悲しみ、釈尊を恋慕して香油と乳を注いだ故事にならい、皆おのおの清水をその樹に掛けて供養し、師の講説、一同声を合わせて宝号を唱えと、夜が明けるまでおこなわれた。

東の空から中天へ、西へと静かに渡っていく満月、清冽な夜気、樹間から降り注ぐ月の光。道心のないわたしでさえ、胸の底まで洗い清められる心地がしたものだ。明恵さまが感極まってせぐりあげ、そのままいっとき息が止まってしまって、大騒ぎになる一幕もあったが。

以後、涅槃会は毎年恒例になり、高山寺に移ってからも継続した。野外のこととて雨風にたたられたり、夜の寒気にやられて式の途中で具合が悪くなる者も出たから、場所を屋内に移したり、式次第もその時々で変えざるをえなかったが、いまでも寺の大事な法会だ。まさに充実しきった時期だった。

第三章　神の言葉

一

建仁《けんにん》二年（一二〇二）の冬、明恵さまは同法の皆を集め、思いもかけないことを宣言なさった。

「久しく考えていたことだが、釈尊の遺跡を訪ねて天竺へ渡ろうと思う」

皆、息を呑み、声もなかった。板戸の外で吹きすさぶ木枯らしの音が室内に大きく響いていた。

「釈尊が悟りを開かれた菩提樹がまだ枯れずにあるなら、この手で触りたい。沐浴なさった河の水でこの顔を洗いたい。涅槃に入られた場所で泣きたい。生きておられた釈尊を感じたいのだ」

そのお声はかすかにふるえていた。

師の釈尊への思慕の深さは皆、痛いほど知っている。

――釈尊は慈父、仏眼仏母尊は慈母。

出家して俗世間から離れたときから、実の両親のことは記憶の隅に押しやり、そのかわりに釈尊と仏眼仏母尊が支えてくれると思い定めたのであろう。よくこうおっしゃった。

「もしも、釈尊在世のとき、お釈迦さまがこの世に生きておられたその時、その場所に私が生まれ合わせていたなら、私は修行などせず、ただ釈尊のまわりを歩きまわり、そのお声を聞いて、嬉しくて笑ってばかりいたろう」

それを聞くたびにわたしは、まだ十二、三歳の明恵さまがにこにこと満面の笑みを浮かべて、お釈迦さまについてまわっている光景を思い描いた。大好きな父上の側にいられるだけで嬉しくてたまらない、無邪気な少年。なんと可愛らしいお子か。優しく見守る父、信頼と愛にあふれた父と子の至福だ。

師の傾倒ぶりに興味をそそられたわたしは、しばしば訊ねた。天竺の小国の王子だったというかのお方はなぜ、その身分を捨てて出家したのか。どうやって仏陀になったのか。最期はどんなふうに亡くなったのか。

そのたびに師は、よくぞ訊いてくれたというお顔で、詳しく話してくださった。

その中でわたしがいちばん驚いたのは、死の理由だった。釈尊は貧しい民がさしだした獣肉を煮た料理を食べ、それが腐っていたせいで腹を下して死んだというのだ。釈尊が肉食《にくじき》したというのも驚きだが、仏さんともあろうお方が腐っているのがわからなかったのか？

「いや、もちろんご自分がいつ、どういういきさつで亡くなるか、ちゃんとわかっておられた。だがねイサ。釈尊は出家者の殺生はかたく禁じられたが、自分のために殺した獣や鳥や魚でなければ、食するのは禁じなかった。それより、布施されたものは一切拒んではならぬ、これは貰う、これは要らぬと選り好みしてはならぬと戒められた。まして貧しい男が精いっぱいもてなそうと出してくれたものなのだから、腐っているのは承知のうえで喜んで受け取り、召し上がったのだ」

出家者の肉食は禁じられているが、裏では薬食《くすりぐ》いと称して黙認されており、わたし自身、神護寺でもしばしば目にした。守っているのは明恵さまと同法たちくらいのものではなかったか。

八十年ほど前のことだが、白河法皇というお方が殺生を禁じ、肉食はおろか狩猟や漁まで禁じたせいで、それを生業《なりわい》とする者たちは生きるすべを断たれ、都では飢饉のとき、餓死する民が多く出たと師がおっしゃったことがある。法皇が崩御するとひと月もたたぬうちに撤廃されたのは、朝廷も悪法とわかっていたからだとも。

「仏法遵守も、いきすぎれば民を苦しめる悪因になるということだ」

もっとも、田舎では禁令などおかまいなしに、猟師も武士も狩りで鹿や猪を獲り、民も罠を仕掛けて兎や雉を捕って食べていたともおっしゃった。猟師の子のわたしが溜飲を下げたのはいうまでもない。

「釈尊が腹を下されたのは、腐った獣肉ではなく、毒キノコだったという説もあるが、それより私が釈尊の偉大さに感動するのは、ご自身が亡くなられた後、それを差し上げた者が責められて罰せられるのを案じられ、弟子たちや大勢の信徒の前で、おまえのせいではない、おまえに罪はないと明言なさったことだ」

「へえ、いくらお釈迦さまだって死ぬときは苦しかろうに、仏の慈悲だとか以前に、人としてやさしいお方だったんだな」

わたしは、はたと膝を打った。

「うん、そういう人は信用できる。そういう人が言うことなら、信用できる。仏陀であろうがなかろうがだ」

その言葉に、明恵さまはみるみる眼を潤ませた。

「ああ、イサ。おまえの言うとおりだ。そのとおりだよ」

まるで実の親が褒められたかのように嬉しげなお顔で何度もうなずかれたのだった。

常々よくこうおっしゃるのも、皆が聞いていた。

「われらは、釈尊滅後千五百余年、末法の世の辺土に生まれ、如来在世の衆会《しゅえ》に遭えず、さとりの道に導かれる機を得られなんだ。しかし、釈尊は無上の正法《しょうぼう》をもって滅後の形見に聖教を遺された。これを学んでご本意を知り、滅後に生まれついてしまった恨みを癒すしかない。だが、修学に煩いがあり、行に障りがあるときは、天竺に渡って初心をとりもどすべきだ」

天竺行きは、昨日今日急に思い立ったことではないのだ。

「いま、われらはすでに、神護寺という安心できる居所がなく、必要な聖教に事欠き、仏の御像を拝することすらできずにいる。いまこの時こそ、仏の生国《しょうごく》でじかに学ぶ大願を果たさねば、その期を失ってしまうであろう」

声はますます震えを帯び、熱っぽくなっていた。

「印度《インド》がはるか遠く隔たっていようとも、ひたすら進んで行けば、かならずたどり着けるはずだ。その道がいかに険しくとも、死を覚悟していけば、恐れることはない」

天竺へは、長安からでも、千天の大砂漠を渡り、天を衝く峨々《がが》たる大山脈を越え、氷河をつっきり、虎や獅子や大蛇が隠れひそむ密林を掻き分けていかねばならない。しかもその前にまず、蒼海を渡って唐国の東岸へ達し、そこからさらに半年もかかってやっと長安へたどり着けるというのだから、わたしは聞いただけで気が遠くなった。

「かの三蔵法師玄奘《さんぞうほうしげんじょう》も、天竺への苦難の旅でその生を軽くした。しかし、どうして生を全うせねばならぬのか。命長らえるのだけが正しいのか」

わたしは横にいた喜海さんに小声で訊いた。

「だけども、三蔵法師は唐国の人だろ？　日本人で天竺まで行った人はいるんかい？」

すると喜海さんは、さあ、と首をかしげ、「たしか高岳親王《たかおかしんのう》というお方が天竺を目指されたそうだが」と自信なさげなおももちでつぶやいた。

あとで食いさがってさらに尋ねたところによれば、高岳親王というのは京が都になってまだ間もない頃の平城《へいぜい》天皇の皇子で、弘法大師の弟子になり、大師の没後に入唐。仏跡を拝さんと天竺に向かったが、途中で行方不明になり、虎に食われて死んだか、砂漠に埋もれてしまったか、その後はるか南方の地で亡くなったことが在唐日本僧からの報告で判明したという。

他に天竺まで行ったと知られている日本人はいない。つまり誰も行かなかったか、行けなかったかだ。三蔵法師は、寿命を縮めたとはいえ、無事に長安へ帰ってこられたのだから、たまたま運がよかったか、よほどの強運の持ち主だったということだ。

「行って帰ってくるだけでも、何年もかかる。あちこち遍歴するとなれば、あるいは五年や十年の長旅になろう。その前の準備も一年やそこらはかかろうが、できるだけ早く行きたい。一緒に行くという者はよくよく考えて申し出てくれ」

師の言葉に迷いはなかったが、皆が不安げに顔を見合わせた。

わたしはもちろん微塵《みじん》の迷いもなかった。明恵さまが行くところなら、どこへでもついていく。たとえ帰ってこられなくてもいい。

そう思いつつ、なぜか急におふくろや弟妹に会いたくなった。別れて七年、一度も思ったことはなかったのに、無性に会いたくなった。

一日だけ暇をもらい、生まれ育った山へ出かけていった。有田川沿いに遡って東へ、筏立の庵があったあたりから、南東の山ふところへ半刻ばかり分け入る。暮らしていた小屋のある場所はうろ覚えで、ただ、尾根にそそり立つ二本の榎《えのき》の巨木と、獣道ぞいの岩だらけの渓流を目印に、あとは勘だけで進んでいった。

ようやくうっすらと記憶にある場所に出たが、そこには誰もいなかった。掘っ建て小屋はとうに朽ち果て、木切れが散乱していた。あたりは雑木が無秩序に繁り、吹きちぎられた枝葉がうずたかく積もっている。わずかに竈のあったあたりが黒く煤《すす》けて窪んでいた。

そこにそっと手を当て、無駄と知りつつ、なんとか火のぬくもりを感じ取ろうとしたが、すぐに諦めた。もともと里人とは隔絶した山賤《やまがつ》暮らしだったから、母親たちの消息を訊こうにも麓の里に知り合いもない。どこぞへ流れていったか、全員死んだと思うしかなかった。

いいのだ。これでもう、心残りはない。最初から孤児だったと思えばいいだけのことだ。いっそさばさばした気持で師のもとへもどった。

だが、その年も間もなく終わる十二月、思いもかけぬ事態がもちあがった。

流罪になっている文覚上人に召還の沙汰がおりたという急使が神護寺から届いたのだ。

上覚房さまは「神護寺でお出迎えせねば」とあわただしく発っていった。

三年前の春、上人が佐渡へ移送されて以来、神護寺の実権は完全に反文覚派の手に握られ、上覚房さまも寺内で居場所をなくし、不本意にも湯浅で隠遁せざるをえないでいた。

文覚上人がもどってこられたら、復興事業が再開できるという期待と、寺の荒廃ぶりを上人が見たら、また悶着なしにはすまぬであろうという不安。その両方を隠しきれぬ様子の上覚房さまを、明恵さまは複雑なお顔で送り出した。

建仁三年になって半月ばかりすると、文覚上人が佐渡から荒海を渡って二十日がかりで無事に神護寺へ帰ってきた、と上覚さまから報せが届いた。

それによれば、さすがに四年近い流人暮らしが六十五歳の老体にこたえたのであろう。もともと骨太で筋肉質のからだは痩せしぼんでいるが、気力のほうはいささかも衰えておらず、案の定、神護寺の荒廃と僧侶たちのひどい怠慢に、烈火のごとく怒り狂っているというのだ。

反文覚派のほとんどが公家の出で、朝廷とのつながりと縁故で寺での役職を得ている連中だから、鎌倉幕府の権威を笠に着て寺を牛耳る文覚上人のことが憎悪に近いほどうとましかった。難癖をつけて排斥せんと画策してやっと追い払えた。それなのに予想外に早く帰ってきてしまい、以前に増して強硬なのに戦々恐々とし、早くも険悪な状況になっているという。

対立派との間を懸命にとりなしている上覚さまだが、実をいえば彼自身が、武家の出らしい気の荒さと、裏でこそこそ動く画策や陰謀をよしとしない一徹さを内に秘めておられるお方だ。

「この腸《はらわた》が煮えくり返る思い、明恵よ、せめておまえはわかってくれ」

持っていき場のない憤懣を甥御に漏らしているのだが、上人をなだめられるのはおまえしかおらぬという文言に、明恵さまは顔をゆがめた。

さらに、追いかけるように上人から直接、神護寺へもどれと命令する書状が次々に届き、返事をためらっていると、いつ帰る、いつもどってくる、と矢の催促で、激情が突き刺さらんばかりの激しい文面になっていった。

「上人はいつもそうだ。この私をご自分の思うままにできるとお思いなのだ」

それほど孫弟子の明恵さまの資質と影響力を高く買っておられるわけで、ことにそのときは、ご自身の気力を奮い立たせる原動力と頼みにしてもおられたのだが、明恵さまにすれば、紀州での自分たちの修行と研学を放棄して、わざわざ抗争にまき込まれにいくに等しかった。

「こうなれば、なんとしても早々に天竺行を決行する。皆もこころして支度にかかってくれ」

師にしては性急に事をすすめようとしたのは、ご自身が迷いをふっきるためであったか。

なのに、神が明恵さまを阻んだ。よりにもよって神がだ。

二

実際に自分の眼で見た者でなければ、とうてい信じられぬ。奇跡という言葉さえ嘘くさい。

妻の様子がただ事ではない。急いでお越しを――。

湯浅宗光さまから館へ呼ばれたのは、忘れもしない一月二十六日の昼過ぎ。急ぎかけつけると、なんと、糸野御前が部屋の鴨居の上に腰かけているではないか。宗光さまが言うには、御前は七日も前からいっさい食べものを口にせず、仏間にこもって涙を流してひたすら読経していた。寝床で睡眠をとろうともしなかった。案じた家族や家人たちが問いただすと、自分は何も覚えがないが疲れはまったく感じないし、身中清涼で気分も爽快だとこたえる。

もともと御前は十二、三歳頃、妖異《あやかし》にとり憑かれ、以来、不安定になった。懐妊中にも悪霊が憑き、此度もそれかと不安になっていると、今日の昼になって、新しい筵《むしろ》が欲しいと言い出した。用意すると、それを広げて鴨居に掛け、身を躍らせて一気に飛び乗ったのだという。

女人が長い衣を重ね着たまま、そんなことができること自体、尋常ではありえないし、鴨居の上で頬に笑みを浮かべて見下ろしている姿はひどく不気味だった。

「あなたさまはどなたであらせられますか。なにをおっしゃりたいので？」

その前に坐した明恵さまが静かな声で問いかけると、

「我は春日大明神なり。明恵房の天竺行を止めるために降りてきた」

と御前はあたりに響き渡る声で言い放ち、鴨居からまるで体重がないかのようにふわりと降り立つと、そのまま気を失った。

　春日大明神だと？

　明恵さまもさすがに鵜呑みにしなかった。狐狸《こり》妖怪の類ではなく、本当に春日大明神か。もし本当にそうであるならば、いま一度現れて霊告していただきたい。

　そう祈請し、同法たちも従って皆で経を転読して祈っていると、三日後の二十九日、ふたたび御前がただならぬ様子になった。

　時刻は日暮れどきの酉刻（午後六時）頃だったか。大広間には七、八十人ほどの人が集まり、固唾を呑んで見守っていた。

　糸野御前は今度は鴨居には上がらず、ゆったり坐していた。

　その顔貌は奇異としかいいようがなかった。もともと色白の美しいお人だが、いつにも増して顔の肌がつやつやと光り輝き、まるで水晶の珠のように透き通って見える。まなじりが広がり、まったく瞬きしないのだ。

　それだけではない。全身から芳しい香りを発し、それが煙のように広間中に漂って、部屋の隅でちぢこまっていたわたしの鼻腔まで満たしした。あんな香りはそれまでもそれ以降も一度も嗅いだことがない。濃厚なのに涼しげで、喜海さんたちにあとで聞くと、彼らも麝香《じゃこう》や沈香といった香りとはまるで違うとかぶりを振った。庭先にいた下僕たちにまでその芳香が届き、皆驚き怪しんだ。

　明恵さまがその前に坐すと、御前はようやく声を発した。

　先日とはまったく違い、哀切な情感を帯びた声音で、けっして大声ではないのに、離れているわたしにまでよく聞こえた。聞こえるというより、頭の中に直接響いてくるというか、なだれ込んでくるような感覚で、居合わせた者たちは皆、自分で知らぬうちに涙を流していた。

御前が声を発すると、その息がさらに強く匂いたち、まるで霧雨が降り注ぐかに感じた。いや、甘露というのはああいうのをいうのか。館の外はるか三、四町の遠方まで充満したということだ。

明恵房よ。会えて嬉しい。神はそう明恵さまに話しかけた。

「御房よ、汝《なんじ》は知恵第一で世間に並びない。もし昔に生まれていたなら、賢聖向果《げんしょうこうか》の道を証《しょう》し、不思議の神通力をも成就すべき人である。なのに、最近学問を疎略にしているのはまことにもって遺憾である。他事にかまけることなく、聖教に専念してほしい」

天竺行のことだ、とわたしは思った。天竺行に夢中になって、肝心な勉学をなおざりにしていると非難しておられる。

明恵さまは何事か言ったようだが、その声は低くくぐもっていて聞きとれなかった。肩を落としてうなだれたそのうしろ姿はひどく弱々しく見えた。

「かなしいかな、御房の寿命はきわめて短いようだ。四十歳もあやうくみえる。これが我々の嘆きである。御房を多くの衆生が待ち受けているのだから、王城の近くに住んでほしい。いまのように籠居するのは納得しがたい。解脱房貞慶《げだつぼうじょうけい》も不思議にあわれなる人だが、笠置《かさぎ》山に隠遁しているのが残念である。そのように伝えてほしい」

神の声は玲瓏《れいろう》と鈴を転がすようで、皆、息を呑んで聞き入っていた。

「御房を学問の道に入れたのはわがはからいである。諸神みな守護しているが、なかでも住吉大明神と我とは相離れず守護し、とくに我は御房が母親の腹の中にあるときから守っていて、父親と同じであるのだから、努々《ゆめゆめ》、わが言葉に背いてはならない」

明恵さまの肩が小刻みに震えているのが見えた。泣いているのだ。泣きながら、懸命に何か訴えている。

「我は常に汝を思い念じている。それゆえ、わが真意を示すために降臨した。我は昔よりいまだ、このような霊瑞を顕《あらわ》したことはない。今後もまたそうであろう。よくよくこの意を解するべし」

おごそかな声音が部屋中に鳴り響いた。

「願わくば、我を捨てて他国に遠行することなかれ。これを制さんがために降臨したのである」

音声とともに芳香はますます強く、濃く漂い、部屋中に降り注いだ。

なにげなく手の甲で汗ばんだ首筋をぬぐったわたしは、はっとした。手に甘い香りがある。そっと舐めてみると、すばらしく甘い。その甘味は口の中に広がって残りつづけ、そのあと数日間消えなかった。

明恵さまは神と言葉を交わしつづけたが、居合わせた者たちはすでに酔いしれたような心持で、内容はほとんどわからなかった。夜が更けるにつれて火桶一つない広間はしんしんと冷え込み、板敷の床に坐した足腰が強張って痛いほどなのに、なぜか寒さはまったく感じなかった。春の野に長々とからだを伸ばして寝転び、暖かな陽射を浴びてやわらかな草の感触と匂いを感じながらまどろんでいるような、といったらよいか。

ただ、あの瞬間はなぜか意識があり、はっきり憶えている。

神がそろそろ去る気配をみせたときのことだ。

糸野御前が突然、すっと両腕をさしのべ、明恵さまを横抱きにした。

皆がはっとしていると、御前は明恵さまに近々と面を合わせ、

「愛おしく思いたてまつり候」

とささやくような声で言い、双眼からはらはらと涙を流されたのだ。

明恵さまは声を放って泣き、見ている者たちも感極まってむせび泣いた。もちろんわたしもだ。

「かならず、かならず、わが言葉を違《たが》えることなきよう」

失神しそうな態の明恵さまに向かって、神はなおも念を押し、かならず春日の社に来てほしい、そこでまた会いたい、京と奈良に住むこと、と重ねて命じた。

寅刻《とらのこく》(明け方の四時)頃、神はようやく去った。

宵の口から夜中をまたいで明け方まで。ほとんど五刻(十時間)におよぶ長時間だったのに、御前はその間まったく身じろぎせず、瞬きもしなかった、とあとで喜海さんから聞いた。

喜海さんは陶然としつつも、途中で意識が混濁することなく、最後までしっかり見届けたという。涙が止まらなかったそうだが、記憶に焼きつけておかねば、と必死だったそうだ。

あまりにも信じがたいことだからこそ、嘘偽りや誇張なく、見たままを脳裏に刻みつける。ふだんはおだやかな喜海さんなのに、思いがけない強靭な気力だ。

わたし自身、この目で見なければ信じなかったろう。いや、明恵さまのことでなければ信じない。現に、その場にいた者のなかに、どこの誰だか知らないがこの出来事を信じない者がいて、「こんなまやかしに惑わされてなるものか。もしも真実、神の託宣だというなら、我を罰してみろ」などと誹《そし》ったが、七日もたたぬうちにひどい災厄をこうむったということだ。

三

神の言葉は重い。だが、明恵さまがはたして天竺行を完全に諦められたのか。そのときのわたしにはわからなかったし、正直いえば、いまもよくわからない。明恵さまはそのことについて何もおっしゃらず、毎日、西の空を眺めて考えごとに耽っていらした。

その間も、神護寺の文覚上人から矢継ぎ早に帰還をうながす書状が届き、その文面はどんどん激烈になっていったから、明恵さまはついに神護寺へ行くことを決心なされた。春日の神の「京へ行け」との命令に背中を押されたこともあったろう。

二月五日に紀州を出て、京へと向かった。途中、奈良の雄山というところに宿った夜、乗り馬が京へ向かうと進まなくなる夢を見た。どういうことか怪訝に思い、不吉な予感をおぼえながら、七日に東大寺の尊勝院に入った。

翌々日の九日、春日の社に詣でると、三十頭ばかりの鹿が集まってきて、いっせいに前脚を折って首《こうべ》を垂れた。まるで明恵さまを拝しているようだった。十一日の参詣では霊鷲山において釈迦如来に仕えている幻覚を見た。

その足で京へ向かい、十五日には今出川《いまでがわ》で涅槃会をおこなった。熱心な帰依者が早くから準備をととのえており、断ることができなかったのだ。

そこで、二日前の十三日に文覚上人が対馬へ遠流となり、すでに京を発ったという驚愕の事実を聞かされた。

喜海さんが急ぎ神護寺へ行って事情をたしかめた。それによると、後鳥羽院が自分のとりまきの公家たちに神護寺の領地を好き勝手に分け与えているのに激怒した上人は、院御所に乗り込んでわめきたてて罵り、逆鱗に触れたという。佐渡からようやくもどってきてまだひと月かそこらなのに、またしても配流にされたのだ。

しかも、この無慈悲な処罰に抗議した上覚さままで逮捕され、日向への流罪を命じられた。上覚さまは上人を配地へ送り届けたのち、日向へ向かうということだった。

さては、馬が進めない夢はこのことだったか。明恵さまはさすがに青ざめ、頬を震わせた。

あのまままっすぐ神護寺へ行っていたら、連座していたかもしれない。既《すんで》のところで難を免れたのです、と急ぎ駆けもどってきた喜海さんは安堵の吐息をついて報告したが、ふたりの師に別れを惜しむことすらできなかったのは私の不徳ゆえだと明恵さまはひどく落ち込んでしまわれた。

傷心を抱えて紀州へ帰ると、文覚上人と上覚さまが流罪になったその同じ日に、湯浅宗光さまら有田一郡の地頭職が幕府に呼びつけられ、鎌倉へ発ったと知らされた。湯浅一族は動揺しきっており、われら一同も、糸野から神谷へ移らざるをえなかった。

そんななか、またしても春日大明神が降臨したのだ。先日の春日大社参詣を喜び、鹿が伏したのは謹んで出迎えたのだといい、京での涅槃会も出向いて見たという。

さらに「我と住吉大明神の神像を描かせよ」と命じて両神の姿かたちを詳細に語り、重ねて「解脱房に早く会いに行くべし」と命じて去った。

わたしは、畏れ多くも、「春日の神さまちゅうのは、ようも次々に要求なさるもんや」と内心悪態をついた。何度も顕れ、くどいほど念を押す。なにがなんでも言うとおりにさせるつもりか。あの、世にも不思議な降臨のさまは、死ぬまでとうてい忘れられるものではないが、天竺行を阻止しただけではまだ満足なさらぬのか。

むろん、明恵さまをいとおしみ守護して、次々に霊験を示してくださるのはありがたいかぎりだが、それにしても、意のままにふりまわすのもたいがいにしてほしい。だがさすがに、そんなことは恐ろしくて誰にも言えなかった。

明恵さまご自身ははたしてどうお感じだったのか、なにもおっしゃらなかったからわからないが、再度の降臨後、すぐに奈良へと発って春日大社に詣で、その足で解脱房貞慶さまのおられる笠置山へ向かった。

　笠置寺は山城国と大和国を区切る木津川を見下ろす山の中にある。奈良時代創建と伝わり、東大寺草創期の良弁僧正《ろうべんそうじょう》や二月堂の修二会《しゅにえ》を創始した実忠和尚《じっちゅう》ゆかりの由緒ある寺である。

だが、二月も末で下では桜も咲いているのに、雪をかぶった山道も寺域も森閑としていた。

「いかにも隠遁の地らしいな。ことに冬場は、この凍てついた杣道《そまみち》をわざわざ登ってくる人はおるまい。俗塵と隔絶して清浄そのものだ」

現に、訪《おとな》いを告げても誰も現れないところをみると、住んでいるのはごくわずからしい。

四半刻も待たされてようやく出てきたのが解脱房さま本人だった。

いかついいからだつきの中年のその人は、眼光鋭く睨み据えると、いきなり錆びた声で吠えた。

「しばらく前からなにやら芳香がしておりましてな。さては妖異が美しい女人に化けて、この未熟な半僧どもをたぶらかしに来よったかと。しかし、それにしてはすこぶる清らかな香りゆえ、怪しんでおりましたのじゃ。おい、おまえら」

うしろに隠れておずおずしているふたりの若僧をふり返り、大仰な身ぶりで命じた。

「なにをぐずぐずしておるのじゃ。早う足濯《すす》ぎを持て。燗酒と粥もじゃぞ」

解脱房貞慶さまは、後白河院の御代、権勢を誇った藤原通憲《ふじわらのみちのり》こと信西入道《しんぜい》の孫で、その信西は平治の乱で失脚、処刑され、息子も連座。幼い貞慶は泣く泣く出家させられ、興福寺に入れられた。成長して興福寺きっての法相宗《ほっそうしゅう》と律の学僧と謳われ、多くの帰依者に慕われるようになったのに、興福寺の退廃と僧の堕落に憤り、三十八歳でこの笠置山に引き籠った。以来十年、人を寄せつけぬ隠遁をつづけている。

見るからに苛烈《かれつ》そうだし、山法師めいた体軀といい、華奢で柔和な明恵さまとは正反対だが、寺の派閥争いと僧の堕落を嫌って神護寺を飛び出した明恵さまと、相通じるものがある。だからこそ、春日の神は明恵さまとこの御仁を惜しんでひっぱり出したいと考えているのか。明恵さまが来訪の意図を伝えると、解脱房さまは語気荒く吐き捨てた。

「神は無慈悲なことをなさる。人の意思などどうでもいい、黙って従えといわしゃるか」

その言葉にわたしは内心、自分が思っていることを言ってもらえたと胸の中で快哉を叫んだが、解脱房さまの怒りがご自身のことか、それとも明恵さまをおもんぱかってのことかはわからなかった。明恵さまのほうはなぜかおだやかなお顔で黙っておられた。

あとのことは余人を交えずおふたりだけで対話なさったから、わたしは知らない。わたしは別室で若僧たちに熱々の麦粥をふるまわれ、寒さしのぎに腹に当てよと温石《おんじゃく》を貸してもらって、すっかりいい気分でくつろいでいた。若僧たちが言うには、解脱房さまの教導は逃げ出したいほど厳しいが、やさしいところもあるのだと、泣き笑いのような顔だった。

意外なことに、貴家に祈禱や説法に招かれていくと、まるで蚊の鳴くような小声で、聞き取れなくて相手が困るほどだというのだから、解脱房というひとは二面性があるのか、どちらが本当の姿なのか、わたしには見当もつかなかった。

帰り際、解脱房さまは明恵さまに、あなたは釈尊の申し子らしい、あなたがお持ちになるべきだと、秘蔵の仏舎利《ぶっしゃり》を差し出した。

そのとき以降、おふたりはしばしば手紙のやりとりや面談をして、深く親交なさった。明恵さまがのちに弥勒《みろく》信仰を深めたのは解脱房さまの影響だろうし、解脱房さまがやがて京の南部、山城国の海住山寺《かいじゅうせんじ》に移り住んだのも、明恵さまを通じて春日大明神の言葉を、しぶしぶかもしれないが受け入れたか。

笠置山から紀州への帰途、絵仏師の俊賀《しゅんが》を呼び寄せて星尾《ほしお》の庵へ伴った。彼は京から神護寺への周山街道沿いの梅ヶ畑の出で、そのあたりには古くから宅磨《たくま》派《は》と称する仏師や絵仏師が多く住んでいる。のちに高山寺の画僧になった恵日房成忍《えにちぼうじょうにん》さんもその一派だ。

俊賀は、明恵さまがまだ神護寺にいた頃、絵が好きな明恵さまと意気投合したそうで、春日大明神に命じられた、春日と住吉の両明神の画像を描かせるために連れてきたのだ。

「御神が御自ら姿かたちをとおっしゃられたとは、めったどころかいまだかつてない奇特なことで。それを描かせていただけるとは絵仏師冥利に尽きます」

俊賀は感激に震える手で懸命に描き上げた。

春日大明神は頭上に三髻《さんけい》を結い、黒い髪と髭を蓄えて袈裟をまとった老体。住吉大明神のほうは、頭巾をかぶり、白髪の髭と眉で袍服《ほうふく》を着た俗体の老官人姿。どちらも面長で痩身。恐ろしげで厳めしい顔貌ではないが、見るからに異国ふうの姿なのが、わたしにはなにやら奇妙に思えた。

明恵さまは湯浅一族と諮《はか》ってそれを納める小堂を新築し、開眼供養をおこなった。その画像はそこで大切に守り伝えられ、その後、成忍さんが模写したものが高山寺にもある。高山寺に入って間もない頃、わざわざあらたに堂を造って奉納したほど、明恵さまにとって特別な思い入れがある神像なのだ。

それから間もない八月、文覚上人、鎮西《ちんぜい》の地で死去の悲報が上覚さまから届いた。

四

一年後の、元久《げんきゅう》元年（一二〇四）九月だったか、神護寺と栂尾の中間の奥まった山中の槙尾《まきのお》の房に仮寓した。

まず神護寺へ行くと、上覚さまに迎えられた。文覚上人が佐渡流罪を赦されて帰還するとの報を受けて紀州を発っていかれて以来、一年八ヶ月ぶりの再会だった。

上覚さまは驚くほど老け込み、憔悴しておられた。文覚上人の遺骨を抱いて神護寺にもどったものの、もはや上覚さまの居場所はなく、失意の底に沈んでおられる様子がありありで、そのまま上人の墓所へ連れていかれた。

墓は神護寺の裏山の頂上にぽつりと建つ五輪塔だった。眼下に寺域が見おろせ、はるか先に目をやれば、木々の合間から京全域が遠望できる。

「わが首を都へ持ち帰り、高雄の、都が見える高い所に置け。都の守護に心傾けん」

上人の遺言を守り、上覚さまとごく少数の恩顧の者だけでそこに埋葬したという。寺での葬儀もできなかった。

覆堂《おおいどう》を建てる予定でいるのだが、別当《べっとう》の許可がおりず、礎石だけで放置されているのだと上覚さまは深々と嘆息した。参る者もめったにいないとみえて、香も花も供えられていなかった。上人はすでに過去の人なのだ。

尾根からの烈風が吹きすさび、冬枯れが始まったススキや熊笹を激しく揺らしていた。上人が寺域一帯を聖域とするために植樹した赤松の林もこんな上まではなく、橙色《だいだいいろ》の西陽が直接照りつけて、妙に明るくからりとしているのがなんだか不思議に思えた。

流刑地への護送は、上覚さまはじめ四、五人の寺僧と法師原《ほっしばら》と呼ばれる下級僧らが随行したが、上人を乗せた輿を担ぐ法師原どもが逃亡してしまったので、上覚さまらが輿を担ぎ、馬の口取りや馬草苅り、荷物持ちまでしなくてはならなかった。

鎮西の宿所に着いて対馬へ送られる船を待つ間も、不自由を余儀なくされた。世話をしてくれる地元の者もろくにおらず、寺僧たちが交代で朝、薪を採りに遠い山へ入り、夕方になってやっともどってくるありさまで、嫌気がさしたか、一人、二人と姿を消してしまい、残ったのは上覚さまとあと一人だけだった。

看取ったのもその二人。秋風が冷たくなってきた七月の二十一日。

「上人は食を断って憤死なさったのだ。すさまじいご最期だった」

目あらん者はたしかに見よ。耳あらん者はたしかに聞け。我にかような辛《から》き目をみすれば、只今にもわが前に迎え取ってやろうぞ。そう歯噛みするさまは、長年苦楽をともにした上覚さまでさえ見ていられなかった。

上人は伊豆に流される直前にも抗議の断食をし、絶命寸前までいったことがある。今回もそのつもりであったか、それとも、本気で死んで呪詛する気でいたか、上覚さまにもわからないという。上人の死によって日向への配流を免除された上覚さまは遺骨を抱いて帰還したのだった。

「下向中も鎮西の宿所でも、上人はおまえのことばかり話された。常々、釈尊の直弟子の舎利弗《しゃりほつ》や目犍連《もくけんれん》も、明恵の心映えの清らかさと仏法を知る才能には遠くおよばぬと言っておられたが、それを何度もくり返され、明恵はなにゆえ来てくれぬのか、わしがあれほど待っておったになぜ来なんだ、と拳を握ってお怒りだった」

上覚さまの言葉に、明恵さまは墓石に額を擦《こす》りつけ、伏し拝むようにして泣きじゃくった。

明恵さまはよく泣く。よく涙を流す。わたしは最初の頃こそ、大の男がと驚き、呆れもしたが、やがて、豊かすぎるほど感情豊かなお人なのだと知るようになった。

悲しみや怒りだけではなく、感極まってしぜんと涙があふれ出す。人の気持に感応して泣く。人だけではない。獣や草や木や、地べたの石ころの思いまで感じとって泣いたりする。

そもそも、男が泣くのはみっともないだの、弱みを見せてはならないだのという考えはないのだ。思いのまま、心のまま泣く。

だが、あのときほど、あれほど激しく、声を放って泣くのを見るのは初めてだった。その姿はまるで、幼子が祖父の膝にすがりついて赦しを乞うているようにわたしには見えた。

槇尾の仮の庵での生活は長くはつづかなかった。

近くにいればいるほど、このまま神護寺にとどまってほしいという上覚さまのお気持が重くのしかかってきて耐えられなくなったのだ。

もともと紀州の糸野の庵が安住の地とはいえなくなり、一時的な避難と不足している聖教を入手するためにやってきただけで、定住するつもりはなかったのだが、神護寺の僧たちの視線は予想以上に冷たいものだった。

「どう頼んでも、ここにおってはくれぬのか。またわしを見捨てるのか」

上覚さまの悲嘆を振りきるようにして、紀州に帰った。

神谷の庵に落ちつく間もなく、その年の暮れ、義理の伯父御である崎山良貞《さきやまよしさだ》さまが亡くなられた。両親に死に別れた明恵さまを引き取って養育してくれた恩人だ。妻女は母御の姉で、夫婦そろって庇護してくれていた。

有田郡の在地領主でもある地頭職を無理やり罷免して、領地を奪わんとする後鳥羽上皇の非道を幕府に訴えるため、湯浅宗光さまともども関東へ下向したものの、無駄骨に終わり、失意と疲労のせいで病を発したということだった。

その弔いをした明恵さまは、近しい人々を次々に失う悲嘆に修学と勤行にも身が入らず、虚しい日々を送った。

そこからなんとか脱したいとの思いからか、二年前に諦めた天竺行をふたたび計画しはじめたのは翌年の春のことだった。


玄奘三蔵法師《げんじょうさんぞうほうし》の『大唐西域記《だいとうさいいきき》』を手に、明恵さまは、ひどく真剣な面持ちで唐の都長安から目的地の天竺の王舎城《おうしゃじょう》までの距離とかかる日数をあれこれ列挙し、そのそばで算術に強い弟子がひとつひとつ計算して、間違いなければ片端から書きつけていった。

距離の単位である一里は、時代によって違うし、大里と小里とがある。そのうえ唐国の一里は日本のそれとは異なるというから、ややこしいことこのうえない。わたしは聞いているだけでわけがわからなくなった。

「やれやれ、想像以上にかかるものだな」

明恵さまは溜息をつきつつも、妙に楽しげに清書なさり、ぽかんとしているわたしのために読み上げてくださった。

大唐天竺里程書
「大唐の長安の京より摩訶陀《まがだ》国王舎城へ到る。

五万里（記に云く、五万余里というは、□（不明字）大あるいは小の里かは知らず。但し、聖教の常途の説によりて、小里を以て一里と定む）すなわち、八千三百三十三里十二丁に当たるなり。（大里の定義は、三十六丁が一里なり）

もし日に八里歩けば、千日を経て王舎城に着くべしと云々《うんぬん》。

百里（小里）十六里二十四町なり。（大里の定義なり）

この計を以ての百里は二日。（もし大里ならば八里余に当たる云々）

千里は二十日、万里は二百日、五万里は一千日なり。

もし毎年の日数必ず三百六十日ならば、正月一日に大唐長安京を出でて、第三年十月十日、王舎城に致着すべし。

（印度は仏生国なり。恋慕の思い抑えがたきにより、遊意を為し、これを計。哀々マイラバヤ）

もし日に七里歩けば、一千百三十日で致るべし。すなわち第四年二月二十日云々。

もし五里ならば、第五年六月十日午の尅《こく》着くべし。数一千六百日なり。」

「足掛け四年か五年？　そんなに！」

わたしは思わず叫んだ。しかも、毎日毎日、雨でも雪でも休まず歩いてだ。不覚にも声が裏返った。しかもしかもだ。この年数は長安から天竺までの片道で、帰路もまた四、五年。

王舎城は天竺中部の摩訶陀国の首都で、頻婆娑羅《びんばしゃら》王と妃の韋提希《いだいけ》夫人、息子の阿闍世《あじゃせ》王の居城だった。王一家の庇護を受けた釈尊と弟子たちがその周辺に住んで布教した仏教発祥の地、聖地だ。東に霊鷲山、郊外の竹林精舎《ちくりんしょうじゃ》と、三蔵法師も釈尊の遺跡が数多く残っていると『大唐西域記』に記している。釈尊入滅後その教えをたやさぬために全国から五百人もの弟子や帰依者が結集して仏典を編纂したのもこの郊外だったとされるし、明恵さまがまずそこを目指すのは当然だが、さらに他の遺跡を歴訪するのも一年やそこらどころか、数年がかりになろう。

そのうえ、まずこの紀州から瀬戸内海を舟で行き、筑紫から大海を渡って唐国沿岸にたどり着き、そこから延々大河を遡って、内陸の長安へ。順調にいっても一年近くかかるというのだから、紀州から南都を経て京へ、さらに洛北へ行くのとはまるでわけが違う。

往復だけで二年。長安での滞在も数年に及ぼう。古代の遣隋使や遣唐使はみなこんな長旅をしたのだ。留学生《るがくしょう》や留学僧もしかり。異国での厳しい修行や勉学に耐え、慣れぬ生活に苦しみ、長い者は次の使節が来るまで、二十年以上も暮らしたという。熱意とか求法《ぐほう》という言葉は軽すぎる。

今回の天竺行も、ここへもどってくるまで、へたすると三十年はかかる。指折り数え、考えただけで気が遠くなった。

「怖いもの知らずのイサもさすがに怖気づいたか」

明恵さまがにこにこと、これ以上ないほど上機嫌な顔をなさったから、わたしは臍を曲げた。

「馬を使えば、もっと早く行けますに」

「ああ、三蔵法師も馬や騾馬《らば》に乗っていったそうだから、われらもうまく手配できれば世話になれるであろうよ。もっとも、砂漠では馬の脚が砂に取られて、さほどはかばかしく進めなかったようだ。荷運びの役には立つだろうがね。とにかく自分の足で歩きとおせる自信と、なにより覚悟がないとむずかしい。加えて、何が起こるかわからぬ事態に、機転をきかせて乗り越える知恵。それも必要だ」

そういわれて、明恵さまが性急に決行しようとしている理由がようやく腑に落ちた。落ちついて修行できる場所を失って転々とする状況から逃げたい、活路を見出したいというのもあろうが、歳をとってからでは行けなくなるという焦りも強かったはずだ。明恵さまはそのとき三十三歳、真っ先に希望した喜海さんはじめ全員がそれより数歳若く、わたしはいちばん年下の十八歳。

随行を申し出た者は、わたしをふくめて五、六人。誰もが皆おのれの生死を賭けようとしている。明恵さまのもとにやってきた時点で、すでに僧の世界での栄達を望まず、ひたすら修行と研学に打ち込む真摯な人たちばかりだが、それでも、俗世の縁を断ったとはいえ身内や縁者との永別となるやもしれぬ決心は簡単にできるものではない。ひとりも身寄りのないわたしがいちばん迷いがなく、気が楽なのは当然だ。

わたしは求法の気持はもとよりなく、ただ釈尊というお方が生きた国を見てみたい、それだけだし、それよりなにより、明恵さまを守ること、そのためなら命は惜しくない。それだけだった。

しかし、それだけの理由でついて行っていいのか。荷担ぎはできる。だがそれ以外でわたしになにができるか。役にたてるか。足手まといになるだけではないか。

ふと、白上の庵にいたときのことを思い出した。師が耳を切ったとき、わたしはとっさに弟切草で手当し、傷口を化膿させずにすんだ。この人を守りたい、その一心だった。その後も、師は行に没頭するあまりろくに食べものをとらず、ひどい白痢にかかって、あやうく命を落とすところだった。わたしは懸命に看病し、助けを呼んだ。十歳かそこらの餓鬼がやれることなどたかがしれている。それでも必死だった。初めて神仏に祈った。

天竺への長旅と異国での生活はからだが弱い明恵さまにとって、他の者たち以上に過酷であろう。慣れぬ食べものは、ただでさえ胃腸が弱くて食の細い師にはさぞきつかろう。冷えと頭痛はもはや持病で、灸が欠かせない。怪我や、蛇や蠍の毒にやられたらどうなることか。

明恵さまと同行者たちのからだを守る。わたしの役目はそれだ。それしかない。手当の方法を学び、薬をできるだけ集めて持っていく。生薬、煎じ薬、薬草、灸の艾《もぐさ》、かたっぱしにだ。紀州の里に、山から薬草を採ってきて自分で煎じ薬をつくって売りに来る有田の婆がいる。無愛想を通り越して山姥《やまんば》じみた恐ろしげな婆だが、頼み込んで薬草の種類や集めかた、煎じ薬の作りかたを教えてもらう。そう決めた。

「みな、出立までよくよく考えよ。やっぱりやめるというのでもかまわぬから」

おだやかなおももちでいわれた師だが、次の瞬間、ふと怪訝そうに眉を寄せ、かたわらに視線をやった。どうなさったのかとみていると、気のせいかとでもいうふうにかぶりを振られた。

旅に携行する品々を挙げ、その支度の話を始めた。本尊の画像や持経の書写、それを納めて担ぐ笈《おい》、水や食糧入れの革袋、雨除けの藁笠、草鞋《わらじ》、脚絆《きゃはん》。

衣類はどんなものが必要か。現地の気候はよくわからないが、かの地の冬は日本よりはるかに寒いというから、防寒の分厚い綿入れや、ふくらはぎから爪先まですっぽり包む革の長靴《ちょうか》が要るだろう。夏の砂漠は乾ききった酷暑というから、涼しい麻の肌着。長安で調達できるものはいいとして、こちらで用意していかねばならぬものも厳選し、できるだけ身軽に出立したい。

さて、費用はどれくらいかかるか。湯浅さまや崎山さまが苦境に突き落とされているいま、多額の寄進は望めぬし、望んではならぬ。極力倹約しなければ。これは容易ではないぞ、やれやれ、とかぶりを振りながらも、その顔はどれも弾みきっているのだった。

皆であれこれ言いあっていると、明恵さまが突然、脇腹を押さえて苦悶の表情になった。

「いや、なんでもない。それより、できるだけ経巡《へめぐ》って多くを見たい。一生で二度と行けぬところなのだから、後悔したくない」

顔をゆがめながら相談をつづけよとおっしゃったが、苦悶の様子はさらにひどくなり、左右両方の腹を押さえてほとんど上半身を折った。額から脂汗が噴き出していた。

その場で横になっていただいたが、今度は胸を押さえて悶絶せんばかりだ。異様なありさまにあわてて話を中断すると、ようやく痛みが引いたらしく、呼吸も次第におだやかになった。

翌日つづきをはじめると、またしてもおなじ事態になった。次の日も、そのまた次の日も。それが五、六日もつづいた。もともとからだが丈夫ではないし、感情が昂じてほとんど気絶してしまうこともあったが、こんな苦しがりようはかつて一度もない。しかも、天竺行の相談をやめるとぴたりとおさまるのだ。

「どう考えてもただ事ではありません。お心当たりがおありなのでは？」

喜海さんらが口々にたずねると、かたわらに目には見えぬが誰か人がいるように感じ、釈尊の遺跡を訪ねたいというと涙を流して怨嗟《えんさ》するふうで、相談の間中、手を伸ばしてきて片腹を強く握り、さらに両脇腹を握ってくる。その痛さときたら息もできないほどで、いよいよ話が決定という段階になると、からだの上に乗ってきて、両手で胸を強く押さえつけるというのだ。

これは前回同様、春日大明神のご意思ではないか。またもや阻止なさろうとしておられるのか。

そう思わぬ者はなく、師も心を決めるしかなかった。

「ならば、本尊の釈迦如来、春日大明神、善財《ぜんざい》五十五善知識《ぜんちしき》の形像《ぎょうぞう》の前で籤《くじ》を引いて決しよう。『渡るべし』と『渡るべからず』の二本の籤をつくり、もしも一ヶ所でも『渡るべし』が出たら身命《しんみょう》を捨ててでも素志を遂げる。三ヶ所すべて『渡るべからず』であれば、潔く思いとどまる」

そこでまず、釈迦如来の御前で籤を引こうとしたが、二本のうち一本が、誰が触ったわけでもなく風に飛ばされたわけでもないのに落ちてしまい、どう捜しても見つからなかった。残った籤は

『渡るべからず』だった。他の二ヶ所も『渡るべからず』が出て、師はついに天竺行を断念なさった。

するると、病は嘘のように癒えたのだから、ご自身はさぞ断腸の思いであったろうが、やはり神仏の御意思と考えざるを得なかった。

ご自身は、その目に見えぬ幻の人というのが誰とはおっしゃらなかったが、わたしは糸野御前ではないかと思った。彼女は、明恵さまがまた天竺行を計画していると聞くや、すぐさま髪をおろして出家してしまっていた。有力地頭の妻女、子らの母親という立場を投げ捨ててでも、明恵さまの計画を阻止しようとしたとしか考えられない。

前回、春日大明神が憑依したのも糸野御前だ。それが嘘偽りだったとは、あの異様なありさまからして考えられないが、わたしは、御前と明恵さまの間にはなにか特別な感情があるのではないかと思えてならなかった。

勘違いしてくれるな。その感情とは、世間一般の男女の恋情とか色欲というのではない。もっと強い結びつき。余人には到底うかがい知れぬ、特別ななにかだ。

いや、おふたりともまだ二十代の頃だ。明恵さまに生身の男としての欲望がないわけではなかったろう。煩悶もあったろう。彼女と手と手、足と足を重ね合わせて、断崖絶壁をそろそろと渡っていく夢をごらんになったこともあるそうだから、危険をおかしてでも肉体的な結合を果たしたいという欲望も、心の奥底にはあったに違いないのだ。

糸野御前も、神がかっていた最中、明恵さまを胸にかき抱いて「愛おしく思いたてまつり候」とささやいた。彼女自身の秘めた恋情がはからずも噴き出た瞬間であったのかもしれない。

だが、それは男女の肉の交わりを求めてというよりは、より深く心と心を結び合いたいとの渇望だったのではないかとわたしは思う。わたしだけではない。御前の夫の宗光さまも、周囲の者たちの誰も、おふたりの関係が不義とかふしだらというふうには思わなかった。

余人は、たとえ夫や親であっても踏み込めぬ、邪推も非難もさしはさむ余地のない、なにかひどく崇高な、不思議としかいいようのない空気がおふたりをとりまいていたような気がする。それは誰もおかすことができない、おふたりだけの世界であったのだと思う。

それから間もなくの九月、明恵さまは神護寺への帰還を強く求める上覚さまへ長い断りの手紙を出された。不安定な状況のなか、出口を求めてもがいている状況を切々と訴え、不義理を許してほしいと懇願した。

いま思えば、この頃が明恵さまにとって、先が見えぬ、いちばん苦しい時期だった。

糸野御前は、やがて明恵さまとわれらが紀州を離れて京へ去った後、ひっそりと亡くなった。まるで蠟燭の火が消えるような、静かな最期だったとあとで聞かされた。

第四章　日出《いで》て先《ま》ず高山を照らす

一

後鳥羽上皇より栂尾の地を賜《たまわ》ったのは、建永《けんえい》元年（一二〇六）、明恵さま三十四歳、わたしが十九の、冬十一月。

それより前、夏くらいから明恵さまはたてつづけにそれを予告するような夢を見ていた。いずれも誰かからすこぶる貴重なものを与えられる夢で、たとえば、文覚上人が他の者に与えずにおき、おまえだけに、と言って仙薬を与えてくれる夢を見た。

ことに印象が強かったと話してくれたのは、飴の桶を二つもらった夢で、自分はもともと一桶は持っていたが失ってしまった、今は二つ与えられた、と夢のなかで誰かに語ったという。

「以前は、世間のことで心にかなわぬことばかりで気持が乱れ、思うようにいかぬことが多かったから、そのせいでせっかく持っているものを失ってしまったのであろう。今回は事態が変化して二桶を得るということだろうと思う」

聞いたわたしが「おまえさまは飴が大好きだから欲張ったんだろ」などと茶化すと苦笑しつつ、

「何かを得るには、何かを失わねばならぬことがある。おそらくそういうことであろう」

と真剣なおももちでこたえられた。それから間もなく内旨があったのだから、いよいよその夢の暗示が現実のものとなったのだ。いま思えば、ご自分が何を失い、そのかわりに何を得るのか、それを受けるべきなのか、そんな迷いが見させた夢であったのかもしれない。

十一年前、自ら神護寺を飛び出したのだし、その後、文覚上人が神護寺の地つづきの山に一院を建てて居住せよと懇望したのに拒絶した、その栂尾の地に独立した寺を建てよと上皇から与えられることになったのである。

考えてみれば、文覚上人は後鳥羽上皇と衝突して二度も流罪になり、恨みぬいて憤死したのだ。上皇の真意がどこにあるのか。知るすべはなかったから、ふりまわされるのは御免こうむりたいというお気持があったのではないか。

そのせいか、後法性寺入道殿《ごほっしょうじ》こと九条兼実卿《くじょうかねざね》の邸に呼ばれて饗応され、姫君を横ざまに抱いて二人で車に乗り込む夢も見た。その頃実際に、入道殿は明恵さまをしばしば邸にお呼びになっておられたから、その入道殿からも上皇の思し召しを受けるよう強く勧められたのだった。

うら若い姫君を抱いて車に乗るというのはおだやかではないが、院の思し召しを受けることになれば、俗世間や女人とのかかわりが否応なく増えるという暗示かもしれぬ、そう思ったという。俗世のわずらわしさを避けては通れなくなる。

迷いはまだある。栂尾に居住することになれば、いままでのように紀州にいられなくなる。不遇にあえいでいる湯浅の人々を見捨てることになるのではないか。

そんな葛藤の末、引き受けることにしたのは、ご自身、大きな転換点と感じたからであろう。さながら虎穴に飛び込むような覚悟だったにちがいない。

「イサも苦労することになる」

泣き笑いのようなお顔でおっしゃった。

「なんの。天竺よりずっと近いんだし、それに、あのあたりの山は嫌いじゃねえだよ」

わたしはわざと軽くこたえた。最初に神護寺に行ったときには、紀州の山とは大違いのひどく暗い山だと恐ろしかったが、慣れてみると案外、明るい山だと気づくようになっていた。

かつて文覚上人が神護寺に入山した当初、寺域を周囲の山と区別して山を生業とする猟師や里人の立ち入りを許さぬ殺生禁断の聖域とするために、大規模に赤松の植樹をおこなった。いまでは、赤松独特の幹の明るいやわらかな色合いが、高雄のみならず槙尾、栂尾の山々一帯を覆い尽し、周囲の杉や楠の山と一線を画している。

最初はもともと神護寺の別院としてあった十無尽院《じゅうむじんいん》という古ぼけた小堂に、明恵さまとわたし、二人だけで暮らし始めた。

それと入れちがいに、上覚さまが紀州へ帰られた。老いの身を静かに養いながら明恵さまの代わりに有田の人々の力になりたいとのお気持からだった。そのうちに神護寺にもどっていた喜海さんら四名の若僧が栂尾へ移ってきて、総勢十人ほどが一緒に暮らした。

寺の名は、明恵さまが後鳥羽上皇に願い出て「高山寺」と名づけた。

「日出て先ず高山を照らす」

夜明け、昇ってきた朝陽はまず高い山の頂上を照らすことから、釈尊が悟りを開いて初めて説いた華厳の教えをこう譬える。師はここから、華厳の法がこの世の中をあまねく照らすとの決意を込められたのだ。その後、朝廷から正式に「日出先照高山之寺」の勅額が下された。

その十無尽院は、かつて文覚上人が発願して建設しはじめるも完成をみず、そのまま放置されていた堂で、あちこち雨漏りの染みと黴《かび》だらけの堂内はまだ床板も張られておらず、むろん本尊もおわさず、仏具類もなかった。

無い無い尽くしの出発だったが、師も、喜海さんらも、そんな不自由さは意にも介さず、むしろようやく安心して修行に打ち込める場ができたことを喜んだ。喜海さんと浄悟房さんに集中して講義をし、書写事業も進められるようになった。数年来の紀州でのごたごたでろくに聖教を開く余裕すらなかったことを思えば、それだけで御の字だと、やっと皆で張った十無尽院の床板と、間に合わせで急いで建てた掘っ立て小屋めいた粗末な住房の柱を撫でさすり、嬉しげに笑いあったものだ。

しかし明恵さまが落ち着いて高山寺にいられたわけではなかった。翌年秋には、後鳥羽上皇から東大寺尊勝院の学頭を命じる院宣《いんぜん》が下り、やむなく、その後数年間はしばしば奈良に出向いて講義しなければならなかった。しかも、上皇から尊勝院へ経済的援助の沙汰があったのに、いつまでたってもそれが実行されず、ひどく落胆させられもした。

後鳥羽上皇というお方は、気概にあふれた聡明なお方ということなのに、その分、思いつきで行動なさる勝手気ままさが目立つ。しかもそれをすぐ忘れ、平気で撤回なさるのだ。万事気分次第。そのときそのときのご都合次第。明恵さまに対する厚情も、その一つにすぎないのかもしれない。それにふりまわされるのには、恩義を感じつつも嫌気がさしておられたはずだ。

そのせいもあったか、一時期、神護寺との関係でひどく煩わしいことがあり、紀州へもどって住んだこともあった。最初に懸念したとおり、九条兼実卿や貴家との交流が頻繁になり、いままでにない気苦労が大きくなったせいもある。

名を「成弁」から「高弁《こうべん》」に変えたのはその頃のことだ。「明恵房高弁」。気分一新したいというお気持からであったろう。

高山寺の造営もはかばかしく進行したわけではなかった。ようやく各堂が建設されて寺容がとのうまでには、創寺から十年以上も経なければならなかった。

二

栂尾に来て、わたしは悩み始めた。師にも誰にも言えなかったが、自分はこれからどうすべきか。このままここにいていいのか。いろいろ考え、思い迷うようになった。

八歳の冬に仕えるようになって、早や十年以上。武士になりたいなどといっぱしに考えていたが、もうとうにそんな気はなくなっていた。

すでに武士が華々しく活躍する戦乱の世ではない。鎌倉の幕府が京の鴨東六波羅《おうとうろくはら》の地に駐屯地をつくり、町では泥臭い武士たちがわがもの顔にふるまっている。かつて木曾義仲とかいう野武士まがいの一団が傍若無人に荒しまわって顰蹙《ひんしゅく》をかったほどではないと古老たちは言うが、有田の湯浅一党の温順さと比べると雲泥の差だ。なにより騎馬武士が都大路を集団で駆けずりまわり、町衆たちや見世を蹴散らしていくさまなど、目を覆いたくなる。

大路を歩いていた師とわたしがあやうく馬に蹴られそうになったこともある。道の端に寄っていたにもかかわらずだ。やつらは謝りもせず、「邪魔だ。どけっ」と怒鳴りちらしていった。

わたしが鼻息を荒くして「あやつら、武士の矜持ちゅうもんがないんか」と生意気を言うと、明恵さまは「皆が皆ああではないだろうがな」と苦笑なさった。ご自身、父方母方とも武家の家に生まれたお人だ。仏門に入った身だが、武家の性根をいまも宿している。

あれほど勢力を誇って里人たちに慕われていた湯浅一党の無残な没落も目のあたりにした。ご家族や郎党たちは困窮しているし、明恵さまも庇護と定住の場を失い、われらは不安を抱きながら転々としなくてはならなかった。

武士になんぞ、頼まれたってなりたかない。そのころのわたしは本気でそう思っていた。

では、これからどうしたらいいのか。明恵さまはなにもおっしゃらない。どうするつもりだとか、出家しろと言われたことは一度もない。おまえ次第、自分で考えて決めよ、ということだ。

もちろん、わたしは明恵さまの側にいたい。側でお守りしたい。

だが、坊主になる気にはなれない。他の同法たちは皆、明恵さまのもとで仏法を極めたい、仏の教えをもって苦しむ人々を助けたいと真摯に願い、厳しい修行と学問の生活に耐えている人たちばかりだ。おなじ坊主でも、大寺ならもっと楽で出世もできる道があるのに、それを求めず、ただひたむきに、迷いなく生きている。わたしは、辛苦は厭わないが、そんな覚悟はない。ただ明恵さまをお守りしたい。それだけなのだ。

考えれば考えるほど、迷いが深くなる。明恵さまのお世話をしているときも、雑用で忙しく動きまわっているときも、急にそのことで頭がいっぱいになり、手が止まってしまう。イサどうした？　いえ、なんでも。もごもご答えながら、その膝にすがりついて泣きたくなる。

気持や感情はそのつどそのつど揺れ動く。一瞬ごとに揺れ動き、流れていく。自分でとらえておくことのできない、まるで水か空気のようなものだ。自分が自分を裏切り、あざ笑う。悪魔のように冷酷で、無慈悲だ。

師が察していなかったはずがない。いま思えば、黙って見守ってくださっていたとわかる。

――イサ、自分の心で考えよ。自分の心を深く知れ。

そう仕向けてくださったのだ。

——自心を知る。

いま考えれば、仏の教えそのものだ。

気持や感情というわべのものにふりまわされるのではなく、自分の心の奥底にひっそりと、だが確かに存在するものはなんなのか、いや、そもそも心とはなんなのか。自分にとっての真実はなんなのか、それを考えよ。

それがわかってくれれば、自分がなんのために生きているのか、おのずと見えてくる。迷いがなくなる。それゆえの苦しみが消える。心がすべてを決める。

わたしはようやく突きつめて考えるようになった。深く、ありのままに、偽りなく、自分の心を探る。それは思った以上につらく、苦しいものだったが、やがて、見えてきた。

それは、わたしになにができるか、明恵さまの役にたてるか、ということだった。

天竺行の計画の際、薬や治療を自分の役目にしようと決心した。それはいまも忘れていない。山で薬草を見つければ摘み取って持ち帰り、乾したり煮出したりして試している。有田の婆にもせがんで教えてもらっている。案外性に合っているのか、初めは馬鹿にしていた婆がこの頃はいやに親切で、おまえは筋がいい、と褒めてくれたりする。都で売ればいい稼ぎになるぞ、とけしかけるのには閉口だが。

最近の師は多忙を極め、疲労がたまって、いままで以上に体調を崩すことが多くなっている。

東大寺や神護寺には医薬に詳しい僧がいる。そちらは唐より舶来の鉱物薬のことを知っている。東大寺にはかの鑑真和上《がんじんわじょう》が請来《しょうらい》したという唐薬が正倉院に保存されているとも聞いた。そんな奈良朝から秘伝の高貴薬はむろん手に入れられないだろうが、このあたりで採れるもので似たものがあるか、教えてもらおう。

　やるべきことがはっきりしてくると、やっと気持が落ち着いた。楽になった。

　明恵さまも高山寺に住むようになってから少しずつ、いや、かつてとは大きく変わったと思う。移って半年余ほどたった五月のある日、所用があって京に出て樋口の宿所に泊まった夜の夢を聞かせてくださったとき、そう感じた。

「夢の中で、私はどこか大きな堂で行法を修していた。十二仏の三尊の脇侍《きょうじ》に帝釈天が現れたまい、白象に乗っておられた。行が三座ばかりになると、道場に入って行法を修した。すると、帝釈天はにわかに女房の姿になり、絹の御衣《おんぞ》を脱ぎ捨てて堂中を逃《の》がれまわり、私の供法を受けようとしない。堂内に屛風があり、その上に乗って私を見下ろしておられた。

　しばらくするとまた堂内を動きまわってから堂の前に出て、誰やあると呼ばわると、僧が七、八人ばかり出てきた。そのうちの承仕《しょうじ》らしき僧ともろともに『この僧を引き立てて行き、みなで踏みつけて谷へ捨てよ』と仰せつけ、私を堂前の大床より突き落とした。

　そのなかの僧の一人が『この者、寿命はもともと短い。されば殺すなかれ。ただ打ちのめして谷に捨てよ』と仰せられた。法師たちが私を受け取って手を引いて行くのに、七、八人のうちの二、三人ほどがついてきた。私はこの使者に殺されてしまうのだと思い、『今度ばかりは、この命生けさせたまえ。いまよりもっと立派になってから死にますので』と訴えた。

　すると諸人こぞって私の言葉を喜び、そのなかの一老僧は涙まで流したので、私はなお『あら嬉しや』と言った。他の僧がそれに従うか従わないか、よく見もしなかった。各々にこう唱えた。

『成弁はかほどの……』」

そこまでおっしゃると、首をかしげられた。次の言葉が思い出せず、師ご自身、その夢がどういう意味なのか計りかねているふうだった。わたしも帝釈天が女人に変身して明恵さまを受け入れないというのはいかなる意味か、皆目見当がつかなかったが、それより、師が命乞いしたというのにひどく驚かされた。

それまでの師は、できるだけ人を避けて隠棲のなかで修行することばかり願い、現に、ごく少数の同法たちに教えるだけだった。命は天命のまま、御仏のはからい任せ。長生きしたいなどと考えるお人ではなかった。

病のときも積極的に治療しようとせず、わたしはやきもきするばかりだったのに、この夢ではどうか生かさせてくれと頼み込んだというのだ。もっと立派になってからでなくては死ねぬというのは、ご自分の使命というか、高山寺や他の場所で多くの人を教え導いていくと思い定めたからなのかもしれない。

天竺行を春日大明神が諫止なさった際、「京や奈良でも大勢の人がおまえを待ち望んでいるのだから。引きこもっていてはならぬ」と託宣された。それがあったからこそ、栂尾の下賜《かし》を受けたのだし、この夢のすぐあと、東大寺尊勝院の学頭にとの院宣に従ったのもそれゆえだった。

文覚上人と上覚さまのこともあったろう。拒みとおして失望させた後悔が深々と心に残ってしまっていたはずだ。気心のしれた者たちだけの閉鎖的な環境ではなく、たとえ不本意であっても、求めてくる者たちに門戸を開き、受け入れていかねば、と考えるようになったのだろう。

三

五条は京の入り口だ。東国からの街道はここの鴨川が終点で、木橋が架かっている。水神の祠《ほこら》がある中州があり、それによって二つに分かれている橋だが、水量はよほどの増水時以外は膝下程度で、流れもゆるやかだから、馬でも徒歩でもらくに渡れる。

広い河川敷は検非違使《けびいし》の取り締まり圏外ゆえ、地方から食いつめて流れてきた浮浪民たちが居つき、馬や牛の屠殺を生業とする河原者《かわらもの》の集団も住みついている。ここで解体して川水で血を洗い流し、砂利の上で生皮を干して鞣《なめ》し、武具をつくって地方まで売りに行くのだ。

いつもではないが、村から村へ旅して芸を見せる傀儡《くぐつ》の一団もここに仮小屋を建て、ささら踊りや人形使いの見世物で客を集める。傀儡女は売春もする。

ここは処刑場でもある。幾多の者が首を討たれ、砂利を血で染めたか。ここから東山へとつづく茫漠とした原野はむかしから髑髏原《どくろっぱら》と呼ばれて屍骸の捨て場だった。二百五十年ほど前、空也上人が念仏を広める寺を建てたのも、生と死が交錯するところだからだ。その地を平氏が本拠地にして栄華を極め、やがて滅び去ったのもなにやら因縁めいている。

栂尾を辰刻すぎに出て、周山街道を下り、賀茂川沿いに出て、下鴨社から鴨川西岸の土手を歩いてきた。初夏のよく晴れた日で、乾いた風が心地よく、途中一度も休まず、足どり軽くやってきたが、さすがにここまでくると、小休止したくなった。

陽射しが照りつける河原はしらしらとまぶしいほどで、さやさやと涼しげな瀬音をたてる浅瀬に白鷺が二羽、長い脚をそろりそろりと動かして小魚を狙っているのをぼんやり眺めた。

ふいに、白鷺が水面をかすめた黒い影に驚き、すばやく羽を広げて飛び去った。見上げると、追うものと追われるもの、交差しながら飛びかっている。影のほうは大きさからして鷹か。白い薄雲がふわふわと浮かぶうららかな空も、平和とばかりはいえないのだ。

川の西側の五条大路は、生者の群がり集う雑踏で、裕福な商家が軒を連ねている。なかでも升衛門《ますえもん》の店はひときわ大きく目立っていた。人の背丈の二倍はある土塀を張り巡らし、ゆうに一町の広さであたりを睥睨《へいげい》している。

城門と見まごう鋲《びょう》打ちの木門には見張り番の小屋がついており、屈強な番卒たちが昼夜警護しているのであろう、道行く者たちが息を殺して通り過ぎていく。

呆れて門前で立ち止まって眺める暇もなく、棍棒を手にした番卒たちにとり囲まれた。高山寺からの使いだと告げると、胡散臭げにさんざん睨《ね》めつけてからやっと入れてくれた。

入ってすぐは広い荷降ろし場で、荷車が何十台と集まっていた。塀に沿って何棟も建ち並ぶ蔵へと、大勢の人夫が忙しげに重そうな木箱や俵を担いで運び込んだり、蔵から出してきて車に積み込んだりしていた。

その奥は長い厩舎を備えた馬の繋ぎ場。運動させる馬場まである。

わたしは柵の中で秣《まぐさ》を食む馬たちにおもわず見惚れた。どれも見事な奥州馬ばかりだ。筋肉が盛り上がった首や肩や尻、太くたくましい四肢、油を塗ったように艶やかな被毛。明恵さまが紀州や奈良へ出かけられる際、地元の百姓から借りる駄馬とはまるで別の生きものだ。

さすがは都でも屈指と噂の商家だ。奥州とも鎌倉とも商いがあり、院御所や大貴族の邸にも出入りしている。扱い品は、この奥州馬に、木曾の檜《ひのき》、宮城の塩と鉄、会津の紙、絁《あしぎぬ》、麻布、極上の絹、奥州と佐渡の砂金、武蔵の銅。ことに奥州馬は一頭で砂金十袋という途方もない値という。

武家にも公家にも垂涎の的で、流鏑馬《やぶさめ》や野狩に目のない後鳥羽上皇に献上し、いたく喜ばれていると聞いたことがある。

あるじの升衛門は、木曾義仲の家臣の生き残りと噂されている人物で、その噂がほんとうなら、京であれほど傍若無人の野蛮なふるまいをして憎まれ蔑まれ、あげくに後白河法皇が源頼朝に討伐の院宣を下して滅ぼされた義仲なのに、その残党がいまや大手を振って繁栄を謳歌しているというわけだ。

升衛門本人は、六十がらみのでっぷり太った、いかにも柔和そうな腰の低い人物だが、目つきが異様に鋭く、動作に隙がない。

あちこちの寺に多額の喜捨をしているし、飢饉の村に家人どもを引き連れて出かけていき、大量の米や麦を施すことで知られており、世間は有徳人《うとくにん》とか有徳お大尽《だいじん》と呼んでいる。

九条兼実入道と親交があり、そのつてで高山寺にも最初から多額の寄進をしてくれている。つい先般も、堂の普請資材の木材に、番匠《ばんしょう》と呼ばれる大工、人夫たちまで派遣してくれたから、明恵さまの礼状をわたしが持参したのだった。

公家の邸では事務処理を扱う政所《まんどころ》というが、商家ではなんというのか、大勢の男衆が帳面を広げてなにやら書き込んだり、手下に指示をしている広々とした一室に通され、番頭格とおぼしき中年男の前に連れていかれた。

大黒《おぐろ》と名乗ったその人物は、名とは裏腹に色白の痩せこけた小男で、わたしがさし出した書状を、投げるように横に置くと、もう用はすんだとばかり顎をしゃくった。

「栂尾から歩きづめでまいりましたんで、ひどく喉が渇いております。水を一杯いただきたい」

わたしが肩をそびやかして言うと、また顎をしゃくった。

傍にいた下男が面倒くさそうに厨房の場所を教えてくれたが、案内してくれる気配がないので、わたしは腹を立てながらひとりで厨《くりや》の建物を探しにいった。

広場の奥にだだっ広い建物があり、覗いてみると使用人や人足の食事場か、踏み固めた土間に長板をいくつもさし渡し、その前は筵敷き。まるで東大寺や神護寺など大寺の食堂《じきどう》だ。

厨房はその横、これまた竈や水瓶《みずがめ》、野菜や米麦の俵が所狭しと並び、壁際は木椀や汁桶が並べられた長い棚。

夕餉の支度にはまだ間があるのか、人っこひとりいない。しかたない。勝手に水瓶から汲んで飲んで、早々に退散するか。そう思い、傍にあった柄杓を手にして蓋を取ろうとすると、瓶の列の裏側、壁際に隠れるようにして女がしゃがみ込んでいた。

女は怯えた顔でわたしを見上げた。まだ若い。その両頬が涙で濡れていた。

「怖がらんでええ。水を汲みたいだけじゃて。な？」

なるだけやさしい声でささやくと、女は急いで出てきて、涙を色あせた筒袖の袖口でぬぐった。

棚から大ぶりの椀をとってきて、瓶からなみなみと注ぎ、傍の壺から白いざらついた粉をつまむと、椀にふり入れてさし出してくれた。

「お飲みなんせ」

一気に飲み干した。自分で思っていた以上に渇いていたらしい。

「うまい。塩を入れてくれたんやな」

水はなまぬるかったが、体中に沁みとおっていくようだった。

「だって、帷子《かたびら》の背が白うなっとるから」

女はすかさず二杯めを注いでくれた。それにも塩。こんどは少し甘く感じた。

また一気に飲み干すと、三杯め。塩なしの真水が喉をなめらかに降りていった。

それがサキとの出会いだった。


それから月に一度か二度、五条の升衛門邸へ行く用事があった。升衛門からたびたび喜捨があり、加持祈禱や護符を頼まれるようにもなって、そのつど、使いを言いつけられたのだ。行くたびに、水を飲ませてもらいに厨房へ行った。いや、サキに会いたさに厨房を訪ねた。「あらっ」わたしの顔を見ると目を輝かせて微笑むようになり、しぜんに親しくなった。

痩せた貧弱なからだつきで、顔色も血の気が薄いが白目が青く澄んでいて、頰がぷっくり丸いのが愛らしく、髪は黒々と豊かで、頭頂部で束ねても余るほどだ。年はわたしより四歳下の十七。口数の少ない女で、ほとんどしゃべらなかったが、少しずつ自分のことも話すようになった。

生まれは、陸奥《みちのく》の入り口である白河の関からさらに北へいった安達太良山《あだたらやま》の麓の村。ここへ来たのは二年前。飢饉の年に穀物を施しにやってきた升衛門の一行に連れられて、二歳下の弟とともに上京したのだという。そういえば耳慣れない訛がある。ここにはほかにも諸国各地からやってきた者たちが飼われているというのだ。

それって、売られたのじゃないか、とわたしは思った。売られたか、買われたか。飢饉の村は口減らしに子供を売る。それ目当てに人買いがやってくる。ひょっとすると、升衛門もその類なのではないか。

弟は他の屋敷に馬と一緒に連れていかれたまま、一度も会えていないという。「弟は馬の世話がうまいから」とサキはそのときだけは自慢げな口ぶりだったが、要するに、馬と込みで売られたのではないか。

サキの仕事は厨房の下働きと水汲み、それに洗濯。手が夏でもあかぎれだらけなのは、そのせいだ。それと、升衛門の幼い孫たちの子守。明け方から夜遅くまで下女頭にこき使われ、夜は厨房の上の中二階で他の下女たちと雑魚寝。

最初に会ったとき、なんで泣いていたのか尋ねても、かぶりをふるばかりでこたえようとしなかった。そのうちに、ときどき両腕の肘の下に赤黒い痣ができているのに気づいた。大きさとかたちからして、どうみても男の指できつく摑まれた跡だ。足首に縄目がくっきりついていることもあり、折檻されているのかと問いつめると、怯えきった顔でちいさくうなずいた。

そういえば、升衛門の部屋に引きずり込まれるのを見たこともあったし、物陰で大黒に殴られているのも目にした。奴隷女をどう苛もうが犯そうが勝手ということか。

塀の外に出られるのは唯一、子守のときだけだという。やんちゃ盛りの三歳児が、どうしても外へ行きたい、傀儡の見世物を見たいと泣きわめくので、そのときだけは大黒も下女頭もしぶしぶ河原へ行くのを許してくれる。子を負ぶって逃げられはしないと見切っているのだ。

そのめったにない機会と遭遇したのは、何度目だったか。夏の盛りになっていた。

おりしも傀儡の一座が河原に来ていると知った子が駄々をこねてせがみ、たまたまわたしの帰りがけに門のところで出くわしたのだ。

どちらからともなく目くばせし、目立たぬよう離れて河原へ向かった。

午後早くのいちばん暑いときで、人出はそう多くなかった。

わたしもサキもただ、少しでも長く一緒にいたい、それだけだったが、若い傀儡女がなにを察したか、寄ってきて子供に声をかけた。

「坊や、あっちで人形使いを見ようか。おもしろいよ。飴もあげる。さ、おいで」

サキの背中からすばやく子を抱き取り、小屋の方へ行ってしまった。

わたしたちはどちらからともなく手を握り、背の高い萱《かや》の叢へ入っていった。まるでなにかに導かれるような、不思議な感覚だった。

草を踏みしだいて横になり、抱き合った。サキはわたしの目を見つめ、ちいさくうなずいて、からだを開いた。乾いた草と湿った土が入り混じった匂い、たがいの汗の匂い、河原を吹き抜けていく風のざわめき、遠くに聞こえる人の笑い声。草むらにひそんでいたバッタが飛び出していった。

葦の細葉がふたりの腕や首筋を切り、うっすらと血がにじんで、みるみる薄紅色の糸を置いたようなみみず腫れになった。

汗ばんだサキのからだを抱きしめ、その赤い筋を指先でたどりながら、わたしは言った。

「おれが安達太良山の村へ帰してやる。信じろ。かならず連れて行ってやるから。いいな？」

サキはこくりとうなずき、「弟は？」と訊いた。

「安心しろ。どこの屋敷にいても探し出して、逃がしてやる。大丈夫だ」

あてなどない。だが、かならず見つけ出す。

どこで見ていたのか、傀儡女が子供の手を引いてやってきて、にこりと笑った。

土手で別れ際、わたしはもう一度、サキに言った。

「待ってろ。このおれを信じて待ってるんだ」

神も仏も本気で信じたことのないわたしが「信じろ」と言う矛盾に、気づく余裕はなかった。

四

十日ほどした晩夏の夜明け前、明恵さまが後夜の行後の仮眠中に、わたしはそっと寺を抜け出した。

サキを連れて逃げる。もうここへは帰ってこない。

寺のものは何ひとつ持ち出さなかった。それが明恵さまを裏切ることのせめてもの贖罪、自分自身の矜持だった。

升衛門邸の門番とはもう顔なじみだ。すんなり中に入れてもらい、その足で厨房へ向かった。いつもと違うのは、大きな竹籠を背負っていることだ。その中にサキを入れて麻袋で覆い、何食わぬ顔で出ていく。必死で考え、周到に準備した計画だ。

ところが、厨房にも、その上の寝場所にも、サキの姿はなかった。邸の中をうろつきまわり、厩まで入り込んで探したが、どこにもいない。

「探しものかね。イサとやら」

背後にせせら笑いを浮かべた大黒が立っていた。

「あの女なら、もうここにはおらぬよ。西国のさるお家に売り飛ばしてやったからの」

「くそっ。サキをどこへやった」

言うが早いか、わたしは大黒につかみかかった。

屈強の男たちが寄ってたかってわたしを剝がして引きずっていくと、外へ放り投げた。

「この始末、明恵房さまにもつけていただかねばな」

大黒の声が遠くで聞こえた。

気がつくと、土手下にうずくまっていた。

いつぞやの傀儡女が近寄ってきて、わたしの肩にそっと手を置いた。

「おにいさん、どうしたんだい。あの娘さんになんかあったのかい？」

その手をふり払い、放っておいてくれとつぶやき、膝の間に頭を入れて、また目をつぶった。

そのまま、どれくらいいたのか。気づくと、あたりは薄暗くなっていた。

対岸の河原は松明《たいまつ》が灯され、傀儡の小屋の前も賑わい始めていた。

長時間、容赦なく照りつける陽に当たっていたせいで、うなじが火のように熱く、ひりついていた。

よろよろと立ち上がり、昨夜の大雨のせいで増水して腰まである流れに入り、頭から水をかぶった。

汗が乾いてこわばった顔をざぶざぶ洗っていると、流れてきたなにかがうしろ腰にあたった。

腐乱した人間の屍骸だった。もはや男か女かさだかでないほど腐りはて、白髪混じりの頭髪が藻のように広がって肩あたりまで覆っている。骸《むくろ》を川に流し捨てるのはさしてめずらしくない。たいていは澱《よど》みにひっかかって野犬が食いつくす。

そのまま手で押しやった。屍骸は無念そうに揺れながら流れていった。掌を合わせてもやらなかったとあとで気づいた。

このままどこかへ行ってしまおう。明恵さまのもとへは帰れない。そう思うのに、足はなぜか栂尾へ向かった。

寺にたどり着いたのは、そろそろ亥刻《いのこく》からの中夜の行がはじまろうという頃。明恵さまが山腹の堂に向かわれる頃だった。

堂の前で待った。いつもはわたしが松明で足元を照らしてさしあげるのだが、その夜は真っ暗な細道をおひとりで登ってこられた。

ひざまずいてうなだれているわたしに気づくと、小走りに駆け寄り、震える声でおっしゃった。

「ああイサ、かわいそうに」

それ以上なにもおっしゃらず、静かに堂にお入りになった。

行を終えて住房に帰るときも、なにもおっしゃらず、わたしもなにも言わなかった。

翌日、喜海さんに教えられた。

昨日の午後、大黒が十人ばかり引き連れて押しかけてきた。明恵さまはやつらが来る前にわかったとみえて、寺の前の道まで出て待ちかまえていた。喜海さんと霊典さんがそれに従った。霊典さんは、明恵さまと似た不思議な能力があり、先のことがわかってしまうことがしばしばある。そのときも、変事を感じたのだそうだ。

仁王立ちする師と、その横にまるで両脇侍のように立つ喜海さんと霊典さんに、やつらは気勢をそがれたように立ちすくんだ。

「わざわざのお出迎え、痛み入ります」

虚勢を張って大声をあげた大黒に、明恵さまは静かだがよく通るお声で言い放った。

「山内に立ち入ること、断じて許さぬ。升衛門もそのほうらもだ」

「これは異なことを。わがあるじの数々のご支援をお忘れとみえる」

「もうひとつ、言っておく。向後、喜捨は一切無用。金輪際《こんりんざい》だ。あるじにそう伝えよ」

「ほう、ますます解《げ》せませんな。イサとかいう者がしでかした無法をご存じか」

「この明恵房が神仏から預かった従者を、指一本、爪一枚でも害そうものなら、九条さまを通じて後鳥羽院に訴え出る。この明恵房、やると決めたら容赦せぬ。それもあるじに伝えよ」

そのときの師の形相ときたら、まるで不動明王の憤怒相のごとくだった、あんなお顔は一度も見たことがないと喜海さんは小さく笑った。その迫力に大黒たちはあたふたと逃げ帰ったという。

「霊典は、おまえさんが神仏から預かった者だといわれたのをえろう羨ましがっておったぞ」

また小さく笑い、わたしの肩を軽く小突いた。自分も羨ましかったという意味だ。

明恵さまはその後もなにも問いただされず、わたしも告白も詫びもしなかった。

ただ、半月ほどして、明恵さまはわたしを堂に呼び入れ、『理趣経《りしゅきょう》』の話をしてくださった。

「私が『理趣経』と出会ったのは、神護寺にいた十九歳のときだった。夢に梵僧が出て来て、明日汝に『理趣経』を授くべし、と言い、翌日、日中の行をしていると壇の上から『理趣経』を読む声がした。はるか遠くの虚空からものを隔てて響いてくるような声音だったが、必死に聴き憶えた」

なぜ、膨大な経典の中から『理趣経』を授けられたのか、上覚師ではなく夢の梵僧だったのか、そのときにはわからなかった。ただ、十九歳という年齢が関係していたか。

「その頃の私は、師にも誰にも言えなかったが悩んでいた。いや、からだが悩んでいたというべきか。肉欲、性、男と女の関係。このまま一生不犯《ふぼん》でいられるのか。そうであるべきか」

からだはもう生身の男だ。どうしようもなく女に惹かれる。欲望が突きあげる。その苦しみを乗り越えさせてくれるものを無意識に求めていた。

「戒を守って清浄に生きるべき僧にとって、邪淫《じゃいん》は忌むべき第一だ。神護寺にもなんとも思わず女犯《にょぼん》をしている僧どもがいたし、俗人も平気で不倫をしているが、私にはとうてい許しがたいことだった」

ところが、『理趣経』を知って、考えが変わった。

『理趣経』は、正式には『大楽金剛不空真実三摩耶経《だいらくこんごうふくうしんじつさんまやきょう》』般若波羅蜜多理趣品《はんにゃはらみたりしゅぼん》。「理趣」は真理に赴く《おもむ》。大楽は煩悩の大いなる楽。つまり煩悩を悟りに変える法、「煩悩即菩提」を説く法なのだ。

「いまのおまえにも知ってほしいと思うてな」

そうおっしゃると、その部分を読んでくださった。

「この世の一切《すべて》のことは清浄《きよらか》なり。男女交合の妙適《たえ》なる恍惚感は清浄なる菩薩の境地なり。欲望が箭《や》のように逸《はや》るのは清浄なる菩薩の境地なり。肌と肌の触れ合いは清浄なる菩薩の境地なり。かたく抱き合い、つながろうとするのは清浄なる菩薩の境地なり。抱き合って満足し、すべての制約や呪縛から解き放たれて自由を感じ、すべてが望むままという心地は清浄なる菩薩の境地なり。欲心をもって異性を見ることは清浄なる菩薩の境地なり。一体になってこのうえない快感を得るのは清浄なる菩薩の境地なり。性愛にのめりこむのもまた、清浄なる菩薩の境地なり。満ち足りて光輝くのは清浄なる菩薩の境地なり」

愛欲は、けっしてけがらわしいことではない。誰かを愛おしく思い、抱き合いたい、つながりたいと欲するのは人間のしぜんな欲望なのだから罪ではない。若い明恵さまはその教えに救われたというのだ。

「のうイサよ」

明恵さまはうなだれているわたしに、かぎりなくやさしいお声で、顔を挙げよとおっしゃった。

「おまえはサキとやらを心底愛おしく思った。サキを救うために、この明恵を捨てるのすら辞さなんだ」

「だけども、サキがいまどこかでひどい目にあっているんじゃないか。そう思うとおれは……。おれのせいでサキが……」

わたしはせぐりあげ、膝に置いた両の拳をきつく握った。

「ああ、かわいそうなことになってしまった。私も救ってやれなんだ。だがな、イサ」

明恵さまはわたしの目を正面から覗き込んだ。

「たとえサキがいまどん底にいたとしても、けっしておまえを恨んではおらぬ」

「……」

「サキもおまえもたがいを愛おしく思い、ひとつになりたいと望んで思いを遂げたのだ。まさに清浄なる境地ではないか。たとえそれで不幸になったとしても、人は悔いたりはしない。それどころか、あたたかな美しい思い出として心に刻み込まれる。その思い出だけでつらい現実に耐えられることもあるのだ」

だからおまえも悔いるな。自分を責めるな。おまえは勇気があった。

師の言葉がわたしの胸に沁み入り、つつみ込んだ。

ようやく袖で涙を拭いて鼻もかんだわたしに、明恵さまはそれでよいとうなずいたが、次の言葉はまったく意外なことだった。

「私はなイサ、おまえが羨ましいのだよ」

羨ましいと？　驚いて見返したわたしに、なにやら恥ずかしげなおももちで言われたのだ。

「実をいえば、この私も以前何度も、女人を愛おしく思い、欲望に任せて淫事に及びかけたことがある。だが、なぜかそのたびに不思議と差し障りが起こり、ついに遂げられなんだ」

淋しそうなお顔で溜息をつかれたのだった。

わたしはと胸を衝かれた。

幼い頃から一生不犯の清僧たらんと厳しく律してきた明恵さまだが、心の底まで硬くこわばり、冷えきった人ではなかった。感情に揺さぶられ、欲望に負けそうにもなる人なのだ。その話は、のちに喜海さんも聞いたという。彼が肉欲に悩んでいたとき、話してくださったそうだ。

未遂に終わったというのは、すんでのところで自制心が勝ってやめたということかもしれない。相手が誰かは問題ではない。それより、それをひた隠しにして取りつくろい、おこない澄ました清僧のふりをしないお人だということに、わたしも喜海さんも驚き、感動したのだ。

だが、事はそれで終わらなかった。その後しばらく検非違使の手の者か、寺内に見かけぬ連中が出入りするようになり、貴家の耳にも入ったとみえて、寺内でも、問題の発端であるわたしを追い出すべきだという者たちが出てきたのだ。

「よろしい。イサを出すというなら、私も出ていく」

明恵さまは、後のことはおまえたちに任せると言い放つと、その日のうちにわたしを連れて寺を出たのだった。

お弟子たちが慌てふためいて引き止めようと列をなして居並ぶ中を、明恵さまは念持仏とわずかな聖教だけを笈に入れて担ぎ、わたしは身のまわりの品を担いで、寺前の街道へ向かった。

恐れおののいて顔を挙げられぬわたしに、

「イサ、顔を挙げよ。うつむいてはならぬ」

明恵さまの厳しいお声が、わたしと弟子たちの耳を打った。

その足で紀州に向かい、その冬は崎山で仮住まいした。「いつまでここにおられるので？」とわたしが恐る恐る訊くと、いつも、「さてなぁ、ずっとここでもよいではないか」と笑ってこたえられる。事実、そのお顔は意外なほどのどかで、静かな日々を楽しんでおられるように見えたが、わたしとしては気が気ではなかった。

現に、栂尾から頻繁に喜海さんらがやってきて、「とにかくお帰りを」と懇願しても、意に介するふうもなく、そのうちに、と言われるばかりだったのだ。

年が明けて春になると、明恵房出奔の噂が広まったとみえて、九条家からは道家《みちいえ》さまの内室のお産の無事を祈禱してほしいと頼んできたし、他からも帰還を求める便りが届いた。それでも栂尾へもどる気にはならないらしく、毎日勤行と著作に専念しておられた。

わたしにも「おまえも今ここでできることをせよ」とおっしゃるので、暇を見つけては竹籠を背負って鎌を手に、里山や野に出かけて野草を捜し歩いた。

春から初夏は山野草の宝庫だ。わからないものは有田の婆のところへ持ち込んで教えてもらった。なかなか目が利くようになりよったな。そう褒めてくれ、人にはめったに教えぬという、葉や地下茎の採取のしかたや乾燥法、保存法を伝授してくれた。

いつもは行かない山中でノアザミの群生を見つけたときには小躍りした。むかし白上峰の庵で明恵さまが命にかかわる痢病に罹《かか》ったとき、夢に梵僧が現れ、アザミのしぼり汁を飲ませてくれて全快したことがあった。目が醒めても恐ろしく苦い味が口のなかに残っていたというあれだ。よし、次にまたひどく腹を壊したら、夢の梵僧ならぬ現人《うつせみ》のこのイサめが飲ませてさしあげる。うんと苦いやつをだ。そうほくそ笑んだ。

師がようやく重い腰を上げたのは、六月の暑い盛り。帰路の途中、石清水八幡宮《いわしみずはちまんぐう》へ参拝し、知己の法印幸清《ほういんこうせい》と親交をあたため、和歌のやりとりをした。まっすぐ帰らなかったのは、やはりそうやって愚図愚図してやっと踏んぎりをつけたのであろう。

ほぼ一年ぶりに京へ帰ってみると、升衛門は姿を消していた。大黒もいなくなり、一町の広さを誇っていた五条大路の店はとり壊されて、幕府の資材置き場と馬場になっていた。

数々の悪業が発覚して捕らえられたのだとか、事前に察知して店ぐるみ遁走してのけたのだと噂されたが、真相はわからなかった。

わたしはサキの弟の行方を人づてに聞きまわったが、ついに不明のままだ。九条さまの家司《けいし》の藤原定家《さだいえ》は関わり合いになりたくないのであろうが知らぬ存ぜぬで、おまえもいいかげん諦めたらどうだ、と木で鼻をくくったような返事だった。

サキはいつかきっと、わたしの前に現れる。神仏がわたしに返してくださる。そう願いつづけた。もしもそうなったら、わたしはまた寺を出ようとするのか、どう考えてもわからなかったが。

五

高山寺へもどると、師は住房の壁に一枚の紙をお貼りになった。ご自身の日々の心得を列挙したもので、冒頭に「阿留辺幾夜宇和《あるべきようわ》」。

耳慣れぬ言葉に、わたしがどういう意味かと尋ねると、

「『あるべき様《よう》』とはな、イサ。自分にとってのあるべき様、あるべき姿ということだ。つまり、自分のあるべき生き方、どうあるべきかを自身で深く考え、日々それを自覚して生活するという意味なのだ」

まじめくさったお顔でこたえられ、にやっ、と笑ってつけ加えた。

「言っておくが、けっして『あるがまま』とか『ありのまま』という意味ではない。自分の地のまま、野放図に勝手気ままにすればいい、などと勘違いしてはならぬぞイサ」

こちらの心中を見透かして釘を刺された。

「それにしても、えらく細かい決まりごとだなぁ」

一日十二刻、一刻（二時間）きざみで予定が決められている。

酉刻（午後六時）からの礼時に始まり、戌刻（午後八時）から行法一度と三宝《さんぼう》礼、亥刻（午後十時）は坐禅と呼吸を整える数息《すそく》、とつづき、子刻（午前零時）から寅刻の終わり（午前六時）までの六時間が休息、やっと就寝する。

朝は、卯刻（午前六時）からの行法一度と礼時、『理趣経』礼懺《らいさん》、辰刻（午前八時）は三宝礼とその日最初の食事、といっても粥一椀程度の小食だ。

以下、巳刻（午前十時）はふたたび坐禅と数息、午刻（正午）に二度目の食事。それ以降、翌日の辰刻まで、食べ物はいっさい口にしない。午後は、学問あるいは書写、それに運営の雑務。そして夕方酉刻からは、またくり返し。

次に、守らなくてはならない規範を学問所と持仏堂とに分けて挙げている。

学問所においては、「聖教の上に数珠や手袋等の物を置くべからず」「文机の下に聖教を置くべからず」「臥《ふ》すべからず」「夏は硯の水を一日ごとにとり換えるべし。昨日の水を使ってはならぬ」「口で筆を舐《ねぶ》るべからず」などなど、常にひとつひとつの行動に細心の注意を払い、ぞんざいにならぬよう、たえず身を律しておこなえということだ。

持仏堂での所作についても細かい。「夏月の四月一日から七月晦日までは、仏前にお供えする閼伽水《あかみず》を朝夕二度、とり換えるべし」「閼伽桶《あかおけ》に衣の袖を触れるべからず」「常坐《じょうざ》の所に筵を敷くべからず」「鼻紙等を自分が座る半帖の下に置くべからず」などなど、仏菩薩に敬虔《けいけん》に奉仕すべきことから、「持経の『華厳経』や『遺教経《ゆいきょうぎょう》』の読経は毎日かならずおこなうこと。旅行などの際は帰ってきてから読むこと」と厳しく定めている。

「こんなの、もう常日頃やっていなさるだに、あらためて貼り出さずともよかろうに」

首をひねったわたしに、師は厳しい顔でかぶりをふられた。

「自分ではしっかりやっているつもりでも、人間は惰性に流されるいきものだ。慣れきっておざなりになり、知らぬうちに怠ってしまう。常に戒めなくてはならぬのだ」

ご自身、一日一度は読み上げて、反省しているというのだ。

なにかの折にその話を喜海さんたちに告げると、自分ら弟子たちも実践させてくれと言い出し、師に欅の板に書き移していただいて、全員が集まる禅堂院の壁に掲げた。以来、「阿留辺幾夜宇和の額」とか「阿留辺幾夜宇和の教え」と呼ばれて、寺全体の規律になっている。

「人は阿留辺幾夜宇和という七文字を保つべきなり」

僧には僧のあるべき様《よう》、俗人には俗人のあるべき様があるということだ。帝王は帝王のあるべき様、臣下は臣下のあるべき様がある。このあるべき様に背くからいっさいが悪くなる。

自分のあるべき様を知ることは、自分自身が恥じるべきことはなにか、を知ることでもある。恥を知る。恥じぬように生きる。人に褒められ認められるより、そのほうが実はむずかしい。師はよくそうおっしゃった。その意味をわたしがわかるようになったのは、ずっとあとのことだが。

また、口癖のようにおっしゃった。

「我に一つの明言あり」

私には、一つこれだけは絶対に確かだと言えることがある。

私は後世《ごせ》助かろうと考える者ではない。ただ、現世でまず、あるべき様であろうとする者だ。

「仏法修行は、気穢《けきたな》き心あるまじきなり」

武士などは、薄汚く卑しいふるまいをして、それで生きながらえたとしても、なにになるのか。仏道もおなじだ。出家者のあるべき様をないがしろにして、俗世の人に随《したが》い、尋常《よのつね》の義とおなじなのだから違反してもとるに足りぬ、などと考えてはならない。たとえ叶わぬまでも、仏智《ぶっち》の底まで知ろうと励むべし。

さすがは武家の出のお方だ。武士にとって、汚いやつだと言われるのは死より恥辱。それより潔く敗れるほうを選ぶ。高潔な死をよしとする。出家者といえども違いはないというのだ。むろん、厳しすぎると思う者もいた。死を賭して仏道を究めよなど、どこの寺で実践しているというのか。寺僧たちも放埓に堕している。隠し妻を囲い、酒と飽食をむさぼっている。権門にすり寄り、随従して、利権を恣《ほしいまま》にせんと争っている。そんななかで、ひとり明恵さまと高山寺だけが、清廉に徹することなどできるのか。そう考える者たちだ。

実際に、貴家の帰依者なしには寺の造営も、次第に増えてきた寺僧たちを養うこともできはしない。その矛盾にどう向き合っていけばいいのか。明恵さまにとっても、古参の弟子たちにとっても、悩みはますます深くなるばかりだった。

六

あれはたしか承元《しょうげん》四年（一二一〇）の夏、洛東の建仁寺《けんにんじ》に栄西《ようさい》和尚を訪ねた。

明恵さまが最初に和尚に会ったのは、それより三年前、東大寺でだった。平氏の南都焼討によってほとんど全堂焼失してしまった東大寺を、大勧進《だいかんじん》として再建した俊乗房重源《しゅんじょうぼうちょうげん》さまがその前年亡くなられ、後を託されたのが栄西和尚だった。その頃、明恵さまは後鳥羽院から華厳宗を復興せよと命じられ、東大寺尊勝院に学頭として滞在していた。講義の合間に和尚のもとで参禅したのだが、おたがい多忙の身で、しかも栂尾の地を賜ってまだ一年というときで行ったり来たりだったから、じっくり学ぶ余裕はなかった。そこで、宋国の禅宗の坐禅法をあらためて教えてもらうため、建仁寺を訪ねていったのだった。

建仁寺は、和尚のために鎌倉幕府二代将軍　源　頼　家《みなもとのよりいえ》公が朝廷に諮って建仁二年に創建した寺で、その後、官寺に昇格した。

境内に足を踏み入れて、わたしは簡素な建物ばかりなのに驚かされた。官寺というからには、もっと壮大で、朱や金をふんだんに使ったきらびやかな伽藍《がらん》かと思っていたのだ。いちばん目立つ堂は、大きいことは大きいが内部はがらんとしてそっけないし、床は瓦に似た塼《せん》敷。夏場はひんやりして心地よかろうが、冬は足が凍えてつらかろうに。

「これじゃあ、うちとたいして変わりない貧乏寺みたいだ」

思わずつぶやいて、明恵さまに叱られた。

「これが禅寺の建物なのだ。ここは法堂《はっとう》といって住職が僧たちに講義をする場所で、仏堂も兼ねている。修行と研学のためであって、人を威圧する必要はない」

本尊仏は釈迦如来。禅宗は釈迦を「理想の人間」とし、自らもその生きかたに倣おうとする。思索を重ねて自心を知り、真理を明らかにするために、自らに厳しい修行を課す。いわば自力で悟りを得ようとする。釈尊を崇敬する明恵さまにとっては、共感するところが大きいのだ。

栄西和尚は、唐の最初の禅寺である百丈山《ひゃくじょうざん》を模して堂宇を建てたのだと、あとで教えられた。三年ぶりに再会した和尚は、齢七十の老齢にもかかわらず、あいかわらずせかせかと動きまわる御仁だった。人並外れた小柄なからだに精気をみなぎらせており、三十八歳の明恵さまより壮健に見える。さすがは二度も宋国に渡って学び、各地を歴訪したお人だ。

備中吉備津《びっちゅうきびつ》の神官の子に生まれた栄西は、八歳で自ら出家を志し、十四歳で比叡山に登って受戒。天台宗の密教を学んだ。衆目を集める秀才で、いずれ延暦寺の大物になると期待され、本人も野心を燃やしていたのに、天台座主《ざす》だった師僧が平家の護持僧だったため流罪になり、彼も輝かしい前途を断たれた。

起死回生を期して商船に便乗して宋国に渡ったのが二十八歳のとき。明州でたまたま重源と知り合い、在宋半年でともに帰国。比叡山にもどったものの居場所はなく、僧たちの堕落に憤然として山を下り、故郷に帰った。

そこで雌伏すること十九年。四十七歳の時、ふたたび宋へ渡った。

そのときは、さらに天竺まで行って釈迦の足跡を訪ねて仏教の根本を知ろうと渇望したが、当時の宋国は西域との国交が断絶しており、断念せざるをえなかった。

「いまだに無念でなりませんでな。密行してでも行っておればもっと多くを学べたろうに、一生の悔い。いまもって地団駄踏んでいる夢を見ますのじゃ」

悔しげに唇を嚙んだ和尚に、明恵さまは顔をゆがめてうなずいた。

その二回目の在宋は四年間におよび、隆盛だった禅を集中的に吸収して帰国。五十一歳になっていた。筑紫や肥前の宋人商人の帰依を受け、そこを本拠地にして禅寺を何ヶ所も創建して精力的に活動していたが、博多の天台宗僧徒らに禅宗布教の禁止を朝廷に訴えられ、一足飛びに鎌倉へ移ったのだった。

その頃ちょうど源頼朝公が亡くなり、一周忌法要の導師に招聘《しょうへい》されたのが、将軍家と北条政子《ほうじょうまさこ》の帰依を受けるきっかけになった。政子の依頼で寿福寺《じゅふくじ》を創建し、頼家にも信頼され、いまや三代将軍実朝《さねとも》公にも崇拝されている。

これらのことはみな、和尚自ら寺内をくまなく案内してくれながら話してくれたことだ。

「ここは禅寺とお思いだろうが、間違ってもらっては困りますぞ。禅院のほかに真言院と止観院《しかんいん》を併設する、いってみれば、真言宗、天台宗、禅宗の三宗兼学の寺。後鳥羽上皇の院宣によってそう定められておるのですからな」

聞かれもしないのに力説したのは、比叡山延暦寺への対抗心と、禅宗専門とすることで生じる摩擦を避ける目的が背景にあるからだが、宗派を超えてわが国に合う「日本仏法」を提唱するためでもあるらしい。

そのためには、幕府だけでなく朝廷にも積極的に近づき、僧位を求めた。一昨年五月、落雷で焼け落ちてしまった法勝寺《ほっしょうじ》の日本一の九重塔の再建を自ら売り込んで買って出たのもそのためで、

――権勢欲旺盛な俗物
そう天台座主の慈円《じえん》僧正や貴族連中が毛嫌いしているという。

現に、のちのことだが、法勝寺の塔の再建なったあかつき、後鳥羽上皇に「大師号」を要求し、さすがに生前に大師号をうけた例は、かの弘法大師や最澄の伝教大師以下、いまだかつてひとりもないと慈円僧正らがこぞって反対して実現しなかった。

まさに常識はずれの横紙破り。わたしは呆れ返ったが、明恵さまはそうではないとおっしゃった。貪欲に地位を求めて猪突猛進するが、私利私欲で権威を求めるのではない。地位がないこと

には朝廷にも貴顕にも相手にされぬ。乞食坊主の徒手空拳《としゅくうけん》でなにができるか。目的のためになりふりかまわず突き進む。大師号の代わりに僧正位を得たのもそのためだったというのだ。

明恵さまとはまったく正反対の人だ。

――人に持ち上げられ、おだてられて、うかうかと出世してしまいたくない。

明恵さまがそうのたまって紀州へ隠遁したのは、まだ二十代のときだ。以来、名誉を求めず、僧位にはいっさい目もくれずやってきた。法然《ほうねん》上人のように新たに宗派を立てて教団をつくることもせず、高山寺は釈尊の時代の修行者の集団生活の場僧伽《そうぎゃ》で、自分はその一員。身分といえばそれだけだ。栂尾の上人と尊敬されても自分はただの修行僧。終生そう徹していた。

栄西和尚はその対極にあるようで、その実、根っこの部分の信念を貫く生きざまはおなじなのかもしれない。

「天台宗は、かつて最澄さまが唐で禅を学んで延暦寺でも学ばせておられたに、やがて密教中心になって廃れてしまった。権力と結びつくにはそのほうが得だからだ。愚僧は宋禅を新しい一宗として認めさせる目的のために、あえてこの寺を三宗兼学の寺にしたのじゃよ」

禅思想は、実際は最澄よりもっと早く奈良時代にすでに入っており、禅院も存在していた。片や密教は、現実の利益を追求する。権力、富、病魔退散、怨敵調伏、徹底した現世利益だ。衆生にとって高邁《こうまい》な思想よりありがたいのは当然だが、僧たちまで仏の利他の教えとかけ離れた加持祈禱で貴顕におもねり随って飯のタネにし、それをもって権威を得て、立身出世に奔走している。

そのうえ、衆生は誰でも本来仏性が備わっているとする本覚《ほんがく》思想を故意に曲解し、だから自身を律する必要も、そのための修行も必要はないとまで放言する堕落ぶりだ。

和尚はその比叡山に絶望し、憤然と決別した。明恵さまが神護寺を捨てたのとまったくおなじ理由だ。

本坊にもどってから、坐禅をお教えする前にと、見慣れぬ飲みものを振舞われた。

「茶と言うて、坐禅時の眠気覚ましと、興奮を鎮めて気を落ち着かせるのによう効きましてな。そのほかいろいろ役に立つゆえ滋養強壮の薬とされ、宋の禅院でよく飲まれておりますのじゃ」

疲労をとり、喉の渇きを癒し、小便の通じをよくし、目のかすみもなくす。意力を増強させ、内臓をととのえ和らげる。ことに内臓の王たる心臓を健全にする、云々。

「この茶を長く飲んでおると、羽が生じて仙人と化す、と古い茶書にありますぞ」

和尚はにやりとし、それから大口を開けて呵々《かか》と笑った。むろん「羽が生えて仙人」云々はかの国ならではの「白髪三千丈《はくはつさんぜんじょう》」的な誇張で、身体を軽くし、壮健にするという意味だ。

要は、茶は養生の仙薬であり、茶の木は人の寿命を延ばす妙術をそなえる霊木。山や谷に生えればそこは神聖にして霊験あらたかな地であり、人がこれを採って服すれば長命を得る。

天竺や唐国でははるか千年二千年の昔から貴び重んじており、わが国でも奈良時代に遣唐使が請来していたと和尚は語った。京に都が移った最初の頃には永忠《えいちゅう》なる僧が時の嵯峨《さが》天皇に献じ、天皇は栽培を奨励なさったが、いつの間にか廃れてしまい、いまでは知る人もなくなった。

和尚は宋の禅寺で茶に出会い、帰国の際、茶の実を持ち帰って筑紫で栽培を開始した。この建仁寺でも茶畑をつくって育てている。

明恵さまは一口飲んで驚嘆のお顔になった。

お供の方もどうぞと勧められ、若い従僧から碗を手渡された。

青味泥《あおみどろ》そっくりの不気味な深緑色、ドロドロと粘っこい舌ざわり、口中に広がる強い苦み。やっとのことで飲みくだし、茫然とした。

「あの……もう一杯、いただけますか」

思ってもみなかった言葉が口から飛び出し、自分で驚いた。

「ほう、気に入ったか。重畳《ちょうじょう》、重畳」

和尚はまた大声で笑い、従僧も笑いをかみ殺して二服めを点《た》ててくれたが、わたしはなにも気に入ったわけではない。

食べものの消化をうながし、腹をすっきりさせて、滋養強壮にいいと聞いたからだ。この茶なるものがほんとうに仙薬で、明恵さまに効いてくれるなら、ぜひとも栽培したい。そう考えてのことだ。

和尚と明恵さまが禅と坐禅について話し込んでいる間、頼み込んで従僧に寺内の茶畑を見せてもらった。

その若僧は名を仏樹房明全《ぶつじゅぼうみょうぜん》といい、わたしより四歳年上の二十七歳。初め延暦寺に学んでいたが、思うところあって栄西和尚に師事したという。茶園の管理を任されているそうで、ぶしつけな質問にも嫌な顔ひとつせず教えてくれた。

辞去するとき、和尚は茶の実を小さな壺に入れて手渡してくれた。

「栂尾で育ててみなされ。苦労するだろうが、やる価値はありましょうぞ」

帰り路、明恵さまが苦笑しながら言われた。

「イサ、おまえ、かなりあつかましかったぞ」

「いえ、これから何度でも教えてもらいにいきますで」

その言葉どおり、幾度となく建仁寺の茶畑へ通った。明全さんはいつも快く教えてくれた。

ある日、和尚がこれを明恵さまにさし上げるように、と彼から一冊の書を渡された。表紙に『喫茶養生記《きっさようじょうき》』と記されていた。将軍実朝公に献じるために記した一書の草稿とのことだった。実朝公というお人は生来病弱で、しかも大酒のみときていて、しょっちゅう深酒して具合が悪くなるから、これを読んで養生していただくというのだ。

「わが師はよほど明恵さまを信頼なさっておられるのですね。こんな大事な書をさしあげるのですから。しかも鎌倉殿に献じる前に」

善良そのものの顔で言ったのは、自分の師への信頼の深さゆえだったろう。

七

茶の木は成長が早いと聞いていたのに、なかなか思うようにいかなかった。苗床に実を植えてから三ヶ月でようやく発芽、一尺ほど伸びたところで畑に植え替えた。日当たりと水はけが肝心と教えられたから、南向きの斜面に畝《うね》をつくり、茶畑にした。

ところが、その年の冬、雪と霜で苗木がほとんど枯れてしまったのだ。もともと唐国南部の温暖な地方の植物だから、極端に寒さに弱い。栂尾の山はことに峰伝いに寒風が吹きつけ、霧も多くて、湿気ときたら並大抵ではない。

わたしは葉が茶色く縮れた苗木の前にひざまずいてうなだれた。やっと育ちかかった苗木だ。駄目にしてしまったらとりかえしがつかない。勢い込んでいただけに落胆が大きかった。

「イサ、そう嘆くな。やり直せばいいだけのことではないか。一度や二度しくじったからと諦めるのは、イサらしゅうないぞ」

「諦められるはずなど……。でも、いただいた茶の実はもう残っておらんのです」

うつむいたまま、枯れた苗を掘り起こすわたしに、

「では、いま一度、栄西和尚にお願いするしかあるまい。叶うかどうかわからんが」

明恵さまが頼み込んでくれ、筑前の寺からなんと一荷分も送っていただいた。京より暖かく陽射も強いその地方は栽培に適しており、よく育つ。それでも茶の木は花が咲いてもなかなか実がつかず、とても貴重なものだという。和尚は明恵さまの懇願を受け入れて、送らせてくださったのだ。

「いやなに、おまえの執念に感じ入ったと言われてな」

明恵さまはおっしゃったが、どう口説いたのか。おそらく和尚の義俠心に訴えたのであろう。明全さんも説得してくれたろう。

雪や霙《みぞれ》の日は筵を掛け、根元に藁を敷いた。それでも心配で一日に何度も見に行き、異状がないか確かめずにいられなかった。嵐のときは倒れてしまわぬよう添え木をし、周囲を板で囲った。いま考えれば強迫観念だったと思う。

さいわい今度は無事に成長してくれ、二尺、腰下の高さほどになった四年目の秋、初めて花をつけた。一重の椿か山茶花《さざんか》に似た可憐な白い花だ。真ん中の黄色の蕊《しべ》が風にそよぐさまは、いくら見ていても飽きなかった。だが、まだか細い若木は折れそうに頼りなく、気が抜けなかった。

ようやく新葉を摘めるようになったのは、七年目。

栄西和尚がおっしゃるには、二月から四月のよく晴れた日に摘み取るべしとのことで、雨の日や降っていなくても曇天の日は摘んではいけないという。

中国ではむかし、冬中に摘んで茶にして天子に献上したそうだが、それだと民に辛苦させるか

ら立春以降にすべしということになった。宋代のいまは、宮廷内の園の茶摘みは、正月三が日のうちに下民を大勢茶園に入れ、高声をあげて園内を徘徊させ、翌日、新芽がわずか一分か二分そこら出たのを銀の毛抜きでつまみ採らせるというもので、その茶葉の値は一匙千貫もするそうだ。一分といえば一寸（約三センチ）の十分の一。ごくごく小さなうちに摘んでしまうわけで、それほど未熟《みる》いほうが香り高いということか、それとも、「早春」とか「芽茗《がめい》」という美名が示すとおり本格的な春を待つ宮廷の優雅な行事ということか。

だが、そんな小さな新芽ではわずかな量しか採れず、もったいないことこのうえない。実際は立夏すぎの四月が摘み頃だ。わたしはそれまでの苦労を思い、そわそわとその日を待った。

よく晴れた初夏の一日、早朝から寺内総出で茶摘みをした。明恵さままでいつになく張りきり、皆とともに汗を流した。乾いた風が緑一色の茶畑を吹き渡り、斜面をさざ波のように揺らす。陽光が葉裏を薄白く輝かせる。

葉先を指で丁寧につまみ取る。一芯三葉《いっしんさんよう》というのだと明全さんに教えられた。葉のやわらかさが愛おしい。鼻を近づけて嗅ぐと、若葉の香りがからだ中を清浄にしてくれるような気がした。

しかし、それからが大変だった。

摘み集めた葉を、間を置かずすぐさま蒸籠《せいろ》で蒸し、それから紙の上に広げて焙《あぶ》る。明全さんが笑いながらいうには、建仁寺僧たちにとっては、これがいつもの作務《さむ》よりはるかに重労働で、茶摘みの日は憂鬱だとこぼす者までいるそうだ。

栄西和尚はその一連の作業は禅に通じるといったかどうか。『喫茶養生記』にもこう記された。

「懈倦怠慢《かいけんたいまん》の者は事をなさざるなり」

倦《あ》き性の怠け者ではこの仕事はできないと決めつけている。よくよく火の具合を確かめ、焙り棚に紙を敷き、その紙を焦がさないように工夫が要る。

「緩《かん》ならず、急ならず、竟夜《よもすがら》眠らず」

ゆっくりでもなく急でもなく、徹夜で続けて明け方までに焙り終え、壺に詰めて竹の葉で堅く封をする。そうやって風が入らないようにしておけば、何年でも香と風味を損なわず保存できる。

使うときは、茶葉を臼で挽いて粉末にし、抹茶《まっちゃ》にする。大匙で二、三杯、大ぶりの碗に入れ、鉄瓶から熱湯を注いで、笹竹の先を細く裂いたので泡立つまで掻きまわす。

翌朝、晨朝の行を終えてもどってこられた明恵さまに、慣れぬ手つきで淹れた初茶を献じた。

一口含んで大きくうなずき、口の中でゆっくり転がして味わってから、もう一度うなずいて飲み下すと、満面の笑みでおっしゃった。

「おかげで頭がすっきりして、疲れが消えた。これはまさに仙薬だ」

おまえも飲め、と碗を渡してくださったから、遠慮なくいただいた。

喉を滑り落ちていくとき、感極まって噎《む》せそうになり、師が楽しげに笑われた。

さっそく寺僧たちにも講義の合間と坐禅の後に飲ませるようになった。眠気覚ましにてきめんで、習慣になるのにそうかからなかった。長時間の講義は集中力が切れて漫然と聴くだけになるから、短時間でも休憩にして皆で飲む。最初は苦さに閉口して尻込みしていた若僧たちも、次第に苦味のなかに甘みと清涼感を感じられるようになり、好きになる。

やがて「喫茶去《きっさこ》」ということばも知った。唐代の禅僧のことばで「まあ茶でも飲んでのんびりなさい」という意味だと皆は解したが、実は「茶を飲んで、頭がすっきりしてから出直せ」、つまり「ぼやぼやするな。しゃきっとせい」という叱咤なのだ。

次第に客人にも振舞うようになり、「高山寺名物」と呼ばれるようになった。

茶の木の生命力はあらためて驚くほどだった。初夏の陽光を浴びてすくすく枝葉を伸ばし、初摘みからひと月半もするとまた摘める。この二番茶は最初のよりしっかり育っており、その分硬い。抹茶にはせず、茶葉のまま大釜に放り込んで煮出し、釜のまま冷やしておくと、力仕事の後、ごくごく飲んで喉の渇きを癒すのにまことによい。天候に恵まれれば、さらに三番茶まで採れる。陽光を浴びてからだを動かす茶摘みは、ことに若い寺僧たらには楽しい作業で、格好の気分転換でもあり、皆、嬉々として働いてくれる。

何年目だったか、たしか三番茶摘みのときだった。

すでに初秋なのにまだ陽射が強く、皆、僧衣を脱いで麻の下着一枚、頭に日除けの手拭い、たすき掛けして腕もむき出しという恰好で、それでも暑い。その日はことに、早朝からカンカン照りの快晴で、青空に真っ白な入道雲がもくもく湧いていた。午後、作業が終わった頃には皆、全身汗みどろでへたっていた。

見かねた明恵さまが、川に降りて涼むとしよう、とおっしゃり、皆、大喜びで寺の前の街道をわたった清滝川へ下りていった。渓谷というほどではないが、大きな岩がごろごろしており、案外水量が多く、流れも速い。

岩の合間のさほど広くない河原に降りると、両岸から覆いかぶさるように繁った木々が、深い木陰をつくり、吹き抜けていく風が涼しかった。

賄方が昨夜からこしらえて冷やしておいた葛餅を運んできて、きな粉を掛けて皆に配ると、いっせいに歓声があがった。せせらぎの清冽な水で喉を潤し、思い思いに岩の上に陣取ってのどかなひとときを過ごしていた。

ふと、あたりが急にうす暗くなったような気がして見上げると、梢越しの空をどす黒い雲が覆っているではないか。颪もなにやら冷たくなって、梢が激しくざわめいている。

あっ、と思ったときには遅かった。大粒の雨がいきなり落ちてきて逃げる暇はなかった。右往左往していると、誰かが機転をきかせて門前の馬丁小屋から古板を数枚引きはがしてきて運びおろし、木の枝と枝の間に掛け渡して、急ごしらえの屋根にした。

「まるで旅の仮寝の宿のようだな。荒れ寂《さ》びておって、なかなか風情がある」

明恵さまはのんびりした口調でのたまったが、皆が集まって肩を寄せ合うには狭すぎる。その間にも雨脚はどんどん強くなり、板に当たる音がせせらぎの音より激しくなった。

とうてい防ぎきれず、全員ずぶ濡れ。おまけに古板はところどころ穴があいていて、雨が滝のように落ちてくる始末。

若い連中は濡れついでとばかり、いっせいに飛び出していき、先を争って川に飛び込んで歓声をあげたから、明恵さまも苦笑なさった。ふだんは静粛と見苦しくない所作を厳しく言われ、いたって行儀のいい者たちなのに、その日ばかりは野放図にはしゃぎ騒いだのだった。

いまとなっては愉快な思い出だ。明恵さまもよほどおもしろかったとみえて、そのときのことを長い詞書《ことばがき》をつけて歌になさった。

もっとも、その日摘んだ茶葉はすぐに蒸しをしなかったせいでけっしていい出来ではなかったが、師はそれも楽しんで「新涼白雨」と名づけられ、喜んで賞味なさった。

栄西和尚は、初めてお会いしたときから五年後、七十五歳の高齢で亡くなった。実朝公が非業の死をむかえるのを知らずにすんだのはしあわせであったろう。最期の最期まで矍鑠《かくしゃく》として、著述もつづけておられたと明全さんから聞いた。

その明全さんは、貞応《じょうおう》二年（一二二三）に弟子の道元《どうげん》らを伴って南宋に渡ったが、二年後にその地で亡くなった。まだ四十二歳。わたしは茶栽培を通じて心を通い合わせたかけがえのない友を異国の地に失った。道元さんが遺骨を持ち帰って最後の別れをさせてくれた。

八

茶園をつくったのとほぼおなじ頃、わたしは師の許しをいただいて、薬草の畑を山内何ヶ所かにつくった。薬草の種類によって、日陰を好むもの、日当たりのいい場所が適しているものとさまざまだから、一ヶ所にまとめるのは無理なのだ。

種類は、健胃の効用があるものと、からだを温めて血の巡りをよくするものが中心で、他にも下痢止め、解熱、食中《しょくあた》りの解毒薬。大半は煎じ薬にするものだが、寺僧たちのために打ち身や切り傷、虫刺されやかぶれに効く薬草も植えた。

神護寺や建仁寺に生薬や漢方に詳しい僧がいると聞けば教えてもらいにいき、本草《ほんぞう》の書物も見せてもらった。中国には千年も前の後漢《ごかん》時代に著された『神農本草経《しんのうほんぞうきょう》』なる書物があるそうで、近くは宋代の本草書もある。薬草だけでなく鉱物や動物の角や貝殻を原料とする薬物もあるという。

それらの書物は効用については詳しいものの、栽培法や製法はほとんど記しておらず、名称だけで絵がないと判別できないし、わが国には生育してないものも多く、あまり役にたたなかった。

東大寺では、正倉院にかの鑑真和上が請来なさった貴薬がいまも収められていると聞き、無知の悲しさ、見せてほしいと頼み込んだが、勅封蔵を開けるものかと鼻であしらわれた。

結局は、紀州の有田の婆に実物を見ながら教えてもらうのがいちばんで、婆が死ぬとその娘の中婆、孫娘と受け継いでいる。採取から選別、日干し、蒸しや茹で、細かく砕いたりと、根気と手先の器用さがいる仕事だから男より女のほうが向いているし、農閑期のいい銭稼ぎになるのだ。

わたしは畑仕事が性に合っているのか、やればやるほど知識と経験が増えていくのが面白くてならなかった。

ヒキオコシは、弘法大師が腹痛で倒れた人に嚙ませてやるとたちまち治って起き上がったという伝説からその名がついた。胃痛、腹痛、食中りによく効く健胃薬だ。

下痢止めにはゲンノショウコ。効果抜群なので「現の証拠」だ。

クズはいたって生命力が強く、木に巻きついてどんどん伸びる。風邪や下痢に根を煮出して飲むのが葛根湯《かっこんとう》。その根を水に晒して沈殿した澱粉が葛粉《くずこ》。発熱時に湯に溶かして水飴を少し加える葛湯は甘いもの好きの師にとっては薬というより好物だ。

水やりや雑草取り、採取などは若い半僧たちが手伝ってくれるが、やがて師が「イサの薬園」と呼ぶようになり、その名が定着してしまった。

薬園の場所は、呼ばれたらすぐこたえられるよう、師が長く過ごされる住房と学問所の近くにした。没頭して御用に支障をきたしては本末転倒と考えてのことだ。

作業中に気配を感じて顔を上げると、窓辺の文机で書きものをしている師が筆を持ったまま、こちらを見ていたりする。考えあぐねてか思索に疲れてか、頭はまだ書物の中とみえて、ぼんやりしたお顔で視線を漂わせておられるから、声をかけず作業にもどろうとすると、やっと視線がさだまって、ああイサ、とちいさくつぶやかれるのだ。

「そろそろお湯《ぶう》をさしあげましょうな」

お湯というのはわたしたちだけの隠語で、白湯ではなく煎じ薬のことだ。おそろしく苦いから、

新潮社

新刊案内

2023 1 月刊

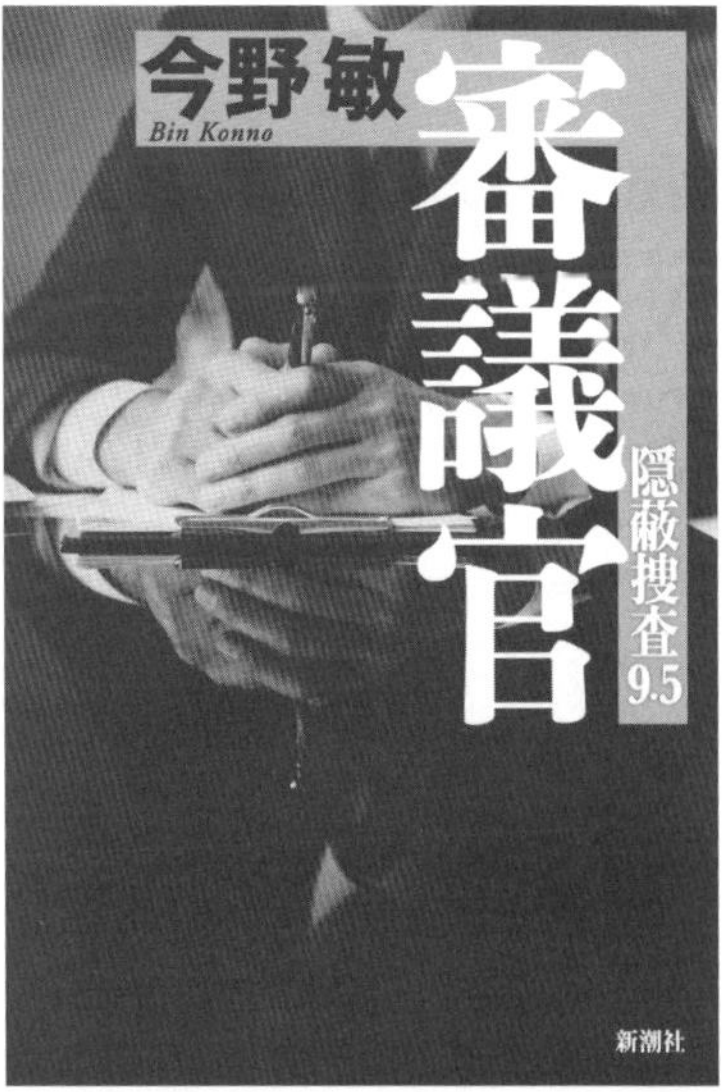

審議官 隠蔽捜査9.5

今野 敏

1月18日発売●1760円

竜崎伸也にだって上司がいる。警察庁長官官房に呼び出された竜崎の運命は——。名脇役たちも活躍、人気シリーズ待望のスピンオフ短編集。

300262-8

木挽町《こびきちょう》のあだ討ち

永井紗耶子

1月18日発売●1870円

雪の降る夜、芝居小屋のすぐそばで、美少年によるみごとな仇討ちが成し遂げられた。語り草となった大事件に隠された真相は——。

352023-8

2023年1月新刊

信用

入江慎也

2月1日発売●1540円

他人とのつながりは大事だが、つながることの怖さも知った——「人脈」の力を売りにして、失敗した著者が友だちに助けられ信用を取り戻すまで。痛恨の自省録。

334552-7

知らなかった！パンダ

アドベンチャーワールドが29年で20頭を育てたから知っているひみつ

354871-3

師は少し嫌な顔をなさる。からだにいいとわかっていても、進んで飲みたいしろものではない。

「できたら、茶にしてくれぬか」

「はいはい、では両方」

わたしがすまし顔でこたえると、肩を落として溜息をつかれる。その様子がなにやら子供じみていて可愛らしく、いま思い出しても笑いたくなる。

わたしがいかにも楽しげに土いじりをするのに触発されてか、やがて明恵さまも住房のすぐそばにご自分の畑をつくり、草花を植えるようになった。山内で花の咲く草木を見つけると、根を傷めないようにそっと掘りあげてきて、移植し育てるのだ。山吹、山桜、しゃくなげ、萩、女郎花、山躑躅、山法師、椿。わたしの畑と違い、もっぱら仏に供えて供養するためだ。

「世話をしていると、時がたつのを忘れる。イサが夢中になるのがようやくわかった」

そんなことをおっしゃり、せっせと水を撒き、草むしりまでなさる。

寺内のところどころにある竹林も、師の仰せでつくったものだ。大きいところもあれば、ほんの一叢、竹林というのも気が引けるごく小さなところもあるが、どれも最初からあったわけではなく、わたしたちが少しずつ植えて増やしていった。

最初にここへ入山したとき、師は朽ちかけた十無尽院の傍にたった一ヶ所、ちいさな竹藪を見つけ、喜海さんやわたしに向かって震える声音で宣言なさった。

「この栂尾を竹林精舎《ちくりんしょうじゃ》にしようぞ」

竹林精舎というのは、天竺は摩訶陀《まがだ》国の王舎城の北方にあった最初の僧院で、迦蘭陀《からんだ》長者が所有の竹林を釈尊に寄贈し、頻婆娑羅《びんばしゃら》王がそこに伽藍を建てて献じた。釈尊は後半生のほとんどをそこで過ごし、弟子たちを育て、人々に説法した。いわば仏法流布の原点ともいえる場所だ。

明恵さまは、この栂尾へはかならずしも自ら望んで入ったわけではなく、この先どうやっていくか、胸の内に不安と葛藤が渦巻いていたときだったから、その雑草にまみれたみすぼらしい竹《たけ》叢《むら》がいかにも暗示的に思えたのであろう。

釈尊が弟子たちと暮らし、修行の場とした精舎。ここをその竹林精舎にする。そう考えることでやっと、この地で生きていく意味を見いだせたにちがいない。

こうもおっしゃった。

「はるかむかし、中国古代の東晋《とうしん》国に、法顕《ほっけん》なる高僧がいた。律の不備を嘆いて仲間四人とともに長安の都から天竺へ苦難の旅をし、梵語と梵文を学んで帰国したという。その人の伝記に、唐国から天竺、さらにもっと先までの長路である葱嶺《そうれい》（パミール）より以西は、草・木・果実、どれも漢とは異なる。ただ、竹および安石留（ざくろ）、甘蔗の三物は、漢の地とおなじだ、と」

考えてみれば、日本の竹はいつ、どうやってどこから伝わったか、それとも、もともとあったものか、漢とも韓とも違わない。漢・韓・日本の三国ともにおなじということは、かの天竺迦蘭陀の竹林園の竹も、ここにある竹と変わりないはずだ。

「そう考えれば、これも如来の御かたみ」

そう感慨深げにおっしゃり、その一茎を住房の前に移植して、竹林竹と名づけたのが最初だった。以来、いまでは山内あちこちに広がっている。

雨が激しく、風が強いときは幹をよじるようにしなり、海の波濤のようにざわめく。天気がよくて風がおだやかなときは、さわさわと涼しげな葉音を響かせ、木漏れ陽を振りこぼす。

そんな日は、明恵さまはよく竹林をめぐるようにそぞろ歩かれた。ときおり立ち止まって顔を上げて目をつぶり、額に木漏れ陽を受けてしばし佇み、また歩き出す。そんな気ままな散策だ。

そのようすにわたしは、師が以前、もしも釈尊在世のときに生まれ合わせていたら、それだけで嬉しく、修行より、ただ釈尊の周りを歩きまわっていたろうとおっしゃったのを思い出した。竹林をめぐり歩く明恵さまの脳裏では、そこはまさに竹林精舎であり、釈尊のお姿が見えているのであろう。そう思わずにいられなかった。

第五章　栂尾の上人

一

栂尾に移り住んで丸五年が過ぎた建暦元年（一二一一）十一月、悲しい出来事があった。春華門院《しゅんかもんいん》さまが十七歳の短い生涯を終えられたのだ。明恵さまにとって、かけがえのない大事なお方だった。

御本名は昇子《のぼるこ》内親王。後鳥羽上皇の第一皇女で、母御は九条兼実卿の女《むすめ》任子《たえこ》さま。院号宣下されて宜秋門院《ぎしゅうもんいん》とおっしゃるお方だ。姫宮は生後二ヶ月で内親王宣下され、後白河院の異母妹である八条院《はちじょういん》さまの猶子《ゆうし》とされてその邸に引き取られ、そこで養育された。

任子さまは兼実卿が九条家の命運をかけて入内させ、皇后を意味する中宮に叙せられたのに、寵愛薄く、一粒種の姫宮が二歳のとき、兼実卿が失脚したため、内裏を退出して九条邸にもどっておられた。

明恵さまと昇子さまが最初に会ったのは、後鳥羽上皇から栂尾の地を賜った直後、九条邸でだった。拝領を強く勧めた兼実卿、すでに法然上人から受戒して出家の身になっておられたが、呼ばれて修法をした際だ。その年は兼実卿の後継ぎの良経《よしつね》さまが頓死《とんし》なさり、朝廷内の政敵か鎌倉方の暗殺との噂があったから、九条家は不運続きの家運挽回を期して祈禱を頼んできたのだった。

姫宮はそのとき十二歳。髪上げをすませて、なりは成人女性になっていたが、まだからだも小さく、おふるまいも幼い少女のままだった。天真爛漫というのか天衣無縫というのか、貴家の女性ともなれば、子供ならいざ知らず、御殿の奥深く引きこもって、人に会うときも御簾《みす》越しで、姿を見せることなどありえないのに、姫宮はお付きの女房たちを置き去りにして自由に邸内を歩きまわり、表の家政所やときには厨にまで闖入《ちんにゅう》して仰天させたりするというのだ。

そのときも、修法を終えて仏殿から御殿への渡廊《わたろう》を歩く明恵さまを見つけるや、ぱたぱたと小走りで駆け寄ってこられたのだった。

あれほど美しいお方は、いまに至るまでわたしは一度も見たことがない。季節を先取りして雪の中に咲く紅梅を思わせる装束に、緋の長袴をたくし上げ、一日散というふうに駆け寄ってくると、明恵さまの前でぴたっと止まった。上気した紅色のふっくらした頰、艶やかな漆黒の髪、黒目がちな大きな瞳をきらきらと輝かせていた。

驚いたことに、姫宮は何も言わずいきなり両腕をさし伸べて明恵さまの手をとると、深々と吐息をつき、それは嬉しげにほほえんだのだ。

明恵さまは手をとられたまま、黙ってほほえんで立っておられた。

おふたりはそのまま長いこと、ただ無言で見つめ合った。最初の出会いはそれだけだ。

ただ、それからほどなくして、明恵さまは夢を見た。

九条邸で入道さまや任子さま、それに他の方々のなかにおふたりのうら若い姫がおられた。ひとりは姫宮、もう一人はおそらく従姉の立子《たつこ》さま、のちの順徳帝の中宮になられた姫か。

明恵さまは姫宮を横抱きにしてふたりきりで車に乗り込み、どこぞへ行ったという。姫宮は十二歳よりもっと成長した十六、七歳のお姿だったというのも、後から考えるとなにやら暗示的だ。姫宮は十七歳で亡くなったのだから。

おふたりでどこへ行ったのか、明恵さまご自身わからなかったそうだが、五節《ごせち》の棚のようなところに油物やその他いろいろな食べものが載《の》っているのを、姫宮が持って来させ、「これに水をかけて御坊にまいらせよ」とおっしゃった。それも妙に暗示的ではないか。

それにしても、姫宮を抱いてふたりきりで車に乗ってどこかへ行くという夢自体、明恵さまは最初からなにかしら予感というか、因縁めいたものを感じておられたのではなかったか。

以来、九条邸に呼ばれるたびに、姫宮とひとときを過ごすようになった。

この孫娘をたいそう愛おしくお思いの入道さまは、「常ならぬお人」と呼んでおられた。入道さまは修法の翌年、亡くなられたが、孫娘の先々を心ひそかに案じて逝かれたか。

常ならぬお人――。まさに、いま思い出しても、稀有なお方だった。

お口がきけないわけではないのに、ほとんど言葉を発することがなく、お話しなさらない。それでいて、感情がないのかといえば、けっしてそうではなく、表情や身ぶりでじつに生き生きとお気持をあらわし、伝えられる。裏表や意味ありげなほのめかしや、嘘偽りとはまったく無縁なお方。生まれたままの赤子のような、無垢そのもののお方だった。

家人や女房方、それに下働きの者たちまで、「お知恵がすこぅし」と小声で言ったが、しかし、そこに蔑《さげす》みや揶揄《やゆ》の色は微塵もなく、誰もが心底いとおしく思っているのがみてとれた。

明恵さまの達筆を知る入道さまから、姫宮に手習いのお手本をと求められ、明恵さまは、如心《にょしん》偈《げ》を書いてさしあげた。そう、紀州の湯浅の女人たちに勧められた『華厳経』の偈文《げもん》だ。

心の如く仏も亦《また》しかり　仏の如く衆生もしかり　心・仏および衆生　この三、差別《しゃべつ》なし
諸仏はことごとく、一切は心より転ずと了知したまう
もしよくかくの如く解《げ》すれば、かの人、真《まこと》の仏を見ん
心も亦この身にあらず　身も亦この心にあらず

いま思い出しても、他の誰よりもあの姫宮にこそ、ふさわしい文言だと思う。いや、あのお方そのものだったと思えてならない。

八条院さまの猶子とされた理由は、日本一の富豪である八条院さまの遺産を継がせたいという父帝後鳥羽上皇の打算だったが、独り身の八条院さまはたとえば打倒平氏の兵を挙げた以仁王《もちひとおう》のお子なども引き取って養育なさった面倒見のよいお方だった。

母御の任子さまが九条邸にもどられてからは、姫宮は八条院邸と九条邸を行ったり来たりで成長なさり、八条院さまもたいそう鍾愛なさっておられた。

そもそも八条院さまというお方は、たとえば邸内の床が埃まみれでもいっこうに気になさらず、女房たちも口うるさくいわれないおかげでのんびりしているというから、そういう環境は姫宮さまにとってよかったはずだ。姫宮の「常ならぬ」ものを最初に見いだされたのは、じつは八条院さまであったのやもしれぬ。

十四歳のとき、異母弟の東宮守成《とうぐうもりなり》親王、のちの順徳天皇の准母《じゅんぼ》とされ、さらに皇后に冊立《さくりつ》されたのは、いかなる理由か。名目だけとはいえ、二歳年下の異母弟の准母というのは先例がないわけではないが、院号宣下のための布石であったのだろうか。じじつ、翌年、院号宣下がおこなわ

れ、春華門院と称されるようになった。

むろん、ご本人の与り知《あずか》るところではなく、皇后といっても、入内して実質的に夫婦関係になったわけではない。ご本人はそれまでどおり八条院邸と九条邸を自由に行き来し、明恵さまともしょっちゅうではないが、お会いになる機会があった。

会えば、おふたりともあいかわらず、無言のまま嬉しげに見交わし、広縁で肩を並べて長いこと坐っておられた。おふたりの周囲には、なにかこの世のものとはおもえぬ空気感が漂っており、まわりの者たちはただ、満たされたおだやかな心地で見守るのが常だった。

それなのに、十七歳で突然の病でこの世を去ってしまわれたのだ。八条院さまが亡くなられ、莫大な遺産を継いだ半年後のことだった。

上皇の長女にして時の天皇の皇后という、このうえない高貴なご身分。しかも大金持ち。この世の栄華を一身に集めながら、ご本人にとっては明恵さまとのつながりが唯一、この世にある実感だったのではないかと、わたしには思えてならない。

死に際にはお会いになれなかった。

ひと月ほどして、姫宮の念珠と手習いの反故などの遺品をゆかりの方から頂戴した。手習いは明恵さまが与えた如心偈で、飽きることなくくり返し練習しておられたそうだ。

明恵さまはその日の初夜の行法の際、その遺品を携えて道場に入り、衆徒の前で菩提を祈られた。師としてはめったにないことだった。

その夜、念珠とその手習い紙を抱いてお休みになり、また夢を見た。姫宮がいつもおられた場所に張台《ちょうだい》があり、御衣《おんぞ》が脱ぎ捨てられていて、ご本人の姿はない。それを見てひどく哀傷した夢で、眠りながら涙を流しておられたそうだ。

翌日にも、姫宮とおぼしき貴女が高い山の頂上におられて、なにか仏事のためらしい書きものを読んでおられるのだが、難解で意味はわからなかった。すると貴女はいきなり明恵さまに同行していた僧の手をとられた。初対面なのに高貴な女人は大胆なことをなさるものだと驚いたが、自分との親しさのあらわれかと納得し、晴れがましくも思った。

はるか下に人家を踏んで地上にもどった。山の峰からその貴女が見守ってくれていたという。ふつうの人間ではない、超越的な存在という意味なのだろうが、それがほんとうに姫宮だとすると、すでにこの世と冥界とに隔てられてしまったことを自覚させられる夢でもあったのだろう。

後日、冷たい雨が降りしきるなか、鳥羽の墓所にお参りしたが、その直前にも夢を見て、墓前でそのとおりの出来事があった。

ときに明恵さま三十九歳、戒を守る清僧。片や十七歳の皇后たる高貴なお方。男女の色恋とか不義などではない。だが、おふたりには強い絆のようなものが存在していたと思う。

これはわたしの思い込みというか想像でしかないが、おふたりは前世か、そのまた前世、いつの世かはわからないが、一つの魂であって、それが二つに引き裂かれ、ふたたびこの世で奇跡的に巡り合った。そんなふうに思えてならない。

なぜなら、昇子さまが「常ならぬお人」であるなら、わたしからすれば明恵さまも「常ならぬお人」だからだ。一つの稀有な魂が二つに分かれ、ふたたび一つに溶け合った、つかの間の至福を目撃したのかもしれない。

二

建暦二年正月、浄土宗の開祖法然上人が亡くなった。

八十歳という年齢に不足はないが、流罪を赦されて帰京してわずかふた月弱。四年に及ぶ配流生活が心身にこたえたのであろう。

秋九月になって、宜秋門院さまから『選択本願念仏集《せんちゃくほんがんねんぶつしゅう》』なる上人の著作一巻をいただき、さっそくお読みになった明恵さまはにわかに顔色を変えた。

「なんという邪見《じゃけん》の書。まさか法然房ともあろう人が、こんなものを」

手をわななわな震わせる様子に、わたしはその怒りの激しさを感じた。

数年前、明恵さまとわれらが紀州から上洛の途上、藤代王子《ふじしろおうじ》あたりで路傍の小堂にこもっているひとりの老僧と出会ったことがあった。その老僧は「一向専修《いっこうせんじゅ》の文集」と銘うった四、五枚の書付を持ち、勧進と称して道行く人々に売りつけていた。

明恵さまが買い求めて目を通すと、中国唐代の浄土教の大成者である善導《ぜんどう》による『観無量寿経《かんむりょうじゅきょう》』の解釈を少しばかり載せ、その下に自分の解説を述べて、専修念仏を勧めるものだった。喜海さんら同行の人たちも披見し、皆、不思議な説を主張するものだと思い、これを書いたのはどういう人物か、およそ聖教にうとい者であろうと首をかしげた。

ところが、今回『選択本願念仏集』と突き合わせてみると、先年の文集の意趣とまさしく符合するものだった。してみると、かの文集は浄土宗の名を騙《かた》っての老僧個人の妄説などではなく、教団内でとうに共用していた教説ということだ。

「南都北嶺《ほくれい》の僧たちがこぞって誹《そし》るような、そんなお人ではないと信じておったに」

明恵さまの声音は、怒りから悲嘆に変わっていた。

無理もない。いままでずっと法然上人に好意以上のものを抱いていたのだ。

法然上人。正式には法然房源空《ほうねんぼうげんくう》。美作国《みまさか》の武士の子に生まれ、幼名は勢至丸《せいしまる》。九歳のとき、押領使というその地方の内乱や暴徒の鎮圧、盗賊の捕縛といった警察組織を率いていた父親を闇討ちで殺され、出家を志した。父親が「敵《かたき》を討とうとするな、討てば恨みの連鎖が続くだけだ」と遺言したともいう。

僧侶だった叔父に預けられ、十三歳で比叡山に登るやその才能が瞠目され、いずれは天台座主にもなれると期待された。保元の乱、平治の乱が起こり、平家が権力を掌握していった最中、ひたすら勉学に没頭していた彼は、四十三歳のとき、専修念仏に帰依し、比叡山を下りて浄土宗を開宗。時代は源平の戦乱に突入し、やがて平家は滅亡した。

世の中が根底からひっくりかえり、人々は不安と絶望に揺さぶられていた。大地震と大飢饉も頻発し、京中いたるところに屍骸が放置され、飢えた者たちが凶悪な犯罪にはしった。

この世に生きる希望がまったく見出せず、すさみきった人々の心に、阿弥陀仏が救ってくださる、西方極楽浄土へ連れて行ってくださると説く、法然上人の言葉は力強く響いた。読み書きすらできない民たちに、仏にすがりたければ経を読めだの、寺に布施をしろだのとしかいわない京や奈良の寺が救いになろうはずがない。

――そんなことはいっさい必要ない。ただ、阿弥陀仏を信じ、南無阿弥陀仏と声に出して唱えさえすればいい。どんな悪事を犯した者も、阿弥陀仏はかならず救ってくださる。

そう説く法然上人の言葉は、それこそ仏の言葉そのものに思えたであろう。

いま生きている現実のこの世では、希望はまったくなく、あるのは絶望だけ。苦痛と悲運を嘆くのすら飽き果てた。それより、死んだら阿弥陀仏のもとで安楽に暮らしたい。そこでなら、阿弥陀仏の教えを聴き、心清らかに生きられる。そのために、いまは念仏を唱えればいい。

浄土宗は瞬く間に貴賤を問わずあらゆる階層に広まり、一大勢力に成長した。既存の京や奈良の僧侶たちまで浄土宗に改宗して寺を出てしまう者たちが増え、在家信徒のなかには、死ねばどうせ阿弥陀仏が救ってくれるのだから、この世でどんな悪事をしようがかまわないと放言する輩まであらわれ、悪辣な犯罪行為や乱倫が横行するようになっていった。

それを危険視した比叡山や奈良興福寺が「念仏停止《ちょうじ》」を後鳥羽上皇に強く訴え、ついには法然上人の高弟たちと上皇の後宮の女官たちの不義密通事件があかるみに出て、その高弟四人は死罪、上人と弟子七人が流罪にされたのだった。

明恵さまは一度だけだが、流罪になる前の法然上人と宜秋門院さまの邸で偶然会ったことがある。女院も父上の九条入道さまと同じく、法然上人を戒師として出家なさった、いわば最も熱心な帰依者だった。

出会ったものの、ほとんど会話する時間はなく、挨拶程度だったが、いかにも温厚そうな顔と柔和なまなざし、ふっくらしたからだつきで、話し方もゆったりとやさしく、わたしの目にも、女性たちが安心できそうなお人に見えた。

明恵さまは、あとで女院から聞かされた言葉に、いたく感動した。

「上人さまは、わたくしたち女人はけっしてけがらわしい存在などではない、女身のままで救われるとおっしゃるのです」

女性はあらゆる部分で差別されている。生家では父親に服従し、嫁《か》しては夫に服従し、夫の死後は息子に服従する「三従《さんじゅう》」を強いられ、死んであの世に行っても、一度は男性になって生まれ変わらないかぎり成仏できないとする「変成男子《へんじょうなんし》」が信じられている。

そのうえ、神道では、死の穢れのほか、女性には産褥《さんじょく》の穢れと生理の血の穢れがあるとして、参拝を一定期間禁じている。

しかし法然上人は、信者の女性からの「月経の間はお経を読んではいけないか」という質問に、「なんらさしつかえない」と答え、「女性は罪深いなどと卑下せず、専修念仏で男女の別なく往生できることを確信すべきだ」と説いた。春をひさぐ遊女たちにも、あなた方の行為は本当に罪深いことだからやめるべきだと諭しつつ、そういう女性たちこそ救われるべきだと説いた。

念仏を信じながら他の寺社に参拝することもさしつかえない。韮《にら》や大蒜《にんにく》を食べて、その臭いが消えないうちに念仏してもかまわない。飲酒はしないにこしたことはないが、それも世のならい、必要なつきあいもあるからと許した。

親より先に死ぬことは罪か、という問いにも、苦しみの多い人の世にはままあることで、人間が関知できることではないのだから気に病む必要はないと慰めた。

「おおらかで寛容な人なのだな。世俗の忌み事に縛られて苦しむ人々を解放してやれるお人だ」

仏教には本来、忌み事はないのだという考えにも深く賛同し、尊敬すらしていたのだ。

だから、深交のある解脱上人が『興福寺奏状』で法然上人を厳しく糾弾したときも、連動しなかったし、東大寺の知己の僧たちの非難にも関与しなかった。

だからこそ、『選択本願念仏集』を読んで愕然とし、落胆し、激怒したのだ。

しかも、女院がおっしゃるには、法然上人が九条入道さまの求めに応じて十余年も前に著したものだが、入道さまはこれが世に出ると非難の的になると恐れ、深く秘すよう勧めた。ところが実際は、法然上人は高弟たちに書写を許し、ひそかに流布していたのだという。

弟子たちはそれを、上人が亡くなるやすぐさま版木に彫って開板《かいはん》し、真っ先に女院のもとに届けてきたのだった。女院が心のよりどころを失って深く嘆いておられたから慰めるためであろうが、これから広く出版して、三万人ともいう在家信徒たちに供するという。

『選択集』の奥書には、「ひとたび高読の後は壁の下に埋《うず》みて窓の前に遺《のこ》すことなかれ。恐らくは破法の人をして悪道に堕さしめざらんがためなり」と、あたかも法然上人のほうが秘匿を命じたかのように記しているが、実のところは、出版して誰でも読めるようにし、末永く宗の重宝としてひろく伝えていくのが上人の真意だったというのだ。

してみると、紀州で出会った老僧もその意を受けたひとりだったのであろう。上人の名を騙るどころか熱心な布教者だったのだ。全国津々浦々そういう布教者たちが民百姓や、殺生を生業として死後は地獄に堕ちるしかないと怯える武士や猟師や漁師にこの書を広めてまわっているのだ。

明恵さまにとって、とうてい許しがたいことだったから、その後あるところで説法した際、『選択集』の内容を批判した。怒りに任せた感情的な批判ではなかったのに、それが念仏者たちに伝わり、押しかけて抗議すると息巻いていると噂になった。

「私がいかなる理由で批判したか、どうしたら意図が正しく伝わるのか」

悩んだ末、理路整然と話し合うしかないと思い定め、二ヶ月ほどかけて一冊の書を記した。

『摧邪輪《ざいじゃりん》』。「邪《よこしま》なる法輪を打ち摧《くじ》く」という意味だ。

これを書いている間、明恵さまはひどく苦しげな様子だった。拳を握って机に叩きつけたり、歯ぎしりして低くうなったり、まるで心中の葛藤と闘っているかのようで、あんな苦しげだったことは後にも先にもなかった。

「汝はこれ、一切衆生の悪知識《あくちしき》なり」

そんな激烈な言葉までつかったが、その内容は善導や道綽《どうしゃく》などの法然上人が自説の論拠としている文言を引き、その解釈が強引な我田引水で間違っていると整然と示すものだ。

なかでもことに強調して難じたのは、一つは「往生に菩提心はまったく不要と言いきっていること」、もう一つは「浄土門以外の聖道門《しょうどうもん》、つまり他宗を群賊とまでたとえ、往生の邪魔になると完全に排斥していること」、その二点だった。

菩提心とは、悟りを求めて修行し、ひいては人を助けようとこころざす心のことで、仏道の基本中の基本だ。法然上人はそれを、煩悩に翻弄される愚かなわれわれ凡夫には、そんな自力の努力などとうてい不可能なのだから、阿弥陀仏にすべてお任せすればいいのだといい、それに対して明恵さまは、たとえ不可能であろうとも、ひたむきに努力することが尊く、意味のあることなのだという。自分を律して心を高め、犯した罪を深く悔い、よりよく生きようとする気持こそが釈尊の教えそのものだというのだ。

菩提心はどんな人間のなかにもあり、仏になれる資質、仏性《ぶっしょう》はいかなる人間の心のなかにもひそんでいる。どうせ無理だという決めつけは、人間の尊厳を否定し貶めることにほかならない。明恵さまはそれが許せなかったのだ。

「私は性分として、間違っていることを見過ごしにはできない」

書きあげて、憔悴しきったお顔でそうつぶやかれたとき、わたしは胸がつぶれる思いがした。

師はさらに半年後、『摧邪輪荘厳記《しょうごんき》』を著して『摧邪輪』で不足していた部分を書き足し、

「深智あり、戒徳あり、世間の貴賤に恭敬《きょうけい》される法然上人を非難するのは、この人が仏法を破滅する大邪見をいだき、獅子身中の虫が獅子の肉を食らうがごとくだからだ」

と巻末に記した。

結局、念仏者たちが押しかけてきて騒動になることはなかったから、二書はそのまま秘蔵していたが、やがて後鳥羽上皇から強い求めがあってやむなく献上し、それを機に世間に流布した。

その結果、念仏者の間でも多く読まれ、反駁《はんばく》の書や、あきらかに影響された書も次々に出た。法然上人の弟子の親鸞《しんらん》の著作もそのひとつと聞いている。

三

承元三年（一二〇九）頃からだったか、公家衆や高位の僧侶の方々とのつき合いが多くなり、それにつれて歌のやりとりが頻繁になった。貴家の邸での歌会に招かれたり、高山寺へ訪ねてきて歓談を求められることもしばしばだ。できることなら避けて通りたい明恵さまはなんやかやと口実をもうけてお断りになるのだが、遅々として進まぬ寺の造営はそういう方々の支援に頼らざるをえない以上、断りきれぬことがしばしばだった。

それにしても、管弦だの遊興は修行の邪魔と同法衆にかたく禁じ、ご自分もけっしてなさらなかったのに、管弦はともかく、歌に関してはなかなかの腕だというのがわたしには意外だった。

上覚さまにそう申し上げると、苦笑いを浮かべ、自分がそう仕向けたのだと教えてくださった。ご自身『和歌色葉《わかいろは》』という歌学書を書き、『玄玉和歌集《げんぎょく》』という私撰集を編んだほどの歌詠みで、仁和寺や石清水八幡宮など当代きっての歌壇の人々と交流をもっていた。そこで明恵さまが正式に出家得度する前から、僧侶にとって不可欠の素養だからと教え込んだというのだ。そういう人脈がいずれ貴顕と近づきになるってになる。利発な甥弟子の将来に期待してのことだった。

「もともと熱中しやすい明恵のことだから、たちまち寝食を忘れるほどのめり込んでな。西行法師とも親交があったわしは、その自家集を所持しており、明恵に与えて書き写させると、全歌そらで言えるほど完全に憶え込んでしもうた。西行法師が亡くなったのは明恵が十八歳のときで、直接相まみえる機はなかったが、心酔しきっていた」

もうひとり、心酔して影響を受けた歌人がいたという。行尊《ぎょうそん》大僧正。百年ほど前の天台僧で、三井寺園城寺《みいでらおんじょうじ》の復興に邁進した人物だ。鳥羽天皇の護持僧にもなり、験力《げんりき》を謳われた一方で、歌詠みとしても名高かった。その歌風は西行法師がいたく心酔していたそうで、そこから明恵さまも惹かれたのではないかという。

ついでに上覚さまは行尊大僧正の歌を教えてくれたが、それを聞いてわたしは驚いた。

もろともにあはれと思へ山桜　花よりほかに知る人もなし

むかし、白上の庵で明恵さまが耳を切ったあと、激痛をこらえて母御前と慕う仏眼仏母尊の画像に書きつけた歌。

モロトモニアハレトヲボセワ佛ヨ　キミヨリホカニシル人モナシ

文字を教えられはじめたばかりで、カタカナだからかろうじて読めた。つっかえつっかえ、何度も声に出して読んだ。それが歌というものだとも知らなかったが、忘れようがない。その掛軸はいまも高山寺にあり、ときおり目にする。そのたびに、かすかに残っている飛び散った血の跡とともに、あのときの光景がまざまざと思い出されて胸がつまる。

激痛のなかで、行尊大僧正のその歌を思い出したのだから、やはりよほど好きな歌だったのだ。

行尊大僧正の歌といえば、後年のことだが、もう一つ忘れられないことがある。

明恵さまの紀州の親戚の者が高山寺にいた。なかなか利発な若者で、兄弟子たちにも目を掛けられていたが、そういう者にありがちなのか飽きっぽいたちで、突然、山を出ると言い出した。もともと道心あってというより、明恵さまに憧れて入山しただけで、毎日同じことのくり返しの修行に飽き飽きしたとほざいた。それだけならまだしも、暇を申し出た際こんな歌を奉った。


この夜よりあはれと思へ秋の月　まよはむ闇の道しるべして

明恵さまが行尊大僧正の歌を愛していることを知っていて、あきらかにそれを踏まえたのだ。師は激怒なさった。人の心に無遠慮に踏み込んでくる阿《おもね》りと卑しさが許せなかったのだ。

照る月をいとひて闇に入《い》る人は　道のしるべし何にかはせむ

心から狂ひ出《い》でぬるまどひ子は　這はれむ方へ這うては死ねよ

手厳しいなどというものではない。ほとんど罵詈《ばり》に近い辛辣《しんらつ》さで返し、あとはその者のことはいっさい口にしなかった。その者がその後どうなったか、誰も知らない。

そこまで真摯《しんし》に歌と向かい合っていた明恵さまだが、上覚さまから身口意《しんくい》の三業《さんごう》を浄める密教の十八道を付法された十八歳のとき、突然、やめると言い出したという。

「われながら歌の面白さに夢中になるあまり、肝心の修行がおざなりになって、三業を律することができませぬゆえ、と言いおってな」

これもいかにも明恵さまらしいではないか。完全にやめたわけではない。ただ、夢中でのめり込む自分を厳しく律し、距離を置いたということだ。現に、仁和寺や石清水八幡宮の歌人の方々との交流はつづいたし、その人脈が大いに役に立ったことは否めない。


明恵さまは、執筆の合間、ふと思いついた歌を手元の紙に書きつける癖がおありだった。ご本人はそれで忘れてしまい、そのまま放っておくのが常だが、その紙が弟子たちやわたしに回されてくるので、それぞれが書き留めておき、あとで突き合わせるようになった。

彼らにとっては勉学の合間の息抜きで、わたしにとっても楽しみだから、皆集まってあれこれ言い合い、のちに高信《こうしん》さんが『明恵上人和歌集』としてまとめた。

高信さんが言うには、いまの歌詠みと呼ばれる人々は、むかしの名歌をどれだけよく知っているかを自慢し合い、本歌取りとか言ってその言葉や意味をいかに巧みにとり入れられるかを競い合う。そこにどう新しさや面白さを盛り込めるかが勝負だというのである。つまり、技巧ありき、知識ありき、というわけだ。

ところが明恵さまのお歌は、そういうのとはまるで違う。若い頃に蓄えた豊富な知識が素養になっていて自然に出てくるが、技巧を凝らそうなどとは微塵も考えておられない。感じたままを素直にまっすぐ詞《ことば》になさる。あれこれ呻吟《しんぎん》したり、古歌をこねくりまわしてつくったりすることはない。

世間がもてはやす名歌とか、たとえば後鳥羽上皇が宮中に和歌所《わかどころ》をもうけて名だたる歌詠みを集め、いまの時代にふさわしい『新古今和歌集』とかいう勅撰和歌集を編纂しておられるが、それに数多く撰ばれるような類の歌ではないということだ。

ある年の秋、禅堂院におられた師が、そばにいた若僧の禅上房《ぜんじょうぼう》さんにこうおっしゃった。

「堂の前の柿の木の葉が庭に散っておるな。風に吹かれてあちらこちらへ飛ばされていて、それがなんとなく鳥があちこち歩きまわるのに似ているから、こういうのをかきどりといったらどうかと考えついたのだが、どうであろうな。この程度のことはそのまま歌に詠み込む詞などにふさわしく思うが」

かきどりは柿鳥。生真面目な禅上房さんは目を白黒させていたが、むろん師の冗談だ。あるいは、禅上房さんは貴族の出で、人一倍歌が好きで熱心だったから、のめり込むのは修行の妨げになると暗に諫められたのかもしれない。あとで禅上房さんが恥じ入ったようすで皆に語った。

また、禅上房さんは、師のお歌は西行法師に通じるものがあるという。繊細な情景描写、人の心の微妙なあや、使い古された類型ではない詞選び。いずれも学んでできるものではなく、天性の感覚だ。それがよく似ているというのだ。わたしは上覚さまから、明恵さまがむかし西行法師の歌に影響を受けたときいていたから、なるほどと思った。

「違いは、西行法師は花の歌が多いのに対し、師は月の歌のほうがだんぜん多いことです」

西行法師は花の歌人、明恵さまは月の歌人だ、と禅上房さんはいうのだ。

いわれてみれば、花の歌が少ないのはたしかにそうだが、それほど単純なことではないのではないかと、歌のことはまったく無知なわたしだが思った。

明恵さまは草花に無関心なわけではない。いや、誰よりも深く愛し、よく観察しているのは側にいるわたしがいちばん知っている。たとえば、寺内の木々の変化にすぐ気づく。日当たりが悪かったり水不足で弱っていると、すぐさまわたしに植え替えさせ、水やりを命じたりする。

わたしが足元の雑草を踏みにじって、こっぴどく叱られるのはしょっちゅうだ。植物はいのちのない非情だとする考えは間違いだ。草や木にもいのちがある。おまえ同様、喜怒哀楽があり、痛みも感じる。忘れてはならぬ。そう諭される。

高雄や栂尾から、紀州、奈良、京への往還の道すがらでも、あの崖に白木蓮の樹があったはずだとか、今年はここの梅の花のつきが悪いとか、よく憶えておられ、常に気にかけておられた。

あるとき、講義のため学問所に行く途中、小道の脇にかたくりが一輪ちいさな花をつけているのを見つけ、しゃがみ込んで見惚れ、時間を忘れてしまわれた。行や講義を失念するなど普段はありえないことだから、訝ったわたしがうながすと、師は気まずいお顔になった。

いや、気まずいというより、なんとも悲しげで、怒りをこらえているというような複雑なおもちといったほうがいいか。

そんなことが何度かあり、わたしはようやく腑に落ちた。師は出家者にとって草花を愛しすぎるのは妄執につながり、修行の妨げだと、あえて封じておられたのではないか。寝食を忘れるほどのめり込んでいた歌を自ら禁じたのとおなじなのではないか。

それでも花を見つけて心奪われ、時を忘れて見入ってしまう。そんな自身に煩悩を断ち切れぬ弱さを思い知らされ、愕然とする。そんなことのくり返しではなかったか。道心のないわたしにすれば、そういう明恵さまの人間くさい葛藤が好きだったのだが。

では、月はどうか。

仏教では、月は心の清浄を象徴するものとして心月《しんげつ》といい、くもりない満月を思い浮かべて心を鎮める瞑想を月輪観《がちりんかん》という。月の歌が多いのは、明恵さまが実際に月を見る機が多いからでもある。夜の行のために何度も堂と住房を行き来するから、そのたびに見る。月を見て、心を揺さぶられたり、なつかしい友と感じたり。そんなとき、詞が口をついて出て、歌になる。

それでいて、月が心を映す鏡などというのは、違うとおっしゃるのだ。真に心が澄んでいれば、月に託す必要はない。月の風情などかりそめにすぎない。ただ方便だとおっしゃる。心を澄ますためには、厚い雲に覆われて月が見えない闇夜のほうがいいとまでおっしゃるのだ。

弟子たちは皆それぞれ好きな師のお歌があるのだが、わたしはなんといってもこの歌につきる。

　あかあかやあかあかあかやあかあかや　あかあかあかやあかあかや月

澄みきった秋の夜空に満月が浮かんでいる。冴え冴えと清冽な月だ。月の光は金色の細かい粒になり、きらきらと降り注ぐ。山に、木々に、海に、野に、大地に、そして、このわたしにも。光の粒はわたしの頭から、伸ばした腕にも、足先にまで、惜しみなく降り注ぎ、全身に染みわたる。その心地よさに陶然としていると、からだの隅々まで清浄になっていくのを感じる。

もうひとつ、忘れられない月がある。

あれはいつだったか。師が後夜の行を終えられるのを待っていたときのことだ。堂の横の辛夷《こぶし》の木が枝を埋め尽くして白い花をつけているのを、わたしはぼんやり眺めていた。

やがて行を終えて出てこられた師は、なぜかすぐに住房へ帰ろうとせず、そのままさして広くない空地に放心したように突っ立っておられた。

中天に満月がぼんやり浮かんでいた。春の朧月《おぼろ》。冬より低い位置にあって大きく見える。くっきりと清冽な秋の月と違い、やわらかな赤みを帯び、さらに大きく明るい。山も木々も、師の姿も、見るものすべて紫と薄紅色の靄《もや》に溶け込んでしまいそうな気がした。

すると、師は月に向かって両腕を広げ、そろそろとまわりはじめた。ゆるりゆるり。漂うようように舞うように。

「イサもおやり」。うながされ、わたしはおそるおそる真似した。

自分のからだが実体を失い、心だけがふわふわと浮かんでいくような気がした。辛夷の花の甘い香が揺れながらまとわりついた。朧の月が雲間にかすんで見えなくなるまで、わたしたちは無言でまわりつづけた。

あかあかや、あかあかあかや、あかあかや。

よく、無意識に口ずさんでいる。清冽な光が、やわらかな光が、わが身を、わが心を満たしてくれる。

四

明恵さまには不可思議なことが頻繁に起こる。わたしや喜海さんら長く側にいる者たちはとうに慣れっこになっており、いまさら驚きはしないが、新参の者たちが尋常ならざる奇跡と驚愕して騒ぎたてるのも無理はなかった。

あるとき、不動の法を修しておられる最中、堂内がにわかに花園のようになった。さまざまな宝華《ほうけ》が咲き広がり、いつもの香とは違うなんともいえぬ芳香が満ち満ち、宝網《ほうもう》、宝鈴《ほうれい》、宝幢《ほうどう》、幡《ばん》蓋《がい》が出現して堂中を飾ったのだ。

　弟子たちが息を呑んで身動きできずにいるのに、明恵さまはまったく何事もないかのように修法を続行なさった。すると、宝鈴はそのまわりを右回りに飛びめぐり、法服を着て香炉を手にした三十人ほどの梵僧が列をなして現れ出て、賛歌を合唱した。その場にいた全員がはっきり見た。

　こんなことはしばしばだから、明恵さまはとりたてて奇瑞とも思わず、鳶や烏が舞い飛ぶ程度にしか考えておられない。おまえたちもこんなことに動揺してはならぬ、見ても私のように気に留めず修法に集中せよ、と厳しくおっしゃるが、まあ、常人にできることではない。

　あるときも、修法の最中、側に侍して雑用を務めていた弟子を呼び、「手洗い桶の中に虫が落ちたようだ。すぐ行って掬《すく》い取ってやれ」と命じられたので、その者が堂の外のそこへ行ってみると蜂が落ちて死にかかっていたから、急いで逃がしてやった。

　坐禅中、不意に「うしろの竹藪で小鳥がなにものかに蹴られている様子ゆえ、イサ、行ってこい」とおっしゃったこともある。はたして、小さな鷹が雀を蹴って獲ろうとしていたので追い払ってやった。

　また、夜更けて、炉端に坐って仮眠しておられたとき、その夜はたまたま入山したばかりの良《りょう》宣《せん》という若僧が宿直《とのい》をしていたのだが、師が急に、

「ああ、かわいそうに。眠りこんでいて発見が遅れたから、もう喰いついてしまったか。燈《あかり》を点けて急いで行き、追っ払ってしまえ」

　と言われた。わけがわからず聞き返した良宣に、「大湯屋の軒の雀の巣に蛇が入り込んだ」とじりじりした様子だった。良宣があそこは真っ暗なのにどうしてわかるのか不思議がりながら蠟燭を手にして駆けつけると、もう毛が生えて羽根も形になりはじめている雀の雛を、大蛇が頭か

ら呑みこまんと、全身を巣に巻きつけていた。

良宣は要領のいい利発者であったから、自分が奇跡を目撃したのを自慢したい気持だったのであろうが、さっそく皆に言いたてた。

「真っ暗な闇夜で、しかも遠く離れたところで起こっていることがお見えになるのだから、我々が陰で悪いことをしていようものなら、かならずや露見して、けしからぬとお咎めになる。くれぐれも油断は禁物、気をつけねばならぬぞ」

したり顔で言いたてたのは、同輩たちの先導役になって点数を稼ごうとしたか。他の者たちも同調して、それからは弟子たちも、一時的に寺に泊まる者たちも皆、師のうしろ姿をも恐れ、自分の行為を恥じて、暗い部屋の中でも放埒にふるまうことはなかった。

と、ここまではいいとしても。

このようにあまりに不可思議なことがたびたびあるので、他の弟子たちも、「明恵さまは権者《ごんじゃ》」つまり仏や菩薩がこの世に化現《けげん》したお方に違いないと言い合うようになった。

――尊いが、怖い。

良宣ならずとも、それがふつうの人間の本音だ。

皆、動揺しております。喜海さんがそう伝えると、師は嘆き、憤慨した。

「なんという心つたなき者たちの言いぐさか。そう思うなら、この高弁とおなじく禅定《ぜんじょう》をもっぱらにして仏の教えに身を行じてみればよいのだ。そうすれば、今にでも汝らにもかようなことがあるだろう。この私はそうなろうと望んでなったわけでは努々《ゆめゆめ》ないが、積年にわたって仏法の定めるまま行じて年月がたったから、自然《じねん》と、自身で知らぬうちに備わったのだ。とりたてて重大なことでも奇特なことでもない。汝らが、水が欲しければ水を汲んで飲み、火にあたりたければ火のかたわらに寄って暖をとるのとおなじことだ」

明恵さまにとっては、真実、そうであったろう。それは修行の修の字もないわたしにもようわかるが、しかし、誰もがそうなれるかと言われれば首をかしげる。きわめて特殊な能力だからだ。第一、明恵さまとおなじ禅定と行を長きにわたってやりつづけられる者がそうそういるとは断じて思わない。そういう意味でも、明恵さまは特殊なお方だとしか言いようがない。

良宣といえば、後年になってまた、ある出来事があった。

寺の人数が多くなり、雑多な人間の寄り集まりになると、どんなところでもあることだが、諍いやもめごとが目に見えて増えた。他の者の行為が疑わしいだけなのに本当のことのように主張したり、他人の欠点をことさらに言いふらしたりということもときおりあった。

その頃良宣は中堅になっており、もともと利発者だから勉学の進歩が人より速く、その分自負心が強いせいもあったろうが、他の者の非を訴え出たのだった。

「かようなよからぬ噂がある以上、当山から追放なさるべきでは？」

このままでは容認していると思われ、皆が染まって悪影響が出る。示しがつかぬというのだが、明恵さまの答えはこうだった。

「心清らかな皆のなかにあって不善をなす者がおれば、仏法の守護神たる天部《てんぶ》の諸神が見ておられるのだから、自然と明白になり、その者は自分から身を引くものである」

「そうでしょうか？　わたしはそうは思えませんが」

良宣は不服をあらわにしたが、明恵さまの言葉は厳しかった。

「おまえが私に彼の不善を訴えて非難するのは、たいへん無慈悲なことである。釈尊は、たとえ現場を見聞きしても、僧侶の過失を言い広めてはならないと禁じられた。仏の弟子となった者の過失を指摘するのは、百億の仏の血を流させる以上の罪であると教えられたのだ」

百億の仏の血を流させる。これ以上の大罪はないということだ。

「いま一つには、仲良く修行している僧たちの仲を裂くことは五逆罪《ごぎゃくざい》の一であり、四重禁《しじゅうきん》以上の罪である。おまえはすでにこの二つの罪を犯した。私はそういう者としばしでも一緒に生活するのは耐えられない」

そう言われ、良宣を追放してしまわれたのだ。その後、問題とされた者から事の次第を充分に問いただすと、その者の罪も逃れられるものではないと判明し、良宣同様追放となった。それ以外の確たる証拠のない者については、世俗でも証拠不十分の場合は、疑わしきは罰せずとするのが仁の道であるからとして、罪とはなさらなかった。

それ以降、ほんとうに不善の者は自分から出ていったので、心清き者たちが残り、もはや山内が穢されることはなかった。


師が講義中にこんなことをおっしゃったことがある。たしか仏の智慧のはたらきは本当に不思議なものだというこむずかしいお話をされておられたときだ。

ある僧が狐の子の頭をくくって自房に帰ろうとしたところ、よく知っている道なのに迷ってとんでもないところへ行ってしまった、狐に化かされたのだというはなしで、皆が急になんのことかと首をかしげていると、つづけてこういわれた。

「われらが真実の智慧を開発《かいほつ》できるようになるのは、仏がこの狐のように化かしてくださるからだ。仏に化かされて、知らぬうちに遠いところへ連れていかれる。私たちがいまこうして学んでいるのも、実は仏が化かしてくださっているのだ」

そうおっしゃり、いかにも愉快といいたげなお顔をなさった。

――仏がひとを化かす。

聞きようによってはとんでもなく剣呑な譬えだが、わたしは妙に納得した。

だってそうではないか。化かされてでもいなければ、明恵さまはじめこの寺の僧たちが皆、身命を惜しまず、ただただひたむきに、わき目をふらず修行に打ち込む理由はなんだというのか。

あとでふたりきりになったとき、訊いてみた。

「仏さまは化かす相手を選んでおられるんですかい？」

立派な大寺の高僧といわれる人でも、わたしの目にはどう見ても仏に化かされているとは思えない輩が大勢いる。彼らは最初から化かされることなく、ただ身過ぎ世過ぎのために寺にいるのか？　それとも、途中で自ら化かされるのをやめたのか？

「だけんど、化かされるってのも容易なこっちゃない。仏さまが好き勝手に選ばれるとしたら、罪つくりじゃないかね」

わたしの無礼ないいぐさに、明恵さまは声をあげて笑われた。

「そうだな。本人が望んでのこととは限らぬからな。まったくもって迷惑という者もあろうよ」

「望んでもいないのに、仏さまに見込まれちまうというわけか。やれやれだ」

わたしがかぶりを振ると、明恵さまはまた噴き出した。

「仏ではなく、富の神に化かされる者や権勢の神に化かされる者もいる。ひとそれぞれだ」

「おらはどちらかといえば、そっちのほうがありがたいけんど」

「ほう、イサは富や権勢のほうがいいか。それは知らなんだ」

からかわれ、わたしはふくれた。

「一度でいいから、そういうことも味わってみたいと。それだけですだ」

「で、化かされて、行き着く先はなんだと思うかね？」

　立身出世の神、芸事の神、色事の神、学問の神、いろいろあれど、学問の神以外は、いや、場合によっては学問の神も、すべて魑魅魍魎だ。煩悩をそそのかして操り、際限なく追いたて、果ては奈落の底へつき落とす。

「イサを化かすのはどんな神仏か、私も知りたいものだ」

「おらは、化かされたりしねえ。化かされるってのは騙されるってことでしょうが。そんなのまっぴらごめんだ。おらはそんな馬鹿じゃねえ。おらは自分しか信じねえです」

　肩をそびやかしたわたしを、明恵さまは、よしよしとでもいうように頭を撫でてくださった。

　正直に言えば、わたしは自分を信じられるわけではけっしてなかった。ただ、なにものかに自分を託し、果てに見捨てられるかもしれないのが怖い。それだけだった。

　そのとき明恵さまがどう思っておられたのか。幼稚なこのわたしを哀れんでおられたのか。いまだにわからない。

五

　いつしか、世間は明恵さまを「栂尾の上人」と呼ぶようになった。

　それにつれて、徳を慕って入山を望んでやってくる者が増えた。明恵さまは極力増やしたくなくて断るのだが、山門の前に何日も座り込んで去ろうとしない者が多く、やむなく受け入れるしかなかった。

寺の人数が五十人を超えた頃、喜海さんがその騒々しさに耐えかね、寺を離れて独り隠遁して修行に専念したいと師に願い出た。最古参の喜海さんは、温順な性格だし、面倒見もいいので、新参者の日々の規律から行と研学の指導、寺内の運営まで、率先して束ね役をしていたから、自分自身の修行にかける時間がなくなってしまったのと、さまざまな者たちとの集団生活のわずらわしさに、ほとほと疲れ果ててしまったのだ。

そのことは明恵さまもとうに気づいておられたろう。心配もしておられたはずだ。喜海さんの思いつめた決心を、一つ一つうなずいて聞き、そのまま目をつぶって黙り込んでしまわれた。なにを考えておられるのか。喜海さんとわたしがそっと目を合わせて案じていると、やがて目を開き、静かなお声で話し始めた。

「私は、神護寺におった頃、僧たちの僧らしからぬ放埒さや、人との関係のわずらわしさにほとほと嫌気がさして飛び出してしまった。その後も何度か文覚上人と上覚師の命令で帰ったが、そのたびにごく短期間で逃げだし、ついには命令に背いて行かなかった。東大寺でも似たようなものだった。人が多くいればどこでも、わずらわしいことばかりある。自分の望みどおりにやっていくことはかなわぬ。私にとっては耐えがたいことだった」

そこまで一気に言うと、ふっとちいさく吐息をついて、言葉を継いだ。

「だがなぁ、義林房、私は後悔しているのだよ」

「なんと？　なにゆえ後悔などと？　わたしには解せません」

いつになく気色ばんだ喜海さんが理由を話してほしいとつめ寄ると、明恵さまはむかし神護寺にいた一人の老僧のことを話し始めた。

「公尊阿闍梨《こうそんあじゃり》というその人は、私がまだ雛僧で経蔵に入りびたっていた頃、そこの管理をしておられた。経蔵を閉める時刻になっても出ていこうとしない私に渋い顔をしつつ待っていてくれ、自分もおまえさんのように励んでおったら、とよく嘆かれた」

公家の閑院《かんいん》家の末流につらなるその人は生来聡明で、かならずや立派な学僧になると期待されていたが、一度神護寺を出て、またもどってきた経歴の持ち主だった。

「公尊阿闍梨は神護寺の人々との接触がうるさくて我慢ならなかった。皆、修行だ勉学だと努力して励んではいるけれども、結局は世間に知られる高僧になって貴顕の崇拝を受け、名誉と財を手に入れてわが身を養うためだ。そんな者たちと一緒にいては、さいわいにも人身に生まれ、まためったに受けがたい仏法に出会った、二つもの幸運に恵まれたのに、それをまったく無駄にして、いずれ亡者の行く三途の末路に沈んでしまうに違いない。これが嫌悪すべき愚行でなくてなんだというのか」

悩んだあげく、公尊阿闍梨はついに寺を出てしまったというのだ。

「義林房も、イサも、むかしの私とそっくりではないかと可笑《おか》しかろう。顔に書いてあるぞ」

図星だったからわたしは笑いをこらえ、喜海さんは顔を赤くした。そういうところが喜海さんのいいところだ。

明恵さまは意味ありげににやりと笑い、なにやら妙に楽しげな口調で公尊阿闍梨のその後の顛末を語ってくださった。

「公尊師は寺を出た。いっそ山中に閉じこもって、心静かに死後に仏の位を得るよう祈ろうと、大原の里の奥に趣ありげな山の洞穴を見つけ、小さな庵を建てて移り住んでみると、閑静で心が清められることこのうえなかった。高雄にいた時間まで惜しく、もったいなかったと残念に思われ、一日中無駄にせず、まるで浄土極楽に生まれ変わったような気分で、雑念を払って一心に修行して怠るまい、そう固く決心した」

そこまではよかった。問題はそれからだ、と師は言葉を継いだ。

半年ほど暮らしたか、話す相手もなくずっと独りでいたせいか、しだいに過去のことや将来のことをいろいろ考えて気がかりになりはじめ、あるとき、思いもよらず淫らがましいことが起こった。幼いときから山に入って出家し、仏戒を守って男女の交わりをしなかったので、逆に女性と接してみたいという欲望が起こり、頭がいっぱいになってしまったのだ。

「若僧にはよくあることだ。真面目な者ほどな」

師はさりげなく言っただけなのに、喜海さんは思い当たることがあるとみえて、また真っ赤になった。ますますかわいい。

まだ若い公尊師はあれこれ気をそらせて欲望を抑えようとしたが、どうにもならない。このままでは修行の邪魔になるだけだ。ならばいっそ、目的を果たして妄念をふっきってやろう。そう思い定め、俗体に姿かたちを変え、死者の菩提のためにと他人が施し与えてくれた物を、他に適当な物がないので、銭の代わりにしようと懐に入れて、遊女のいる京の色町へと出かけていった。

ところが、夏の時分のことで、ひどく暑く、京の町近くになって胸や腹が痛みだし、霍乱《かくらん》というか灼熱の日射にやられ、苦しくてならぬ。ほうほうのていで路傍の小屋にもぐり込み、その夜はそこで泊まった。しかし、翌日になっても少しも癒えず、からだに力が入らない。これでは色事どころかたどり着くのも無理とやむなく断念し、這うようにして大原の住処へ帰った。

そこで養生したおかげで全快し、女を抱きたい欲望も起こらず殊勝に過ごしていたが、しばらくするとまたしても欲望が頭をもたげ、今度こそはと勢い込んでふたたび出かけていった。

しかしどうしたことか、途中の道でうっかり先の尖った杭を踏みつけ、刺が足裏に深く刺さって血みどろ、激痛で一歩も歩けなくなってしまったのだ。さいわい、近くの人が気の毒がり、馬に乗せて大原の庵まで送ってくれた。

怪我がようやく治ると、性懲りもなく、また出かけた。今度は京の町まで無事に行けた。色里を探しながら歩いているうちに、自分は心の内を隠しているつもりが、やはり様子がそれと知れるふうであったか、知り合いの俗人が通りあわせて目が合ってしまった。驚きと恥ずかしさで、消えてしまいたいと思いながら立ちすくんでいると、不審がった相手に、どうしてこんなところにいるのかとしつこく尋ねられ、冷や汗をかきつつ必死に嘘を並べ、騙して逃げ帰った。

「それでさすがにつくづく嫌になり、色欲の目的は果たせなんだが、ぷっつり断ったそうだ。そのうちに秋が深まり、今度は食欲が失せる病になった。どんな食物も食べたくなくなり、日にちがたつにつれて、からだだけでなく気力まで萎えて、修行に身が入らぬ始末……」

今度は明恵さま自身思いあたるところがおありなのか、面目ないというふうに何度もかぶりをふられた。

「こんなていたらくでは、独り静かに日々を送ったところで、なんの意味があるか。からだが元気になってこその修行だと考え、日頃使っていた雑役の者を京へ使いに出し、その留守の間に、鳥を捕って売りに行くという樵の男が近くを通りかかったので、人に知られぬようこっそり買い求めた。食事のときに自分ひとりでたらふく食べようとな」

わたしがうつむく番がやってきた。食欲と渇きに苦しむ餓鬼道の亡者だ。

ところが、鳥を厨に置いて小便をしに離れたわずかな隙に、野良猫がやってきて、ほとんど食い荒してしまった。見つけた公尊師は、さほど憎いとか惜しいというわけでもなかったのだが、近くにあった薪を投げつけた。

それが猫の頭に命中した。両目を潰された猫はおびただしく血を流し、苦しみ悶えて縁の下に逃げ込んだ。公尊師としてはまさかこれほどの重傷を負わせるとはつゆ思わず、ただこらしめて恐れさせようとしただけだったのに、意外な結果に茫然とした。

山に閉じこもって煩悩を断ち、悟りを得たいと願っておるのに、あやうく殺生の重罪を犯すところだった。それが悲しく無念でこみあげる嗚咽をこらえられなかった。

かかる愚行は、ただ独り、勝手気ままに暮らしているせいだ。朝は日が高くなるまで起床せず、夜は面倒がって火を点すこともしないので、暗くなる夕方から寝たくなり、姿勢をきちんと起こしていることも少なく、いつの間にか柱や壁にもたれて足も伸ばしている。寒い夜は小便で外へ出るのも億劫で寝場所の近くで用をたし、手を洗うのもそこそこにして、一事が万事、ひどいものぐさで月日を過ごしてきてしまった。なんと呆れ果てた恥知らずか。

「そこで初めて思ったそうだ。他人と一緒におれば、いやでもこんなことにはならなかったろうに、独りの閑居はまったく無駄だったと。そこで意を決して神護寺へもどった」

しかし、そこでまた愕然とさせられることになった。

彼が寺を出たときにはまだ稚児姿で、経典の読みや意味を公尊師に質問していた少年がいまは若僧になっていて、言うではないか。あなたのお暮しを拝見しに参上したいと思いつつ、少しの暇も惜しんで勉学に励んでおりましたので失礼いたしました。山中でのご修行、心から羨ましゅう存じます。そう期待に目を輝かせて教理について次々に質問してきた。

公尊師はいろいろ説明しようとしたが、考えがまとまらず、言葉につまってへどもどするばかり。すると若僧は、足かけ三年にわたって山中で心ゆくまで思索なされたはずですのに、こんな簡単なことも、よくわからないなどと、どうして子供扱いのお返事をなさるのですか、といたく残念がったので公尊師はますます恥じ入った。この若僧は三年の間、師についてしっかり学び、教えをわがものにしてきたのに、自分は進歩どころか沈滞、沈滞どころか後退してしまった。つくづくひどい間違いをしでかしたものだ。

「公尊師は、それから必死に励み、阿闍梨にまでなったが、額に皺を刻む齢になっても自分に自信が持てぬと嘆かれた。だが、そのときの私は益体《やくたい》もないよくある懺悔話としか思わなかった」

ただ、老僧の悲しげな顔と、語ってくれた体験の一つ一つが微に入り細に亘っていて、まるで説話のようにおもしろく、記憶に残った。

「白上の庵におった頃、よく思い出すようになった。イサも知ってのとおり、私はそこまで自堕落ではなかったつもりだが、それでも自分で気づかぬうちに、似たような懈怠《けたい》に陥っているのではないか。そう思うと、夜も寝られなくなった」

静かでさりげない口調だったが、わたしははっとした。明恵さまが自ら耳を切り落としたのは、その苦悩も理由だったのではあるまいか。苦しみぬき、せっぱつまって、釈尊が残された教えにすがるしかなかったのではないか。

「もしも、私があのまま神護寺で辛抱しておったら、いまよりずっと修行も研学も進んでいたろう。神護寺にも東大寺にも聖教が豊富にあり、書写の紙もふんだんに使え、仏具も什器もそろっていた。望むとおり存分に学べたのに、むざむざ捨ててしまった。義林房、おまえさんはともにいてよく知っていよう。聖教が手に入らず苦労し、転々とせざるをえなかった。歳月を無駄にしてしまい、おまえさんたちの勉学も遅れをとらせてしまった。それが悔しくてならぬのだ。隠遁は間違いだった。自分独りならば、もっと心静かに修行と研学ができる、そう考えたのは、私のあさはかな思い込みだった」

そう語る表情は心底悲しげで、喜海さんは深くうなだれてしまった。

「いまも、私は思っている。寂静《じゃくじょう》を願って空閑《くうげん》にあることは、どうみても、ひたすら精進して衣食住の欲望を完全に捨てられる頭陀《ずだ》門の行者にとってのことだ。ふつうの行者は集団の中にいて、互いに過失を諫めて修行を進めるのがよい。釈尊も四人より少ない人数で居るのを制止なさった。のどかに片隅にあるのはものぐさ者が心惹かれることであるから、それをことさら道心あるふうに言いたてるのは誑惑《おうわく》の心である。身の安楽のままに眠り、小房を造ったり部屋を囲って引きこもって昼夜眠るのは、生きながら棺に入って籠るようなものだ」

生きながら棺に入る——。

苛烈な言葉だ。それだけご自身の後悔が深いということだ。

もちろん喜海さんは考えをあらため、二度と寺を出たいとはいわなかった。雑多な同法たちを束ねる苦労が、彼を強くし、ますます落ち着いた人格にさせた。

六

高山寺に入って十年もすると、常住する者が増え、訪れる客人も多くなった。遅々として進まぬ造営に焦れてばかりだったのが、次第に明恵さまを慕って寄進してくれる帰依者が増え、金堂や鐘楼はじめ諸堂の造営がようやく軌道に乗り、順調に進んでいった。

金堂、学問所や住僧たちが寝起きする僧房、鐘楼、厨、食堂と、新しい堂宇がいくつも建て始められ、やっと寺らしくなってきた。

いつも人の声がし、騒々しい物音がするのを、師が煩わしく思われるのは当然であったろう。

もともと静謐をなにより大事になさり、孤独を旨とするお方だ。

講義のない日はよく、どこへ行くともおっしゃらずおひとりで山の奥へ入って行かれ、そのまま夕方まで、ときには夜になってもおもどりにならない。手桶に二日分ほどの強飯《こわいい》を詰め、それを肘にかけて山中深く分け入っていかれることすらあった。

喧噪を離れてひとり坐禅するためと皆承知しているので、急ぐ用事があっても邪魔はしない。貴顕の客だろうがお待ちいただくしかない。だいいち、捜しに行こうにも、山内のどのあたりにいらっしゃるやら、見つけられないのだ。あるときなど、宮廷からの火急の使者がやってきて、上人の返書をいただくまでは帰れぬ、と頑強に粘られたので、しかたなく皆で手分けして捜しに出て、結局、わたしが勘を頼りに見つけた。

あのときもそうだった。いまでもよく憶えている。

造営工事の最盛期で、毎日番匠や工人たちが大勢入り、同時に何ヶ所も普請が進められていた。木槌を打つ音、掛け声、木材を運び込む荷車の車輪が軋む音、牛馬の鳴き声、叱りつける怒号。山内はどこもかしこもけたたましいばかりの騒がしさで、活気に満ち溢れていた。

その喧噪はわたしらには嬉しく心弾むものだったが、明恵さまは耐えかねて山奥にひとりで入ってしまわれることが多くなっていた。

そのときも、行方をくらましてたしか三日目。その日のうちにお帰りになるおつもりだったか、食糧も持たずに出られたから、さすがにお届けせねばと、わたしは土瓶の煮出し茶と水桶を携え、若い半僧に飯桶《はんつう》を持たせて捜しにいくところだった。

昼前のことで、工事場のかたわらに長い台が据えられ、番匠たちや人足たちの昼飯がずらりと並べられていた。一人分ずつ蓋つきの竹籠に詰めてあり、おのおの手が空いた合間に思い思いに掻き込み、休憩をとるのだ。

その横を通って山の上の方へ向かおうとしていたとき、突然、大きな叫び声が上がった。

「おい、なにしやがる！　待て、逃げるな！」

ひとりの法師が杣道を駆け下りてきて、彼らの飯籠を二つ三つひっつかみ、両脇に抱え込むと踵を返してもと来た方へ駆け去っていくのが見えた。

明恵さまだった。

「ちくしょうめ、返せ、返しやがれ！」

その者は明恵さまの顔を知らない新入りらしく、両腕をふりまわしてわめきたてた。

わたしはとっさに、あっけに取られて立ちすくんでいる若僧に、

「その飯桶を代わりに与え、足りなければいくらでも厨房から運んでくるからとなだめておいてくれ」

と指示し、自分は茶の土瓶と水桶を抱えて師の後を追った。

赤松の林と熊笹が胸の上まで繁る細道に、墨染め衣の黒いうしろ姿が見え隠れしている。

どこへ行かれるのか？　心あたりがないわけではないが、師はなにせ気分次第、他の者はめったに行かぬ山の奥にまで行かれることもしばしばだ。

すぐに見失ってしまった。

こちらは、水桶と土瓶を両手に下げて、それがけっこう重いし、ひどく歩きづらい。それでも杣道があるところならよろよろとでも追えるが、道から外れるとたちまちお手上げで、あとは例によって勘で捜すしかなかった。

やっと見つけたときには、すでに小半時もたっていたろうか。

山の奥も奥、もう寺域から外れてしまうあたり、北向きの斜面の途中、ちょうど窪地になっているところだった。広さ五、六丈四方ほどか、ぽっかり開いた芝草の空き地で、ここだけ植生が違うのか、松の木は少なく、周囲を欅《けやき》や橅《ぶな》の落葉樹が囲んでいる。

新緑の季節で、浅緑色の新葉がいっせいに萌え出して、その時季ならではの青臭い匂いが鼻をくすぐり、地面も芝草のやわらかい緑でおおわれている。

明恵さまはその芝草の上に胡坐をかき、奪い取ってきた飯をゆうゆうと食べておられた。すでに籠ふたつはたいらげ、三つめにとりかかっているではないか。

さすがに箸を取ってくるまでは考え及ばなんだとみえて、手づかみで頬張っておられるのだが、それが少しも野卑だとか下品な感はなく、むしろ密教の修法をしておられるような、おごそかで優雅な所作だったから、わたしはしばらく見惚れてしまった。

わたしはそばにあった香りのよい黒文字の木の小枝を折り、それを二つに折って差し出した。

「ああ、すまぬな。イサ」

なんのてらいもなく受け取り、三つめの籠も見るからにうまそうに食べ終えた。

わたしが椀に注いでさし出した番茶を喉を鳴らして飲み干すと、やっと人心地ついたというおももちで、にっと笑った。

見まわすと、崖際に楠《くすのき》が一本だけある。幹が太くどっしりとして、枝を大きく広げた巨木だ。風が吹くと葉音を響かせ、ちいさな赤い葉がしきりに落ちてくる。常緑樹だが春から初夏にかけて古い葉が紅葉し、あらたな若葉と交代するのだ。

艶やかな赤い小片は風に吹かれてくるくると回転しながら舞い踊り、陽射を照り返してちらちらと輝く。そのさまは宝玉のかけらがきらめきながら天から降り注いでくるようで見飽きなかった。

欅の木々の合間には、白や薄紅色の山躑躅の花群れが見え隠れしている。ちいさくて可憐な花だ。ときおり、華やかな衣装の娘たちが肩をよじって笑いさざめいているかのように揺れる。

わたしは言葉もなく見つめた。雲一つない真っ青な空、木々の幹や枝の茶色、草や葉の緑、赤、花の白、薄紅色。なんと色鮮やかで、それでいて、すべてが競いあうことなく調和していることか。見つめているうちにいつしか、自分もその中に溶け込み、一体になっているような気がした。

目の前の草の上を、三尺ほどの茶色の蛇が、ゆっくり身をくねらせて通り過ぎていった。

「いいところですな。こんな場所があるとはついぞ知りませなんだ」

「ああ、坐せるような岩がないから、私もいままでほとんど来たことがなかったのだが」

今回はまるで青翠《せいすい》の壺のようなありさまをたまたま見かけて心惹かれ、釈迦如来が草の座で瞑想して悟りに達したのに倣ってみたくなったのだという。

「では、ずっとここで?」

三日間も飲まず食わずでひたすら瞑想していたのか。

「ああ、風に吹かれて梢がさわさわと鳴り、木漏れ日がきらめく。あとは鳥や獣たちの声だけだ。心乱すものはなにもない。夜は狼や狐の声がして、それも仲間のようになつかしくてな」

普請の物音もここまでは響いてこない。自然ともの言わぬ生きものたちだけの静寂の世界だ。

「あっ?」

師の肩のあたりに動く気配がして、目をこらすと、一匹の蜥蜴《とかげ》が、背中側から這い上ってきたのか、小さな両前脚を師の肩にかけ、ひょっこり顔をのぞかせていた。

そのあともう一匹。二匹は首を振ってしきりに周囲をきょろきょろと見まわしていたが、すぐに追いつ追われつ、するすると明恵さまの襟元から胸へ、さらに胡坐の膝へと降りてきた。

追い払おうとわたしが手を伸ばしかけると、師がかぶりを振って止めた。

「ずっと私と一緒にいたのだよ。こうやってもぞもぞ動くから、禅定から覚めてしもうたが」

そういえば、二匹は膝の上でまるでじゃれ合うかのようにちょろちょろと動きまわり、恐れて逃げる様子はまったくない。

蜥蜴が人のからだに乗ってくるのなど一度も見たことがない。呆れて見ていると、そのうちにそろって動きが緩慢になった。なんと、うとうととまどろみはじめたらしい。

「衣の上は温《ぬく》いのであろうよ。きょうだいであろうか。まだ幼いようだ」

体長は尾をふくめて四寸ほど、細いからだは黒っぽく、金色の筋が走っていて、長い尾だけが鮮やかな瑠璃色をしている。よく見かけるやつはひとまわり大きく、全体的に脂を塗ったようにてらてらと七色に光るから、おっしゃるとおり、まだ成体ではないのかもしれないと思ったが、そうだとしても、蜥蜴にきょうだいだのという意識があるのか。わたしは首をかしげた。

「禅定から覚めたとたん、たまらなくひもじさをおぼえてしもうてな」

矢も楯もたまらず飯を取りに走ったというのだ。

「あの者たちの飯を奪ってしもうた。すまぬことをした」

「いえ、代わりに御坊の飯をやりましたから、文句はありますまい」

といっても、どちらも煎り大豆入りの雑穀の強飯に青菜の塩漬け。それだけで、違いはない。

「そうか。迷惑したのはおまえだけか。私が奇異なまねをするばっかりに、いつもおまえがとばっちりを喰う」

明恵さまが申し訳なさそうなお顔をしたから、わたしは噴き出した。

「いやいや、なんの」

こんな面白いことに出くわすのは、天衣無縫なこのひとのおかげだ。迷惑どころか楽しくてならぬ。

「おかげでこんないい時間を過ごせましただ。さて、そろそろもどるとしますで」

さっきの半僧ははたしてうまくやってくれたか。まさか大騒ぎになっているのではあるまいな。

立ち上がって飯籠と水桶を拾い集め、まだ少し残っている茶の土瓶だけ残して帰ろうとし、ふと空を見上げて言った。

「夕方から雨になりますで、それまでにはおもどりを」

「おまえ、天気がわかるのか?」

明恵さまは不思議そうに空を見上げた。まだ雲ひとつなく晴れ渡っている。

「間違いないですだ」

茶畑と薬園をやるようになって、空気のかすかな湿り気や風向き、土や葉の匂いでしぜんとわかるようになった。

「こやつらはまだ気づいとらんようだけども」

笑いながら蜥蜴を指さした。二匹はまだあいかわらず明恵さまの膝の上でのんびりくつろいでいる。

「そうか。なら、起こして、巣穴に帰るように言い聞かせてやらんとな」

明恵さまは愛しげに蜥蜴の子らの背中をそっと撫でた。

夕刻、陽が落ちる寸前、大粒の雨が降ってきた。明恵さまはその前に帰ってきてくださった。

その後もしばしばそういうことがあり、不思議がった画僧の成忍さんが、おまえさんはなんで師の居場所がわかるのか、どうやって見つけるのかと訊くので、次に師がいなくなったとき、連れだって捜しにいった。

山吹の花が盛りのある日の夕刻。空はまだ青く明るいのに、木々の下は夕闇が垂れこめはじめていた。

昼間に活動する小鳥たちはそれぞれねぐらへ帰る頃なのに、なぜかどの鳥たちもおなじ方向へ飛んでいく。ムササビかモモンガか夜行性のちいさな獣たちが巣穴を出て梢にとまっている。見ていると、モモンガがふわりと飛びたち、滑るように飛翔していった。一匹、二匹、鳥たちとおなじほうへ飛び、半町ほども先の梢に降りたった。

わたしは成忍さんをうながし、足音を忍ばせてそちらへ近づいていった。

峰から少しばかり急斜面を下りた窪地、根元近くから大きく二股に分かれて伸びている一本の松の木。その上で坐禅する明恵さまの姿があった。

周囲の木々の梢に鳥たちがとまっている。モモンガもムササビもいる。皆、物音ひとつたてず、さえずり鳴きもせず、じっと明恵さまを見守っている。

明恵さまの横の小枝に掛けられた数珠と香炉。根元に脱ぎ捨てた高下駄。静寂があたりを満たしている。聞こえるのはときおり枝を渡るかすかな風の音、松籟《しょうらい》だけだ。

成忍さんは息を呑み、食い入るように見つめた。

ほら、あれ。わたしは成忍さんの脇腹を突つき、指さして教えた。

ひときわ高い松の木のてっぺんに、頭に飾り毛の冠をつけた巨大なクマタカが一羽。こちらを闖入者とみなしたか、威嚇するかに大きく翼を広げ、それからゆっくり折り畳むと彫像のように動かなくなった。夕陽を背にくっきり浮かんだその姿は、わたしにはえらく神々しく見えたが、成忍さんは目の前の光景を見つめたまま、そちらは見向きもしなかった。

わたしたちはそのまま足音を忍ばせて後ずさりし、そっとその場を離れて下へ帰った。

半月ほど後だったか、成忍さんは一枚の絵を師にお見せした。あれから没頭して描いたのであろう。丁寧に彩色された縦長の絵だ。

わたしもその場で見せてもらい、思わず息を呑んだ。あの光景がそっくりそのまま写し描かれていた。画面のほとんどを密生する松樹と岩石が占め、明恵さまのお姿はけっして大きくない。禅僧の肖像画である頂相《ちんぞう》が人物を大きく全面に描くのとはまったく違う。樹間を飛ぶ鳥たち、枝のモモンガ、風に舞い上がる藤の花房、数珠、香炉、高下駄。不思議な静寂。

明恵さまは長いことしげしげとご覧になっていたが、不意に不思議なことを言いだされた。

あそこの縄床《じょうしょう》で瞑想していると、しばしば夢を見る。いや、就寝中の夢とは違う、想念、あるいは幻視といったらいいか。あるときは、ひとりの菩薩が現れ、私の前に仰向けに臥せられた。その身の丈三尺ばかり、蓮花が重なり合っているので一つ一つ引き開けてみると、そのおからだは水精《すいしょう》か瑠璃《るり》のように透きとおっていた。

またあるときは、二つの池を見た。岸辺が見えぬほど広大で、両方とも鏡のように清く澄みきっていた。一つのほうには異類の瑞魚が満ちて自在に泳ぎ回っていたが、もう一方にはいない。両池の間に水路はないが、私は、いましばらくすれば道が開き、瑞魚たちが自由に行き来できるであろうと思った。どういう意味なのかわからないが、あるいは、私があともう少しで密教と華厳、異なる教えを会通《えつう》できるようになるということかとも思う。

そういえば、この絵のときは、貴客が大勢の眷属《けんぞく》を従えて来臨なさっていると感じた。鳥や獣たちは眷属だったのだろうか。

その言葉にわたしは、木のてっぺんから睥睨《へいげい》していたクマタカを思い出した。成忍さんは見なかったから、画中には描かれていないが、あのクマタカこそが貴客、神仏の化身だったのではあるまいか。

その絵は師が讃を書き加え、いまも師の住房の壁に掲げられている。

高山寺《こうざんじ》楞伽山中《りょうがせんちゅう》　縄床樹定心石《じょうしょうじゅじょうしんせき》　擬凡僧坐禅之影《ぼんそうのざぜんのすがたになぞらえ》　写愚形安禅堂壁《ぐぎょうをうつしぜんどうのかべにあんず》　禅念沙門高辨《ぜんねんしゃもんこうべん》

七

いつもよくおっしゃった。

憍慢《きょうまん》は鼠のようなものだ。修行の学舎の窓にもひそかにもぐり込む。私は常々言っている。たとえば、自分が知らず、他の者がよく知っているのに、慢心ゆえ問わず学ばぬのは大いなる損だと。また、自分より劣っている者に向かって憍慢してやりこめて、なんの益があるのか。どちらも無益である。わずかの能があり、それなりの立場になるころから、早くも皆、憍慢が起こる。

真に深くひたすらに仏道に励もうとするならば、ただ永い志を持ちつづけて、今日目的に達しなければ明日、今月至らなければ来月、今年到達できなければ来年、今生《こんじょう》で悟れなければ来世で、と、腐ることなくつづけていくしかない。木をひたすら揉んで火を熾《おこ》すときのように、いっこうに煙が立たずとも腐らず飽きず、煙が出てきても油断して手をゆるめてはならぬ。始めたときから火がついて使うまで、時間を無駄にする余裕はない。もしわずかでも油断して怠ければ、いくら苦労しても火は得られぬ。

　だから、ほんとうに信頼できる師に従っていくのでなければ、西に行きたいと思いながら実は東へ進んでしまい、北を目指して実は南へ向かっていく誤りがあろう。虚空に方角の目印はないのだ。

　されば、一人山中で自分を誇り、おれはすごいなどとうそぶいたところで、老狐が巣穴で眠りこけて寝ぼけているのとなんら変わりはない。

　今は末法の世だが、それでも正しい高徳の賢者の門を訪ねる者は多く、そういうところでは肩を並べ膝を接して騒々しいものだ。面倒や煩わしいこと、腹の立つことも多かろう。不埒な者とつき合わねばならぬ場合もあるが、すべては大事の前の小事にすぎぬ。些細なことを嫌がって、立派な師のそばを離れて隅のほうで眠っていたいという気持が微塵でも起こったら、それは大魔王が心の中に入り込んだのだと気づいて、敵を退けるように追いはらってしまえ。

　また、こうも言われた。

　末世の者たちは仏法の本意を忘れ、ただ、法師が貴いのは袈裟衣が金襴で光るからだとか、空を飛べるから、穀物を断つから、衣を着ないからなどと、常人とは違う異様な様子に感心し、また、学者とか密教の加持祈禱者とかを好み、仏の教えの本質をみようとしない。

　だが、考えてもみよ。光る衣が貴いというのであれば、蛍や玉虫が貴いではないか。飛ぶものが貴いのであれば、鳶や烏が貴いではないか。食事をせず着物も着ないのが貴いなら、穴で冬眠している蛇や、おなかが虫が丸裸で腹ばいになっているのも貴いであろう。

　学者が貴いなら、巧みに詩賦《しふ》をつくり、文章をたくさん暗唱した白楽天や小野篁《おののたかむら》などこそ、貴ぶべきであろう。しかし、いかに詩賦を巧みにつくったところで、冥界の王である閻魔《えんま》大王の痛棒を免れるわけにはいかぬ。

だから、能力のある僧と褒められても、まったく無駄なことであって、とりたてて尊敬にはあたらぬ。ただ、仏がこの世にお生まれになった目的を知るよう努力すべきなのだ。字も読めず、学がなくとも、それを深く知る者には、梵天や帝釈天もかならず崇拝するであろう。

たしかに、明恵さまは、蟻や螻蛄《けら》のような小虫から、犬、鳥、百姓子供にいたるまで、皆それぞれ仏となりうる資質を持っていて、そのために修行しているのだから、けっして軽んじてはならぬと本心から思っておられ、われらにもそう諭された。寝そべっている犬の横や、牛や馬の前を通るときは、腰を折り頭を下げて丁重に挨拶なさった。師の目には、彼らがどう見えていたのか。互いに言葉ではない言葉で会話しているのかとわたしはよく思った。

そう思って見るせいか、獣や鳥が明恵さまを見つめる目の中に、人と変わらぬ感情や、知恵のようなものがふくまれているように感じた。


あるとき、どこからともなく黒い仔犬が現れて住みついた。そう、いまも文机の横に置かれている木像の仔犬のことだ。師が行くところ常についてまわり、山内を自由に駆けまわり、菜園を鹿や猿が荒らさぬようよく見張りをつとめた。

師はコンガラと名づけて可愛がられた。誰かに、どうしてコンガラなのかと問われると、イサがセイタカで、これはコンガラなのだ、とおこたえになった。

制多迦童子《せいたかどうじ》と矜羯羅童子《こんがらどうじ》、不動明王の左右に従う護法童子だ。セイタカは気性の荒い悪性《あくしょう》、コンガラは温厚篤実な善性の者とされている。

わたしとしては、犬と同等扱いで、しかも悪性といわれておもしろくなかったが、たとえば師が後夜の行をなさるため真夜中に山内最奥の堂へ登っていかれるときも、犬はかならずお供した。わたしときたらすっかり寝こけて、お足元を灯火で照らす役を怠ることがしばしばだったのだから、コンガラのほうがえらい。

コンガラは二、三年ほどいたか、すっかりたくましい成犬になり、ますます賢く忠実になって、皆から可愛がられていたが、ある日突然、姿を消してしまった。どこか崖から落ちて動けなくなっているのではないか、猪か熊に襲われたのではないかと皆総出で何日も捜しまわったが、見つからない。師はとうとう、皆の修行の妨げになってはいけないと捜索をうちきった。

だが、翌朝、一睡もできなかったのか真っ赤な目で現れた師に、わたしは思わず言った。

「ゆんべコンガラのやつが夢に出てきて、我の役目はもう終わったから、不動明王さまのもとへ帰る、あとはおまえに任せる、と」

もちろん口から出まかせの嘘っぱちだ。

師はわたしの顔をまじまじと見つめ、お顔をくしゃくしゃにして訊かれた。

「おまえは、まだ私のもとにいてくれるのか？」

わたしはそっぽを向いてこたえた。

「もちろんだ。セイタカは悪性だで、そう簡単に帰しちゃもらえねえだ」

たとえ去れと言われても、去る気なんぞさらさらない。だいいち帰るところなどない。

「そうか……」

明恵さまはようやく笑顔を見せてくださった。

コンガラの他にも、高山寺にはたくさんの鳥や獣がいる。鹿、猿、猪、狐、狸、鼬《いたち》、兎、鼠、雉、烏、フクロウ、ミミズク、モモンガ、それに小鳥たち。

わたしとしては薬園や菜園を荒らされるのがいまいましくてならず、ついつい猟師の子の性《さが》が頭をもたげて、罠をしかけて仕留めてしまいたくなるのに、殺生を厳しく禁じる明恵さまの手前、柵や鳴子《なるこ》をはりめぐらせて追い払うしかなかった。それなのに、カラカラと風になびいて鳴る竹の鳴子がやかましいと叱られて撤去せざるを得なくなり、ことにコンガラがいなくなってからは連中に怖いものはなくなった。

「イサよ、野菜や芋を食い荒らされてもよいではないか。それで鳥や獣たちが飢えずにすむのだから、功徳を積むことになる。ほうほう、これはまた喜んで食べてくれよった。よほど旨かったようだぞ」

齧られて見るも無残な里芋を手に、明恵さまは楽しげに笑うのだ。功徳云々は抜きにしても、明恵さまは獣や鳥がお好きで、山内を恐れげもなく自由に歩きまわる姿を見るのが嬉しいらしい。

春日大明神と住吉大明神を祀る小堂を造った際にも、狛犬がわりに雌雄一対の鹿の木像を湛慶に造らせて据えた。むかし、天竺行を止められて春日大社に参詣したとき、鹿たちがいっせいにひざまずいて明恵さまを迎えた、その姿だ。

雌鹿の腹が仔を孕んでふくらんでいる姿にさせたのは、明恵さまだ。山内は鹿の群れがよく現れるし、仔鹿が元気よく飛び跳ねて、明恵さまにまとわりついてくる。神の使いというより、仔鹿の誕生を心待ちにしてのことか。そのほうが当たっているような気がわたしはする。

八

明恵さまは、高山寺の背後の峰を楞伽山《りょうがせん》、その頂上近くに建てた草葺《くさぶき》屋根の庵を華宮殿《けくうでん》、その少し下の庵を羅婆坊《らばぼう》と名づけられた。

『楞伽経』によれば、楞伽山というのは羅婆那夜叉王《らばなやしゃおう》が住まう所で、天竺の南の海にある光り輝く美しい島のことだそうで、華宮殿は羅婆那王が釈迦如来を招いて説法してもらうために造った建物、羅婆坊は王自身の住まいだという。

それになぞらえて、栂尾の山でもとくに景色のいい場所を選んだ。上の華宮殿は東側が深い谷に面しており、わざわざその谷に迫り出して懸けるように広縁を造ったから、そこからの景色はことに絶景だった。明恵さまはよくその欄干に苅磨島の蘇婆石と鷹島の石を置き、長いこと眺めておられた。あの紀州の海を思い、天竺の南海に浮かぶ美しい島を思い浮かべておられたのだと思う。

建保《けんぽう》四年（一二一六）の四月だったか、初夏のさわやかな風が吹き渡る午後だった。

明恵さまは華宮殿での坐禅の合間に、広縁に立ってあたりの景色を眺めておられた。

目の前の谷は赤松の木々の中に藤蔓がからまり伸びており、向かいの峰筋にいたるまで薄紫色の花が埋め尽くしていた。

松の枝から垂れ下がる花房が風に揺れるさまは、まるで地面から空へ向かってゆらゆらとたなびき昇っていくように見えた。

「きれいだなイサ。この世のものとは思えぬ、まるで夢の中のようだ」

しばし見惚れていた明恵さまが、うっとりした声音で言いだした。

「むかし、釈迦如来はあまたの菩薩衆や眷属を引きつれ、華宮殿に上られた」

「は？　え？」

わたしは気もそぞろで問い返した。風が吹くたびにただよってくる藤の花の香を、鼻の孔をふくらませてもっとよく嗅ごうと気をとられていたのだ。

その香りは、甘く馥郁《ふくいく》としてむせかえるほど強いのに、どこか清々しいというか、いつまでも嗅いでいたい心地よさだ。

「のうイサ。そのときも、紫雲がたなびいて、仏をお乗せして上っていったのではないかな。ちょうどこんなふうに」

「はあ、仏さまをお乗せする紫雲。なるほど」

そういわれれば、なんとなく気品があって、仏さまにふさわしい高貴な香りだ。

「華宮殿を……」

明恵さまはちいさなお声でつぶやかれた。

華宮殿を空に浮かべてのぼりけむ　そのいにしへを映してぞみる
むらさきの雲の上にぞ身をやどす　風に乱るゝ藤を下にて

歌が口をついて出た。明恵さまの頭の中でその光景がくっきり見えているのであろう。いや、明恵さまご自身も仏さまや聖衆《しょうじゅ》とともにその紫雲に乗っているのだ。

わたしたちは、やがて西の空が茜色に変わるまで、飽かずに眺めた。藤の花房も薄紫から朱赤に染まり、風にひるがえる葉裏が銀色を帯びて、いっそうきらびやかに冴え冴えと見えた。

あの光景はいまもこの目に焼きついている。ただ、現実ではない夢の景色のような気がするが。

師はさらに行法坐禅の場として西の峰の上に草庵を造り、練若台《れんにゃだい》と名づけられた。伽藍の中心部から険しい杣道を十町ばかり登っていく。その間、すでに行が始まっているのだから口をかたく閉ざして沈黙を守らねばならぬ、と厳しく命じられた。むろんご自身もだ。

その練若台の庵に、講義の合間合間にこもって行に専念しておられたが、そこはよく霧が出て湿気が多く、峯から吹き下ろす風も強くて、冬はひどく冷えた。もともと丈夫とはいえぬ師の健康によくないとわたしは心配したが、案の定、体調を崩してしまわれたので、翌年、その下の奥まったところに新たに石水院《せきすいいん》が建てられた。そこなら風を避けられると考慮して選んだ場所だ。

そのあたりは岩山で崩れ落ちた岩石が重なり合い、その間を小さな渓流が曲がりくねりながら流れ、いつも水音が聴こえる。文字どおり、石と水。他の場所とは雰囲気が違う。

建物も他の庵とはだいぶ違う。小さいながら入母屋造りの住宅ふうの建物だから、仏を安置する場所もない。ご寝所と居間兼書斎、それにわたしが寝起きする小部屋兼納戸。あとは別棟の厨と厠。書斎も文机の前に例の仏眼仏母尊の画像を掛けてあるだけの簡素な空間で、そのかわり、その前に広い廂《ひさし》の間《ま》があり、蔀戸《しとみど》を開け放てば風が吹き抜けていく。

明恵さまはよほど気に入られたとみえて、四十四歳のときから十年以上もそこを住房となさった。途中、賀茂の地に移った時期もあったが、ほとんどそこで著述をなさったし、特別な伝授もおこなった。開け放した廂にゆったり坐し、風の音と、水の音、木々のざわめきを聴きながら、思索にふけっておられるお姿は、見ているこちらまで落ち着いた気分にしてくれた。

だが、その石水院は惜しいことに、安貞《あんてい》二年（一二二八）の初秋七月、京や畿内が実に何十年ぶりというすさまじい野分に襲われた際、半分かた破損してしまった。渓流の上で鉄砲水が起こり、押し流されてきた岩と土砂が直撃したのだ。

数日前からすさまじい暴風雨がつづき、堂宇の板屋根が吹き飛ばされたり、経蔵や学問所の雨漏りが発生したから、全員総出で聖教類の避難に追われた。明恵さまも水濡れしてしまったものと無事だったものの仕分けを陣頭指揮なさった。それがようやく一段落し、嵐もおおかた治まったから、夕方わたしとともに石水院へもどってきた。

口もきけないほど疲労困憊しておられるのに、それでも初夜の行をいつもどおりおやりになり、それがやっとすんで、倒れ込むように床につかれた。

わたしも火の始末と戸締りをいま一度確かめて、やっと休もうとしていたとき、師が突然、寝所から飛び出してこられた。

「コンガラが鳴いている。呼んでいる。おまえも早うっ」

いつになく動転した様子で叫び、扉を引き開けると、はだしのまま外へ飛び出していった。

コンガラがいなくなってもう何年もたっていたから、わたしは風の音を聞き間違えたにきまっていると思いつつも、つづいて外へ出た。

地面に立つと、足裏に地鳴りを感じた。ゴ、ゴゴ、ゴゴゴゴ。大きな獣が喉を震わせて威嚇するような不気味な音と振動だ。

鉄砲水が襲ったのはその直後だった。あっと思う間もなく滝のような奔流が押し寄せ、ご寝所の壁を突き破って大量の土砂がなだれ込んだ。

「コンガラが助けてくれたのだ」

明恵さまは泥の中に膝をついたまま、視線を裏山にただよわせた。

コンガラのことはそれからもずっと忘れられなかったとみえる。夢に黒い犬が出てきて、これは自分がかわいがって飼っていた犬だと思った、とおっしゃったこともある。

石水院は破損部分を修復し、場所を山の下のほうに移して禅堂院に併設して再建された。

待ちに待った金堂がついに完成したのは承久《じょうきゅう》元年（一二一九）の十月。

本尊として仏師快慶作の半丈六の釈迦如来像が安置されると、快慶らしい端正なお姿を見上げ、皆、感極まって涙を流した。

翌月、帰依者のなかでもことにかかわりの深い督三位局《こうさんみのつぼね》の多額の喜捨により、晴れて本尊の開眼供養をとりおこない、あわせて十日ごとの金堂の長日供養もおこなった。

督三位局は、後鳥羽上皇妃の修明門院《しゅめいもんいん》の姉にあたる裕福な女人で、先年、娘御が病で半死半生の重篤におちいった際、明恵さまの祈禱で命拾いしたことから、心酔しきっておられた。金堂本尊の開眼供養の日には、亡くなった子息の少将殿にも聞かせたいと鐘楼の鐘を明恵さまとともに撞いたのも、局の深い思いゆえだった。

その年は、一月に鎌倉で三代将軍実朝が暗殺され、頼朝公が征夷大将軍に任じられてからわずか二十七年で源氏の幕府は滅んだ。次代将軍として皇子を下されるよう求められた後鳥羽上皇はそれをすげなく拒否。九条兼実の曾孫である三寅《みとら》わずか二歳を送り込んだ。尼将軍北条政子は、その幼児を頼経《よりつね》とさせて四代将軍に据えるしかなかった。

上皇はさらに、摂津はじめ畿内各地の地頭職の改補を幕府に強く要求し、それに激しく抵抗した湯浅宗光さまはとうとう対馬へ配流されたのだった。

いま思えば、そうした幕府と後鳥羽上皇の一連の対立が二年後の兵乱の予兆だったのだ。

九

明くる承久二年（一二二〇）の五月だったか、朝方、明恵さまがいつになくぼんやりして晨朝の行に遅れそうだったので、不思議に思って尋ねると、明け方、なんとも奇妙な夢を見たとおっしゃった。

「十蔵房が一つの香炉を持ってやってきた。私は心で思った。崎山の三郎殿が唐渡《から》りのこれを十蔵房に奉ったのだと。受け取って中を見ると、仕切りがあり、種々の唐物二十余種ばかりも入っていた。二つの亀が交合している形のものなどがあり、これは世間の祝儀物だと思った。

その中に、五寸ばかりの唐女の姿をあらわした陶があった。

誰かが『この女の人形は唐から渡ってきたことをひどく嘆くのです』と言うので、私は陶人形に『この国に来たことを嘆いておられるのか』と訊いた。すると陶人形は悲しげにうなずいた。

そこで、『愛おしんでさしあげますから、もう嘆くことはないでしょう？』と問いかけると、今度はかぶりを振った。

その後しばらくして取り出してみると、涙を流して泣いた。涙が目からあふれ出し、肩まで濡らしている。人形は声に出して『あなたは間違ったことをおっしゃる人でおわします。無駄なことです』と言う。私はこたえた。『僧に対してそのような懸念は思いもよらぬこと。この国にも大聖人と呼ばれる人はおります。かくいう私も諸人が崇めてくれる者ですから、愛おしんでさしあげるのです』

それを聞いた陶人形はぱっと喜色をあらわしてうなずき、『それならば愛おしんでくださいまし』と言うので、私が掌にそっと乗せると、たちまち生身の女人に変じた。

私は心で思った。明日は他所へ出かけて仏事をする。結縁《けちえん》のために行くので、この女人も連れていこう。そう告げると女人は喜び、ぜひ連れていってほしいとこたえた。そこで私は『そこにあなたの有縁《うえん》の人がおられますよ』（崎山の三郎殿の母のことだ）と告げ、伴った。

そこに十蔵房がいて、『この女は蛇と通じた』と言った。私が、蛇と婚《ま》ぎ合ったのではない、ただ、この女人には蛇身もあるのだと思っていると、十蔵房が重ねて『この女は蛇身を兼ねている』と言いつのった」そこで目が覚めた。

「いま考えれば、その女人は善妙《ぜんみょう》なのだ。善妙は竜人であり、蛇身でもあるという。陶だったのは、石身の意味だ。仏の教えがこの国に渡ってくると、いのちを失って石のようになってしまったことを意味しているのだろう」

善妙は唐国の娘で、新羅から留学してきた義湘《ぎしょう》という僧に恋をしたが叶わず、愛の妄執に苦しみ悩んだ末、義湘を支えることで、その妄執から脱した。彼が帰国する際には龍になって乗った船を嵐から守り、新羅では大磐石となって義湘の生涯を見守ったという。義湘は華厳宗を新羅に伝えた大学匠で、明恵さまにとって、もう一人の新羅の学匠元暁《がんぎょう》とともに尊崇の人なのだ。


善妙といえば、高山寺には彼女の神像がある。嘉禄《かろく》元年（一二二五）に、寺の鎮守として勧請した三体の神像の一つで、あとの二体は白光《びゃっこうしん》神像と春日明神像、善妙神像と白光神像は湛慶に造らせた。

善妙神像は像高一尺の小さなお像で、細密で華麗な彩色と截金をあしらった唐風の衣をゆったり着て、小筥《こばこ》を胸の前に掲げ持って立つ。やや面長で切れ長の目。宋風美人だという。

それよりわたしは、透かし彫りの繊細な宝冠の両横から伸びる枝に垂れ下がる瓔珞が、のちに明恵さまが夢で見て絵に描かれ、わたしにも与えてくださった毘盧遮那仏の宝冠と長い瓔珞に似ているように思う。師が「これこれこういうふう」と指示なさったとかで、そういえば、あの毘盧遮那仏は妃であり善妙だともおっしゃっておられた。

湛慶作のもう一体、白光神像はおそらく他には一体もない、独自のお像だ。こちらも一尺三寸ほどで小さな立像だが、全身、肉身も、衣や蓮華座もすべて輝くばかりの純白に金色のぼかしのがひときわ目を引く。

天竺の北方には長々と連なる雪をいただく大山脈、梵語で「雪の山」とか「雪の家」という名の大山脈があるという。釈尊が前世で雪山童子《せっせんどうじ》と呼ばれていたころ、そこで修行を積んだとされる聖地だ。

これはその雪の山脈の守護神で「鬱多羅迦神《うたらかしん》」ともいう。純白は雪をあらわし、頭上の冠とその背後の火炎に似た円光、それに首もとから胸、さらに膝まで垂れる繊細な装飾は金色で、雪をあかあかと照らす陽光をあらわしている。

このお像も、明恵さまがこと細かに湛慶に指示して造らせた。

むかし天竺行を計画していたとき、明恵さまは三蔵法師の『大唐西域記』をそれこそ覚え込んでしまうほど熟読しておられた。その本にはこの山脈のことが記されているというから、師の脳裏にはその光景がくっきり見えていたのであろう。

そのとき自ら記された『印度行程記』はご自分の経袋に収めて終生手元におかれた。

白光神像は雪の山脈の化身であり、ひいては天竺への守護神、師にとっては見果てぬ夢の象徴なのだ。二十年近く過ぎてもなお、その清楚にして厳かな光景を像にして残さずにいられなかった、痛いほどの憧憬、わたしにはわかる気がする。

その年の冬十一月、関東の尼公北条政子さまからの手紙が届き、明恵さまがひどく悲しまれたことがあった。三代将軍実朝公が暗殺されて源氏の嫡流が絶えてしまった後、実弟の北条義時《よしとき》とともに幕府を支えておられた尼公が何を伝えてこられたのか、明恵さまは誰にもおっしゃらなかったので、わからない。ただ、ひどく哀しいご様子で嗚咽をこらえておられるのが、見ていて痛ましいほどだった。

後鳥羽院は実朝公との間に、もしも実朝公に子ができなかったら自分の皇子を次期将軍として下すと約束していた。その約束をあっさり反故にし、明恵さまともかかわりが深い九条道家さまのお子の三寅君が鎌倉へ送られたのは一年半前。後鳥羽院の掌返しに鎌倉方にはそうとうな反発と憤懣があったらしい。

その夜の夢もその手紙と関連したものだったそうだ。

「持仏堂の中に上覚師がおられた。帳台《とばり》の内側におわすと思った。その外に高雄の証月房どのがおり、私は彼と対面して昼間の坂東からの手紙のことを語り、悲泣した。上覚師は帳の内にいらして、きっと悲喜こもごもおありだろうと思い、涙ぐんで目が覚めた」

上覚さまが悲しんだり喜んだりというのは、いったいどういうことか、上覚さまは文覚上人とともに伊豆に流され、そこでの頼朝公との出会いが挙兵のきっかけになった。その妻だった尼公ともその四十年前からの知り合いだったはずだから、明恵さまよりもっと深いかかわりだったろう。余人にはうかがい知れぬ複雑な事情があったのかもしれない。紀州に引きこもって老いの身を養っておられる上覚さまに、その手紙のことをお知らせしたのかどうかはわからない。

第六章　承久の乱

一

事は突然起こった。

承久三年（一二二一）五月十四日、後鳥羽上皇は流鏑馬揃《やぶさめ》えを口実に諸国の兵を召集し、宮城警護の北面武士と西面武士や近国の武士、在京武士ら千七百余騎が集まった。その中には在京有力御家人も含まれていた。同時に親幕派の大納言西園寺《さいおんじ》公経《きんつね》公が幽閉された。

上皇は、三浦氏、小山氏、武田氏などの有力御家人に対して、北条義時追討の院宣を発し、朝廷からも諸国の御家人、守護、地頭らを対象に義時追討の官宣旨を出した。同時に近国の関所を固めさせて備え、京方の士気は大いに上がった。「朝敵となった以上は、義時に参じる者は千人もいないだろう」と楽観的だった。

だが、尼将軍北条政子の「頼朝公の恩を忘れるな」との檄に御家人たちは一致団結し、義時は捕らえていた上皇の使者に宣戦布告の書状を持たせて京へ追い返し、軍勢を出陣させたのだ。

幕府軍は進軍途上で徐々に兵力を増し、最終的には十九万騎にふくれあがって押し寄せてきた。

美濃・尾張での敗報に京内はたちまち大混乱に陥った。三十八年前の木曾義仲勢の入京当時を知る人はまだ大勢いる。寺社、公家や武家の邸宅、果ては院御所まで、手あたり次第火を放ち、都じゅうが火の海と化した地獄図も語り伝えられている。民たちは荷車に家財や商売道具を山積みにして家族で避難を始め、寺社はいっせいに門を閉ざして警護を固めた。

幕府軍の出撃を予測していなかった京方は狼狽した。後鳥羽上皇は自ら武装して比叡山に登り、僧兵の協力を求めたが、かねてからの上皇の寺社への圧力に不満を抱いていた延暦寺はすげなく拒絶。やむなく、京方は残る全兵力をもって宇治・瀬田に布陣し、宇治川で幕府軍を防ぐことに決め、公家も大将軍として参陣した。

勃発から一ヶ月後の六月十三日、京方と幕府軍が衝突。京方は宇治川の橋を落とし、雨のように矢を射かけ必死に防戦した。幕府軍は豪雨による増水のため川を渡れず攻めあぐねたが、翌十四日、強引に敵前渡河し、多数の溺死者を出しながらも敵陣の突破に成功。京方は潰走し、その日の夜には幕府軍は京へ雪崩れ込んだ。

幕府軍は寺社や京方の公家や武士の屋敷に火を放ち、略奪暴行を働いた。朝廷軍の敗残兵を狩りたてる残党狩りはさらに残忍をきわめた。

忘れもしない。まだ夏だというのにいやに冷え込む夜だった。昨夜からの雨は日暮れ前にようやく上がったが、また降り出しそうな雲行で、わたしは湿気て煙がひどい薪の代わりに、乾いた炭を師の住房の火桶に足そうと炭小屋へ向かった。炭小屋は山の中腹。暗くなる前に、と二人の半僧を伴った。

出がけに師が、「あたりをよう見て、注意するのだぞ」と言われたのを不思議に思いながら、薄闇の中、ぬかるんだ細道を用心しいしい登っていくと、周囲の濡れそぼった灌木がしきりにざわめいていた。最初は、雨で巣から出られず腹をすかせた野鼠や鼬が大急ぎで地中の虫をほじくり返しているのだろうと気にも留めなかったが、それにしてはざわめきが激しすぎるし、ときおり人のうめき声のような物音が混じる。

若い二人が怖気づいてなかなか前に進もうとしないのを小声で叱りつけたが、師がおっしゃったのはこれか、と腑に落ちた。一人に誰か呼んできてくれと走らせ、もう一人に松明を点させた。

わざと繁みを揺らして物音をたてながら、せいいっぱい声をはりあげた。この寺の者だ。武器など持っておらんから出てきなされ。ここで夜明かしは無理じゃ。腹が減っておろう。思いつくまま呼ばわりながら、繁みを掻き分けた。

あてずっぽうに叫んだだけで、まさか本当に人が隠れ潜んでいるとは思っていなかったのに、斜面にへばりつくようにして若い兵士が数人、膝を抱えてうずくまっていた。身をすくませて怯えきっている。松明を掲げて見ると、泥と血にまみれた黒い顔が照らしだされ、その目がぎらついて光っていた。

どうみても雑兵だ。役に立つともおもえぬぺらぺらな薄板の腹巻に、すり切れた筒袖。ところどころ裂け破れている。途中で投げ捨ててしまったか、頭を覆う兜もなく、乱れきった泥まみれの頭髪からしずくを滴らせている。武器らしいものといえば半丈ほどの長棒だけ。刀もない。こんなお粗末な具《そな》えと武器で戦わせられたとは、哀れというしかない。

怪我しているのか。手をさし伸べると、後ずさりしてうなり声をあげた。まるで傷ついた獣だ。

そこへ喜海さんら十人ばかりが駆けつけてきた。一足遅れて明恵さままで。

「他にもまだ隠れているはずだ。手分けして捜せ。一人も見逃すな。怯えて歯向かってきても、手荒にしてはならぬぞ。安心させてやるのだ」

明恵さまの指示に、皆、四方に散っていった。後から他の者たちも出てきて、総出で山内をくまなく捜索した結果、なんと二十人余も発見した。

真っ暗になってからでなくてさいわいだった。全員、とりあえず厨房に連れていき、それが終わった頃には、横殴りの雨が降り出していた。

皆、恐怖もあろうが、からだが冷えきってがたがた震えている。竈の火で温まらせ、ぐっしょり濡れた衣を脱がせ、僧たちの肌着を片端から集めてきて着替えさせた。あのまま山中で一晩中濡れたままでいたら、衰弱して動けなくなっていたろう。死んでしまう者もいたかもしれない。発見できて本当によかった。

大量の湯を沸かして飲ませ、大鍋に雑炊をこしらえて食べさせた。何日も食べてなかったとみえて、皆むさぼり食おうとするので、注意してやらねばならなかった。極度の空腹時、急に大量に胃に入れると悶絶して、そのまま絶命してしまうことがある。

風体《ふうてい》からしてほとんどが雑兵だ。中年の者と若い者が半々。聞きなれない訛があるから、おそらく山陰の伯耆《ほうき》か但馬《たじま》あたりから駆り出されてきた農民たちで、山づたいに故郷へ帰ろうとして、ここに迷い込んだのだろうと思われた。なんとしても生きて帰りたい。その意思だけで足を引きずって逃げてきたにちがいなかった。

なかに将とおもわれる中年の男がいたが、誰かが身寄りに報せてやろうと名を訊こうとすると、明恵さまが止めた。

「武士は逃亡を不名誉と恥じる。無理に名乗らせてはならぬ」

「しかし、家族が案じておりましょう。無事を報せてやったほうがよいのでは」

「自分から名乗ったら、それからでよい。いまはとにかく落ち着かせてやることだ」

そういわれればたしかに、他の誰より憔悴し、唇を嚙み締めて一言も口をきこうとしなかった。いちばん最後に山頂近い洞穴の中で見つかったのは、立派な大鎧をまとった、まだ十三、四の少年で、さぞ身分ある家の御曹司と思われた。従者とおぼしき初老の男が自分の背に庇ってなかなか出てこようとしなかったのを、明恵さまが直接、説得して保護した。こちらは明らかに後鳥羽院ゆかりの寺と知って逃げ込んだのだ。

その姿は無残なものだった。見れば紅顔の美少年なのに、紅と白と紫が段々になったいかにも若々しい縅《おどし》の大鎧は泥にまみれ、大袖は両方とも引きちぎられ、脇楯《わいだて》もとれてしまっている。兜は従者が大事にかかえていた。

鶴菱《つるびし》文様の胸板の部分が血に染まっていたから、従者とともに脱がしてみると、梔子《くちなし》染の黄色の小袖の胸元に、母親か姉が無事を祈って刺したのであろう、朱糸で南無観世音菩薩と刺繡されていた。本人は顔面蒼白で目は虚ろ、茫然自失の態だった。ときおり、父上はどこじゃ、どこにおられる、と消え入りそうな声で従者に訊くのが哀れで、その父親はおそらく討死したか、捕らえられたかであったのだろう。

その夜は厨房近くの住房に分散して寝かせ、翌朝、西峰の高みにある練若台と石水院に移した。どちらも山内のいちばん奥まった場所だから、万が一、鎌倉方が乗り込んできても、捜しだすのに時間がかかる。その隙に裏山に逃がしてやれる。

追手が踏み込んできたのはその日の午後。

十騎ほどの武者が傍若無人にも騎馬のまま乗り込み、手に手に弓、槍、棍棒、建物の破壊用の大槌を携えた五十人余の歩兵の一団がつづいて踏み込んできた。

大将とおぼしき四十がらみの男は、なんと僧体だった。坊主頭を裹頭包《かとうつつみ》にし、墨染めの衣の上にものものしい腹巻を着込み、太刀を手挟《たばさ》んでいる。荒くれ僧兵さながらの剣呑さで、がっしりしたからだつきにしては意外なほど身軽に馬から飛び降りると、大声で名乗った。

「安達入道景盛《あだちにゅうどうかげもり》。残党捕縛にまかりこした。逃げ込んだのはわかっておる。即刻引き渡してもらおう」

あとで聞いたところによれば、秋田城介《あきたじょうのすけ》の官職を持つ有力御家人で、三代将軍実朝公の守役であったが、将軍の非業の死を嘆いて出家。だがその後も実朝公の母堂尼将軍の強い要請により、そのまま幕府内の要職にあるという。決起をうながす尼将軍の檄文を御家人衆の前で読み上げて士気をあおりたてたのも、この人物だった。

「残党をかくまうとはいかなる料簡か。一兵残らず引き渡すべし。逆らえば容赦なく引きずり出すまで」

凄みをきかせて吠えたてる入道の前に、明恵さまはすっくと立った。

そのまま無言で立っている様子に、入道は気色ばんで腰の太刀に手をかけた。

「おのれ、瘦せ坊主、邪魔だてする気か。どけっ、どかぬかっ」

それでも明恵さまは黙って立ったままだ。

「歯向かうとあらば、引っ捕らえてくれるが、かまわぬのだな」

「どこへなりと参りましょう。ただし、これ以上の狼藉《ろうぜき》は断じて許しませぬ」

「ええい。偉そうな口を利きよる坊主じゃ」

入道が言うが早く、兵卒たちがあっという間もなく明恵さまを後ろ手に縛りあげ、馬の背に押し上げてしまった。このまま引きたてて行く気だ。

わたしは引き綱を持つ兵卒を、「どけっ」と突き飛ばし、引き綱を奪い取った。

馬上を見ると、明恵さまは口元に笑いを含んだお顔で、「イサ、手荒な真似をするでない」と小声でおっしゃった。怖れても怒ってもおられない。おだやかそのもので、詰め寄ろうとする喜海さんらに向かって、

「練若台でいつもどおりにお勤めしておるように」

とお声をかけた。匿っている者たちを守りぬけ、という意味だ。

連行されていったのは、鴨川東岸、建仁寺近くの六波羅の京守護。幕府の政庁だった。

庭も大小の建物のなかも武士や兵士でごったがえしていた。平服の直垂《ひたたれ》姿もいるが、多くは腹当と脛当をつけ、刀や武具を携えている。

取り調べをおこなうらしい長い建物に連れていかれ、明恵さまは広縁に坐らされ、わたしは縁先。

板間の下座に坐した安達入道が鬼の形相で、明恵さまから片時も目を離さない。左膝脇に太刀を引きつけているのは、いつでも斬って捨ててくれるぞという威嚇らしい。

誰が出てくるのか、上座に坐して取り調べをするのは誰なのか。

わたしが首をかしげて見守っていると、長廊下をあわただしい足音が近づいてきて、ひとりの武将が息せき切って部屋へ飛び込んできた。

二

深緑色の直垂に侍烏帽子《さむらいえぼし》。年は三十半ばか四十近いか。童顔で色白だが、髭剃り跡が青い。

「ご無礼つかまつった。ささ、どうぞこちらへ」

明恵さまの手をとらんばかりに立たせ、上座へ案内した。

安達入道が口をあんぐり開けて、明恵さまと彼を交互に見やるのを、わたしは小気味よく見返してやった。

「それがし、北条泰時《やすとき》と申しまする。わが手勢が貴山を荒らしたそうで、まことにご無礼の段、ひらに、ひらにご容赦を」

両手をつかえ、深々と頭を下げて平伏した。

北条泰時。北条義時の嫡男。此度の幕府軍十九万余騎を率いて上洛し、またたく間に朝廷軍を鎮圧した総大将だ。

「この泰時、かねてより伯母上と栄西禅師からご尊名をお聞きし、ぜひともお目にかかりたいと願っておりました。いずれそれがしから御山にお伺いいたそうと思っておりましたのに、かような仕儀とあいなり、面目次第もございませぬ」

「あいや、そちらにはそちらの都合があってのこと。愚僧には愚僧の都合がございますので、こうしてお会いしてお話しできれば」

その前に、と明恵さまはわたしを指さした。

「あの者は愚僧の従者。せめて縁の端に上がらせてやってもらえますまいか。でないと暴れだすやもしれませぬで」

「これは、重ね重ねご無礼を。ほれ誰ぞ、従者どのを」

泰時が恐縮しきった態で手を振ると、安達入道自らさっと立ってわたしの腕をつかんで縁に引きあげると、小声ながら嚙みつかんばかりに訊いてきた。

「おい、おぬしの主《しゅう》はいったい何者じゃ」

「栂尾の上人を知らぬとは、とんだ田舎坊主じゃな。いや、似非《えせ》坊主か」

うぐぅ、と鶏が喉を絞められたような呻き声を発し、入道は憎々しげにわたしを睨みすえた。

「ほれ、あのように。いまにも一悶着起こしかねぬありさまですので」

明恵さまが声に出して笑うと、泰時もやっと笑顔を見せた。

「まっこと頼もしき従者どの。わが陣営にお迎えしたいくらいで」

入道のしおたれた顔、皆の衆にも見せてやりたかった。

いよいよ尋問が始まろうというとき、にわかに庭の内塀の向こうが騒がしくなり、大勢がもみ合う物音がしたかと思う間もなく、兵卒どもにとり囲まれて喜海さんはじめ十人ばかりの寺僧たちが連れてこられた。「寺を守っておれ」と命じられたにもかかわらず、明恵さまの身を案じて駆けつけてきたのだ。

わたしは安堵の吐息をついた。事と次第ではこのまま拘禁されて流罪ということになるやもしれぬと不安になっていたのだ。文覚上人と上覚さま、それに法然房と弟子たち、いずれも他ならぬ後鳥羽院のなされたことだが、この鎌倉方は三上皇の他、公家や御所の武士など数十人も流罪にした。死罪になった者も少なくない。僧侶だろうが躊躇なく処罰するであろう。喜海さんたちもそれを危惧し、師が流罪になるならわれらも諸共《もろとも》、と乗り込んできたのだ。

全員、広縁に並んで坐らされ、縁先には兵卒らが即座に捕縛せんと長棒や縄を手に居並んだ。

上座の明恵さまが静かな声を発した。

「当高山寺に落人を大勢隠し置いたと報告があったと言われるが、さもありましょう」

「なんと！　お認めになられるので？」

「いかにも、そのとおり。隠しだてなどいたしましょうや。なぜならば、この高弁のことは聞き知る人もおられましょうが、若い時分から本寺を出て、あちこち修行してまわった後は、かねて習い覚えた法文《ほうもん》の理についてもほとんど心に浮かべることもなく、拘泥《こうでい》してもおりません」

しごくのどかな口調に、武者たちは皆、あっけにとられて顔を見合わせた。

「まして、世間の事はまったく思いはかることなく年月を過ごしてきました。それゆえ、身分を問わず、一方に味方したい気持が仮に生じても、僧としてあるまじきことと戒め、二度と思い浮かべることはありません。ですから、貴家から祈禱を頼まれることがあっても、生きとし生けるもの、すべての衆生の三途で苦しみ悶えているのを助けるためなら祈りますが、ご自分や一族の現世の欲得のために祈ることはいたしません」

最初はざわついていた兵たちがいつの間にか聴き入っていた。

「栂尾の山は御仏に献じた領地でありますので、仏法の慈悲のこころから狩猟を一切禁じております。それゆえ、鷹に追われた鳥も、猟師の手から逃れてきた獣も、皆、栂尾の山に隠れて余命を保ちます。それゆえ」

いったん声を切り、泰時の顔をじっと見つめてから、言葉を継いだ。

「敵の手に追われる将兵が命からがら逃げ込み、木の根元や岩間に隠れているのを、私が咎めを受けるからといって無情に追い出し、そのために捕らえられ命をも奪われるのを、無視できましょうか。私の根本の師である釈迦如来は、前世では鳩の代わりに鷹の餌になり、また、飢えた虎に身を投げ出して食われたのです。それほどまでの大慈悲には遠く及ばぬながらも、落人を見逃すほどの慈悲がなくてどういたしましょう。隠すなら、この袖の中にも、袈裟の下にも隠してやります。今後ももれなく助けてやりましょう」

庭の兵たちはいつしか説法を聴く心地になっているとみえ、軽く頭を下げて静まり返っていた。

「この行いが政道に不都合とおっしゃるなら、即刻、愚僧の首を刎《は》ねなされ」

けっして大声ではないのに、その声音は鋼に跳ね返るようにあたりに響き渡り、庭の者たちもはっと身を硬くした。

泰時は泣いていた。涙が頰から顎を伝って床板に落ちるのもかまわず、むせびあげながら声をしぼりだした。

「子細を知らぬ田舎侍どもが、それがしの命令なしに踏み込み、狼藉をはたらきましたこと、返す返す申し訳なく、そのうえ、上人をここまで引きたててまいるとは、まことにもって言語道断。重ねてお詫び申し上げまする。なにとぞご容赦あれ」

その言葉に、安達入道がまたしても、うぐぅ、と呻いてわたしのほうを見た。わたしはこれ以上ない愛想のよい顔をして見返してやった。そうだよ田舎侍。あんたのことだよ。

「先ほども申しましたが、ぜひ参上して生死《しょうじ》の一大事のことなどご指導たまわりたいと願いながら、兵乱の鎮めに追われ、機を失しておりました。ご無礼ながら、ここでお目にかかれましたのは、それがしにとりましては千載一遇の幸運。いえ、ここにおります者どもは皆、日々、生と死の狭間に漂いおる者どもにて、常に殺生の劫罪に怯え、心鎮まる暇がございません。どうか、われらのために、どうしたら生死の迷いから離脱できるか、お教えいただきたく」

泰時は兵たちを見まわし、また明恵さまに深々と頭を下げた。

「また、それがしはいまもそうでありましたが、人を裁く重い任についております。少しでも私曲なく道理に随えば、罪にはならぬのではないかと存じますが、いかがでありましょうや」

明恵さまはやさしいお顔で泰時と将兵たちをみまわし、静かに言葉を発した。

「少しでも道理に反する行動をする者は、来世はいうまでもなく、この現世でもいずれ滅びるのが習い。それは申すまでもないが、しかし、たとえ正しい道理に随ってなされたとしても、各々の分に応じての罪は免れられぬこともありましょう。山中の僧侶であっても仏法の深理に合わねば、三界六道の迷いの生死をつづける苦しみから逃れるわけにはまいりません。まして俗界の欲から発し、雑念と煩悩に呪縛せられて日々生きている人たちは尚のこと。いつ来るか予測できぬ死という恐ろしい鬼は、弓矢や刀や槍で防ぎようがなく、今この時でも死の世界へ引きずり込みます。その時どうなされるのか？」

また泰時と兵たちを見まわして問うと、皆、言葉もなくうつむいた。

「まことに生死を免れんとお思いになるなら、しばし何事もさておき、まず仏法を信じ、その深理をよくよく理解してから政《まつりごと》を執りおこなえば、おのずとよくなりましょう」

その言葉に、泰時は深々と頭を垂れ、安達入道は嗚咽をもらした。

「ここにおる者ども、いまのお言葉を深く心に刻み、日々を生きてまいれましょう」

泰時は輿を用意させると、自ら上人の手を取ってお乗せし、門の近くまで従って見送った。

まだ顔を真っ赤にした安達入道は、つとわたしに身を寄せると、深々と頭を下げた。

「おぬしの言うとおりじゃ。わしは実朝公の菩提を弔わんと髪を落としてなりは変えたが、ろくに仏法を知ろうともせぬ似非坊主。恥ずかしゅうてならぬ。次に会うときは、もちっとましな出家者になっておりたい。御坊にも詫びたい」

だが、高山寺へもどると、唖然とした。師とわたしが引きたてられていったあと、安達入道の手勢がなおも山内を荒しまわったのだ。金堂や諸堂の扉は叩き破られ、師や僧たちの住房は匿われている者の探索のため床板まで引き剥がされ、棚は引き倒されて大事な書巻類が散乱していた。逃げ込んだ兵たちは皆が身を挺《てい》して匿い、山奥へ避難させて全員無事だったし、堂舎に火をかけられなかったのがせめてもさいわいと思うしかなかった。

おのれ、入道のやつ。御坊に詫びたいといったのはこのことだったか。いきりたつわたしに、明恵さまは、「過ぎたことを咎めてはならぬ。あの男はいずれここへやってくる」とおっしゃった。それでもわたしは、今度ぬけぬけと顔を見せようもんなら八つ裂きにしてくれると歯ぎしりしたが、入道は間もなく、職を完全に辞して明恵さまの弟子になり、山内に庵を建てて大蓮房覚《だいれんぼうかく》智《ち》と称するようになった。六波羅の者がいうには、もともと思慮深く人望のある御仁で、裏表のない人物だから、尼将軍はじめ御家人たちはいまも絶大な信頼を寄せているという。

わたしとは険悪な出会い方だったにもかかわらず、なぜか妙にうまが合い、遠慮ない口をききあう仲になったのだから、不思議なものだ。

覚智どのは豪放磊落《ごうほうらいらく》ながら、実に細やかに師に仕えた。あるとき、自分でナズナを摘んで味噌汁をこしらえてさし上げたことがあった。明恵さまは喜んで一口啜ったが、なぜか急にそわそわと左右を見まわし、遣戸《やりど》の桟に残っていた埃をつまんで味噌汁の中に入れたのだ。これはまた妙なことを、と覚智どのとわたしが眺めていると、「あまりに美味すぎて」と少し恥ずかしそうにつぶやかれた。

また、師が松茸好きと知ったある人が、たくさん採ってきて、いろいろ料理して御馳走したときにも、あとでたいそう苦労して集めたと聞くとひどく恥じ入り、以来二度と松茸を口になさらなかった。いや、松茸やナズナの味噌汁に限ったことではない。

「道人は仏法をだにも好むと人に言わるるは恥なり」

仏門にある者が、たとえ仏法でも執着するのは恥すべきことだというのだ。自分が信じる仏法さえ、それだけが正しいと思い込むのは妄信に他ならない。

「まったくなんというお方だ。仏法にすらこだわってはならぬとか。イサさんよ、おまえさんの師はおそろしいお方じゃな。わしはあんな人にあったことがない」

いやはや、なんと、と何度もかぶりを振り、深々と溜息をついた覚智どのは、目にうっすらと涙をにじませていた。

覚智どのはその後、高野山に登って実朝公の菩提所を創建し、高野入道とも呼ばれたが、師の重篤を知るや急ぎ駆けつけてきて、ご最期を看取った。誰よりなりふりかまわず号泣して、古参の者たちに師のお言いつけに背くとたしなめられたのも、彼らしくて好ましかった。


泰時のほうも、明恵さまとの出会いがその後の彼を変えたのは確かだった。

覚智どのによれば、頼朝公亡き後の鎌倉は陰惨な殺し合いの連続だったそうだ。二代将軍頼家公を廃して死に追いやり、有力御家人たちは次々に滅ぼされ、はては三代将軍実朝公の暗殺。すべてが義時のしわざとはいえないまでも、泰時が父の非道に苦悩していたことは間違いないと覚智どのは顔をゆがめて言った。

「北条のため、勝ち残るため、ということは、ひいては泰時どの自身がその恩恵をこうむるのだからな。子供の頃から心根のまっすぐな人だから、そりゃあたまらんだろうよ」

だが、こと乱の首謀者や将兵たちに対する処罰は甘いものではなく、苛烈そのものだった。

首謀者である後鳥羽上皇は隠岐島、順徳上皇は佐渡島にそれぞれ配流。挙兵に反対した土御門《つちみかど》上皇は自ら望んで土佐国へ配流され、後鳥羽上皇の皇子の六条宮《ろくじょうのみや》親王と冷泉宮《れいぜいのみや》親王もそれぞれ但馬国、備前国へ配流。幼い仲恭《ちゅうきょう》天皇まで廃位させられて九条廃帝と呼ばれるようになった。

上皇の側近だった者たちはほとんどが悲惨な最期を遂げた。中納言藤原宗行《ふじわらのむねゆき》は関東へ護送される途中で斬殺。按察使《あぜち》藤原光親《ふじわらのみつちか》は鎌倉へおくられる途中、駿河の山中で斬首、その息子も流罪。検非違使《けびいし》左衛門尉《さえもんのじょう》後藤基清《ごとうもときよ》は捕らえられて六波羅へ引きたてられ、泰時は見せしめのため基清の息子の基綱《もとつな》に父親を斬らせたのだ。山城守《やましろのかみ》佐々木広綱《ささきひろつな》も斬殺され、仁和寺に入って修行中の身であった十歳の勢多伽丸《せいたかまる》という子まで捕らえられた。仁和寺の門跡と母親の懇命の命乞いに、泰時は釈放を命じて少年の叔父信綱《のぶつな》に任せたが、その信綱は保身のため少年を斬殺してしまった。

夫や子を失い、財産や家屋敷まで没収されて、よるべない身となった女性《にょしょう》たちは、深い悲嘆を抱えきれず明恵さまにすがった。

明恵さまと近しい人々も無事ではすまなかった。後鳥羽上皇の信任篤かった藤原長房《ふじわらのながふさ》卿は暴走を諫止できず出家したし、賀茂の地に高山寺の別所である仏光山《ぶっこうさん》を寄進してくれた神官の賀茂能《かものよし》久《ひさ》は、朝廷軍の一員として宇治で戦って鎮西に流罪になり、二年後、その地で亡くなった。

後鳥羽上皇と順徳上皇にはたして討幕の意思がおありだったのか、それとも鎌倉の実質的な支配者であり、朝廷に対してなにかと強硬な執権北条義時を除こうとなさっただけなのか、はたまた親政を目指されたのか、真相はわからない。どれもありそうなことと世人は噂したが、結局は、生来不羈《ふき》で気分屋の後鳥羽上皇の無謀な暴走としかいいようがない。

そのせいで多くの人命が失われ、悲劇の底に沈まされた人々が血の涙を流したのだ。高山寺にとっては恩人ではあるが、だから明恵さまが朝廷方の将や兵士を匿ったのではないし、ましてや上皇の行動をよしとしたわけではない。

逃げ込んできた者たちは引きつづき懇切に保護され、傷が癒えて体力が回復した者から故郷へ帰っていった。破壊された堂舎はすぐに修復できるものではなく、明恵さまとわれらはやむなく賀茂の別所に移って暮らすしかなかった。

朝廷は幕府の統制下におかれ、廃位させられた御年四歳の仲恭天皇に代わって即位した後堀河《ごほりかわ》天皇もまた十歳の幼少であったので、その父上が太上天皇の位を授けられ、後高倉院《ごたかくらいん》として院政を担った。明恵さまはその後高倉院から、賀茂に留まって教化に専念するようにとの院宣を賜ったため、本格的に修行できる禅堂院が造られ、高山寺の本堂から釈迦如来像と弥勒菩薩像が移されて、高山寺のほうは数名の僧が住持するだけになった。

晴れて修復なった高山寺に還住《げんじゅう》できたのは、丸二年もたってからのことだった。戦後処理をすませた泰時はしばしば賀茂の別所や高山寺を訪れ、明恵さまを生涯の師と仰ぐまでになった。乱から丸三年後の貞応《じょうおう》三年（一二二四）六月、泰時の父である北条義時が急死。暗殺の噂もあったようだが、真相はわからない。泰時が鎌倉へ帰って執権職を継いだ。

権力を一手に握った彼が最初におこなったのが、丹波の大荘園一ヶ所を栂尾に寄進したことだった。だがこの申し出を、明恵さまはかたく拒まれた。

「このような寺が所領を持ちますと、住僧はどんな懶惰懈怠《らんだけたい》になろうが生活は安泰、衣食にも困らぬと思い上がり、志のない者どもも入り込んで、ますます道理にはずれていくようになりましょう。寺が経済的に恵まれると、稚児を飼い、酒を酌み交わして楽しんだり、あるいは武器を所持してとんでもない行動にでたりと、何をしでかすかわかったものではありません。いかにも寺らしい山寺が戒律に反して呆れ果てた姿になっていくのは、すべてそれが原因です。それほどあさましいことがありましょうか」

激烈な言葉だ。

「僧侶というものはただ、貧乏で人から尊敬されることだけでやっていけば、しぜんとでたらめな行いはできぬものです。とは申せ、世の中には領地寺田を寄進されて立派にやっていける寺もありましょうから、そのような寺にお与えください。この栂尾が所領を得るのは、修行のためによろしくあるまいと思われます。貴殿の仏法尊崇のお志はありがたいことと感謝しておりますが、この栂尾だけは私に考えがございますので、ご放念いただきたく」

使者を通じてそう返事し、返還されたのだった。

そのお考えどおり、この高山寺はいまにいたるも過分な蓄えのない、まったくの貧乏寺だ。教団といった組織をつくることもせず、信徒を募って勢力を伸ばすこともしないのだから当然だ。ただ、明恵上人を慕う方々が支えてくださった。

三

朝廷方の夫や子を失った女性たちは、それまでは苦労知らずで生きていた人々だ。恵まれた家に生まれ育ち、夫に庇護され、子らの成長を楽しみにして、日々おだやかに暮らしていた。飢えも貧困も知らず、不幸に泣いたこともない。さいわい大病に苦しむこともなくすごしてきた。

高山寺に参拝していたのも、寺詣では楽しい外出であり社交でもあったからで、どうぞご加護を、と祈りはしても、心の救済を求めていたわけではなかった。

悲惨な運命に突き落とされた平家の女人たちを気の毒に思い、同情はしても、他人事であって、わが身にも降りかかるとは思ってもみない。他の人生を考えたことはなく、望んだこともない。人を恨んだり妬むこともない。

だからといって、傲慢だとか利己的というのではない。ただ、不幸を知らなかっただけだ。恵まれている自分をあらためて意識する必要もなく、ただあたりまえに享受していただけだ。

それが突然、すべてを失った。気づけば、自分自身も失ってしまっていた。

「もう生きている意味があるとは、どうしても思えないのです」

そう言って泣き、みずから命を絶とうと思いつめて、明恵さまに末期《まつご》授戒を求めた。

「あなたが死んで、それで救われるのなら、それもよいでしょう」

明恵さまの言葉に、また涙をふり絞ってかぶりを振る。

「わたくしが後を追って、夫や子供が喜んでくれるとは思いません。でも、菩提を弔うためだけに生きていくのは虚しい。生きる意味があるのかどうか、どう考えてもわからないのです」

「では、その理由がわかるまで生きてみたらいかがですか。死ぬ時は御仏が決めてくださいますから、お任せして」

「わかるときがくるのでしょうか。それも仏さまが教えてくださると?」

「いや、わかるもわからぬもあなた自身。ご自分の心を深く見つめることから始めればよい。御仏は導いてくださるだけです」

明恵さまはやわらかい笑みをたたえている。それをじっと見つめ、女性たちは首をかしげる。

「わたくしにできるでしょうか。自分を見つめることなど、一度もしたことがないのに」

疑いながらも、すでに心は決まっている。そんな自分に驚き、安堵もして、尼になって生きるとあらためて願うのだ。涙はすぐには涸れないが、その涙が自分を癒してくれることを知る。

中納言藤原宗行卿の妻は明恵上人を導師に出家して尼になると、もとは太政大臣西園寺公経公がもっていた古い堂をもらい受け、上人に請うて高山寺の別院とした。

そこは高山寺へ向かう周山街道沿いにあり、里山に囲まれたおだやかな地で、女性たちが暮らすのにふさわしい静かな場所だ。次々におなじ境遇の女性たちが集まってきて、集団生活をするのに時間はかからなかった。

それを正式な尼寺にして善妙寺《ぜんみょうじ》と名づけたのは、彼女たちが愛の妄執を慈愛に変えて克服した善妙に倣ってほしいと、師が思いを込めたのだった。高山寺の本尊である快慶作の釈迦如来像を移して善妙寺の本尊としたのも、彼女たちの支えになってくださるようにと願われたからだ。

それに代わる高山寺の本尊は、西園寺公の肝いりで運慶作の丈六の毘盧遮那仏を安置した。もとは運慶一門の菩提所である六波羅蜜寺内の十輪院にあった見事な御像で、かつて文覚上人がいずれかならず運慶仏を与えると約束なさったのが、はからずも実現したのだった。

善妙寺の尼さまたちは、三年ほどもたったころには明恵さまも驚くほどの変貌を遂げていた。戒律を守って日々を丁寧におくり、慣れぬ勤行も怠りない。難解な経典を苦労しつつ懸命に学んで、全員仲睦まじく暮らしている。以前は大勢の従者にかしずかれて、水仕事や炊事や針仕事など一度もしたことがなかったろうに、嬉々としてやり、あかぎれだらけになった手で草花を育てて仏前に供えるのだ。

しばしば使いに行くわたしに、縫い目が不揃いで恥ずかしいのですけれど、と下袴や帷子を差し出してくれたのには感激した。もちろん明恵さまや他の住僧たちにも肌着や経袋を縫ってくれて喜ばれた。

ただ、ある尼さまが華麗な金襴織の袈裟と衣を贈ったときには、師は峻拒なさった。

「かようなものを贈らねばこの明恵とつきあえないと考えるのは間違っています。あなたは裕福だからできるでしょうが、他の方が自分も無理してでもと考えるようになったらどうするのか」

懇切に説いた手紙を与えたから、本人はもとより他の尼さまたちも肝に銘じ、以後は高価なものではなく、畑で育てた花を届けてくるようになった。撫子《なでしこ》が来たときには、高山寺にはない花だから師はいたく喜ばれ、さっそく竹筒の花挿に活けて文机の上に置いて楽しまれたのだった。

彼女たちは顔つきまで変わってきて、以前より若々しくなった。なによりいつもおだやかな笑みを顔にたたえているようになった。

「生まれ変わったような気がいたします」

「夢に死んだ夫や子が出てきても、笑ってくれています。むかしのことをなつかしいとは思いますけれど、もう悲しくはなりません」

「いつかまた会えると思えますから。でも、いま少し生きていたいと。欲張りですかしら」

口々に言い、明るい声でころころと笑いあうのだ。

嘉禄元年（一二二五）からだったか、毎月十五日と晦日の月二回、高山寺の金堂で説戒《せっかい》をおこなうようになったが、善妙寺の尼さまたちの手助けなしには続けていくことはできなかったろう。

説戒とは、戒律の項目を読み上げ、各々が日々の中で犯した罪を自覚し懺悔するもので、布薩《ふさつ》ともいう。本来は寺内の僧のみの法会だが、上人は出家・在家を区別しない梵網《ぼんもう》菩薩《ぼさつ》戒《かい》で俗人信徒の参加を許したから、われらも驚くほど大勢の人が集まるようになった。

その多くが貴族階級の人々で、九条家の家司である藤原定家卿の妻女とお子方もそのなかにいたそうだ。混雑が大嫌いな定家卿自身は来なかったとあとで聞いた。サキの一件以来、わたしとも顔なじみだが、いかにも偏狭というか依怙地な感じの人だ。

その彼をして「まるで釈迦の説法に群衆がこぞって集まったかのような」と評したというが、門前に貴家の牛車が群がり、その中に農民や商人が引いてきた荷車が混じって、狭い街道を埋め尽くして居並ぶさまはまさにその評のとおりで、実に壮観だった。

ただ、予想以上に大勢集まりすぎて金堂に入りきらず、やむなく民たちが参列して説戒を受けることはできなかった。けっして貧しい民や非人を排除したわけではなく、明恵さまにとってひどく不本意なことだったのに、定家卿は暗に非難したそうだ。

それでも民たちは去ろうとしなかった。山内は人でごった返し、布施の受付を待つ長い行列ができた。明恵さまが多額の布施を受けるのを許さないので、皆、麦、豆、芋などを一袋ずつ持参していた。貴家もたとえば麻布一反、せいぜい粗末な絁《あしぎぬ》一反だ。白菜や大根を抱えてくる農民もいて、幼い子らが五、六人、手に手に一本ずつ牛蒡《ごぼう》を下げてきたときには、われらも尼さまたちもそのかわいらしさに大喜びした。

こうして布施された野菜や麦をたくさん入れて味噌で煮込んだ雑炊をふるまうのが当初からの習わしで、尼さまたちが大活躍してくれた。腹をすかせた子らに何杯もお代わりさせてやり、麦《むぎ》縄《なわ》の揚げ菓子や煎り豆をふるまうこともめずらしくなかった。

子供好きな明恵さまは、子らを並べて「嘘はつかなかったか？」「小さい子をいじめなかったか？」「家の手伝いをちゃんとしたか？」などと訊き、子らは神妙にうなずいたり、恥じてうつむいてしまったりするが、明恵さまが飴を一粒ずつ口に入れてやるとたちまち満面の笑顔になる。

心底楽しげに立ち働く彼女たちは、自分のしあわせに無自覚に埋没していたかつての面影はまったく消え、自発的に喜びを見出し、すべてに感謝して生きている。明恵さまが常々、「私の教えと仏法への真摯さは、高山寺の者たちより誰よりあの尼公たちが受け継いでくれている」とおっしゃったのも宜《むべ》なるかなだ。

ただ一つ、悲しく悔やまれるのは、ひとりの尼僧が、師の後を追い、清滝川に身を投げて自殺してしまったことだ。その尼さま明達尼《みょうたつに》は、佐々木広綱の愛妾だったが、夫と子の勢多伽丸を殺され、絶望して桂川に身を投げようとしたところを救われ、明恵さまにすがって剃髪した。尼さまたちは師が亡くなった後、追善のために手分けして『華厳経』の書写を始め、明達尼は自分の分担部分を書き終えた七月八日の夜、死を選んだのだった。後日その書を見せてもらったが、その筆跡は乱れ一つなく、彼女が心を乱して死んだのではなく、静かな澄みきった心で逝ったのだろうと、わたしも他の尼さまたちもわずかに救われる気持にさせられた。

彼女たちだけではない。多くの女人たちが明恵さまを慕った。建礼門院《けんれいもんいん》、もとの高倉天皇中宮平徳子さまもそのおひとりだ。

平氏の栄華と滅亡を体現したそのお方は、壇ノ浦の海に身を投げたものの死にきれず、京にもどされて出家し、その後洛北大原の地に移り住んで八歳で亡くしたわが子安徳天皇と一門の菩提を弔ってひっそりと生きておられた。お暮しは数名の侍女がいるだけで、食べものにもこと欠くわびしいものだったそうだが、栄華を極めた前半生より心おだやかな日々であったろう。

建暦元年（一二一一）か二年だったか、六十歳を目の前にした女院は、寒さ厳しい大原での生活を案じた異母妹とその夫の四条隆房《しじょうたかふさ》の勧めで洛中近くへ帰ってきた。白河の法勝寺の西南に隆房が管理する善勝寺《ぜんしょうじ》という小寺があり、そこに小体な寝殿造りの屋敷を建てて迎え入れたのだ。平氏滅亡からおよそ三十年、もはや世間の目を引く存在ではなくなっていた。

近づく死期を思ってのことであろうが、明恵さまから受戒したいとお招きになったのだった。あの日のことはいまでもよく憶えている。女院は寝殿の中央の御簾の内におられ、明恵さまを床長押《なげし》の下の下段に坐らせると、御簾から手だけさし出し、両掌を合わせて拝礼なさった。

すると、明恵さまは静かだが怒りを含んだ声で言われた。

「私高弁は湯浅権守《ごんのかみ》の子で、まことに身分低き者であります。しかし、釈迦の弟子になり、長年修行してまいりました。仏門にある僧侶は、国王や大臣にも臣下の礼をせず、また、高い座からでなくしては、説法することも戒を授けることも、経典ではっきり禁じております。これは仏法を粗末にしないためであって、まちがっても僧侶を尊大にするためではありません」

御簾の中で身じろぎなさる気配が、廂の端ではらはらしていたわたしにまで伝わってきた。

「ですから、私は釈迦の教えに背いてまでお気に召すようにはできません。あなたのこのようなおふるまいは、後生《ごしょう》の益どころか重罪になりましょう。どなたか尊敬できる僧をお召しになってご受戒なさるがよろしいでしょう」

そう言うや、席を立って帰ろうしたから、女院は驚き慌て、急いで御簾から出てこられた。

「心無いことをいたしました。どうかお赦しください」

膝をついてくり返し詫びると、明恵さまに上座にお座りいただき、戒を受けられたのだった。

「昔のわたくしは、大勢の人にかしずかれ、上に坐すのがあたりまえにございました」

女院は深々とうなだれて話しだした。

「それを傲慢とも驕りとも思わず、ただ受け入れておりました。思い起こせば、わたくしが自分自身の意思を通したのは、ただ一度きり」

夫高倉上皇が崩御した直後、悲嘆にくれる彼女を、両親である清盛入道と二位の尼が、こともあろうに、舅である後白河法皇の後宮に入れようと画策した。権力に目がくらんだ人畜《にんちく》の所業というしかないが、法皇も法皇で、大乗り気で承諾したというのだから呆れるではないか。

だが、生来従順で両親や一門の方々の言うがまま生きていた彼女が、そのときだけはきっぱり拒否した。自分の意思を貫いたのはその一度だけだというのだ。

「生きながら六道を見つくしてすべてを失い、貧しい尼になってやっと、傲慢の呪縛から解き放たれたと思っておりました。昔年の栄華や、人にかしずかれる暮らしなど、とうに忘れたはずですのに、いざ、こうして寝殿のある住まいにおると、たちまちもとにもどってしまう。つくづく愚かな、心弱い者にございます」

明恵さまはほほえみを浮かべて、諄々《じゅんじゅん》と説いた。

「理不尽な入内を拒否できたのですから、あなたはご自分が思っておられるより強い。けっして意思のない人形などではありません。まちがったら改めればよい。改めてやりなおせばよい。人間に遅すぎることはありません。年をとっても、いつでも生きなおせるのですよ」

「ああ、ありがたいこと。そう思えば、悔いながらも生きていける気がいたします」

女院はこらえきれず、涙を溢れさせてうなずいた。

以後、明恵さまを深く崇敬し、直接お会いになる機会こそなかったが、しばしば文のやりとりをなさった。

受戒の日からさらに十年余を生き、承久の乱の二年後、兵乱を避けてもどった大原の地で、六十八年の生涯を閉じた。その目に兵乱はどう映ったのか。それだけは訊いてみたかった。

四

承久三年（一二二一）十一月、まだ乱の余波がおさまりきれずにいる頃だったが、明恵さまは賀茂の禅堂院で精力的に著作をしておられた。

十一月三日の申刻（午後四時頃）、わたしが明恵さまの住房に入っていくと、書きものをしておられた明恵さまは案《つくえ》に寄りかかって眠り込んでおられた。それがあまりに心地よさそうだったので起こすのをためらっていると、急に目を覚まし、『夢記』の綴りを取り出された。

「三昧観《さんまいかん》の時の毘盧遮那のお像《すがた》が見えたのだ。その像の左右に、耳まで覆う天女の衣の中ほどから黄色の珠を連ねて荘《かざり》としていた。障子の光ではない。覆耳《ふに》の天衣《あまごろも》の半ばから垂れ下がる瓔珞《ようらく》だ。イサご覧。こういうお姿だった」

楽しげにしゃべりながら筆を走らせると、たちまち仏さまの絵が描けた。宝冠をかぶり、両腕を肘から横に曲げて、蓮台の上に結跏趺坐《けっかふざ》しておられる。ちょっと面長のやさしげなお顔だ。よく見ればたしかに、その肩のあたりから横に先がくるりと丸まった枝のようなものが伸びており、それが覆耳の天衣というものらしいが、そこから珠を連ねた瓔珞が垂れさがっている。障子の光ではないとわざわざおっしゃるところをみると、きっときらきら光っていたのだろう。

「へえ、これが毘盧遮那さまで？」

わたしは、東大寺に行ったときに拝んだ大仏さまとあまりに違うので、首をかしげた。

「あちらの大仏さんは好きになれなんだがねえ」

東大寺復興大勧進の重源《ちょうげん》上人が宋の工人陳和卿《ちんなけい》を呼び寄せて造らせた大仏は、これからは宋国の新しい仏教を取り入れていく証しだということだが、評判はけっしてよろしくない。見るからに厳めしい異相で、日本人の目にはひどく恐ろしげに映るのだ。

「その毘盧遮那さまのお姿、わたしにも描いてくださらんかな」

わたしはあつかましくねだった。

「毘盧遮那さまってのは、宇宙や地水火風空すべての源で、生きものや、石や、木や草も、この世にあるものぜんぶ、生み出す仏さまなんだろ。なら、あんな恐ろしげな大仏さんより、こっちのほうがずっとふさわしいお姿なんじゃないかな。やさしい母さまみたいな、このほうが」

「ほう。おまえにはこれが女人に見えるのか？」

「この毘盧遮那さまなら好きだ。肌身離さず持っていて、いつも見たい。だから描いてくれろ」

子供じみた言いように明恵さまは苦笑しつつ、「イサの持仏になるのか」とまんざらではないおももちで、真新しい紙に描いて与えてくださった。いまも巾着袋に入れて首から下げている。わたしの宝物だ。明恵さまの形見とも思っている。

ところが、その夢にはまだつづきがあったのだ。

三日後の六日の夜、その日の初夜は坐禅して新たな行法を修したいと考えていると、夢を見た。

「一つの建物の中にすこぶる端厳な美女がいた。衣服などはひどく奇妙だが、それでいて俗世間でいう肉欲を感じさせるような姿ではなく、まさに貴家の女人に見えた。私はしばらくその貴女と一緒にいたが、そのあと無情にも彼女を捨てた。彼女は離れたがらなかったが、かまわず捨てて去った」

女人は一つの鏡を持ち、金の糸でさまざまに絡《から》げ編んだものと大刀を手にしていたから、目が覚めてから思い当たった。

「あの女人は毘盧遮那の妃だったのだ」

驚きつつ後夜の行をしていると、禅定中に堂の外にとある僧都がやってきた気配があり、「この行はまさしく甚深《じんじん》の秘密の行。あなたはこの法を得るべきお方だ」と讃嘆してくれた。

八日の初夜、初めて光明法を修した。光明真言を唱えて、滅罪、息災、病気平癒を修する法だ。その合間に眠り込み、善妙寺の尼僧ら三十人ばかりがこの修法を見守っている夢を見た。

また、同夜、上覚師がひとり壇に入り、明恵さまにこの修法を勤めさせる夢を見た。また眠りこむと、今度は亡き文覚上人が壇にお入りになり、彼も勤めさせようとなさったという。この二つの夢を合わせて二度見た。

「この光明真言の法を修するのが可か否か、考えている間のことだ。私自身迷いがあったから、お二方が試すために現れたのであろう。善妙寺の尼公方も見守ってくれて、背中を押された」

明恵さまは感に堪えたおももちで何度もうなずき、毘盧遮那仏が授けてくださったと確信したとおっしゃった。以来、この光明真言法によって、多くの人々を苦しみから救うようになった。

その毘盧遮那如来の夢を機に、明恵さまは新羅の義湘と善妙の信仰と愛の物語を絵巻にしたいと考えるようになった。以前からそのお気持があり、折々に督三位局や西園寺公経公などには話していたのだ。

「真っ先に救われるべきは女人たちなのです。善妙は愛の妄執に苦しみ、悲運にうちひしがれながらも、信仰によってそれを昇華して奇跡を起こした。善妙だけではない。女人は誰もがその力を自身の内に秘めている。その強さ、尊さを知ってほしいのです」

善妙寺の尼さまたちの姿をみて、ますますその思いを強くしたのだった。

督三位局は、善妙が帰国する義湘の船を追って海に飛び込み、大嵐の海原を漂い遭難しそうな船を龍になってその背に乗せ、無事に新羅へたどり着かせたという話にいたく感動した。

「まるで『法華経』の龍女成仏《りゅうにょじょうぶつ》のようですわね。善妙は龍に化身して、妄執を崇高な愛に変えられたのですね」

『法華経』はわずか八歳の龍王の娘がその女身のままで成仏したと説く。人間ならぬ畜生の身で、しかも、仏道修行もしていない幼女であっても、一途に信じる気持さえあれば成仏できるとして、差別されている女性たちを救っている。

「おっしゃるとおりです。女人は往生できないなどというのは、僧が自分たちを惑わす存在と恐れただけで、女人が汚れているとか、劣っているなどというのはとんでもない言いがかりです」

まずは女性たち自身がそのことを自覚してほしい。自分も善妙のように凜々しく生きられると知ってほしい。そのために絵巻をつくりたい。熱っぽく語る明恵さまに、督三位局はじめ西園寺公ら有力帰依者たちがこぞって寄進してくれ、絵巻制作が開始した。

さっそく西園寺公の肝入りで宮廷絵所《きゅうていえどころ》から腕の立つ絵師らが招聘され、寺からは絵仏師の成忍さんが加わった。

絵巻の場面構成をどうするか、詞書《ことばがき》はどのように入れるか、明恵さまと成忍さんは細部まで話し合って決めた。言葉でなかなか伝わらないと、もともと絵心のある師はご自分ですばやく描いてみせたりもした。そのようすは心底楽しげで、見ているこちらまで完成を心待ちにした。

できあがった絵巻は見事な出来栄えで、成忍さんは引きつづき元暁の絵巻をつくりたいと明恵さまに懇願してお赦しをいただいた。

「実をいえばね、イサさん。わたしは元暁という人物は明恵さまに似ていると思っているのだよ」

成忍さんは、元暁法師の天衣無縫な、ときには奇矯とさえみえる言動は、明恵さまに一脈通じるものがあるというのだ。

「考えてみれば、生真面目で一途な清僧の義湘と、その正反対の、俗界で民とともに自由に生きることを選んだ元暁。明恵さまはその両方を兼ねそなえているお方なのではないかと、わたしにはそう思えてならないのだ」

成忍さんの言葉に、わたしは深くうなずいた。成忍さんがそういうつもりで描くのなら、「義湘絵」とはまた違う、人間らしさがいきいきと息づく絵巻になるにちがいない。それを見て明恵さまがなんとおっしゃるか。楽しみにしていたのに、ついに叶わなかった。師が亡くなるまでに完成しなかったのだ。

終章　今日に明日を継ぐ

一

師は、五十歳をすぎる頃から、しばしば不調に悩まされるようになった。頭痛、食欲不振、下痢、節々の痛み、それに痔。すべて冷えて血の巡りが悪くなるのが原因だ。

それでも石の上での坐禅をやめようとなさらない。もともと、

「栂尾の山中で、人が坐れるほどの石で私が坐禅したことがない石はない」

とおっしゃるほどで、真夏ならともかく、冷たい石の上で結跏趺坐して一刻二刻、へたすると半日でも坐りつづけるのだから、からだが冷えるのは当然だし、痔にもなる。

いつだったか、寒さがいちばん厳しい一月初めのことだ。

晨朝の行を終えた明恵さまは、その日も坐禅をしにお出かけになった。曇天のひどく冷える朝だったが、雲間から薄陽がさして風もおだやかだったから、よもや荒れ模様にはなるまいとわたしは安心して送りだし、行き先を訊きもしなかった。

なのに、辰刻頃からだったか、急に北風が強く頬を刺すようになった。それでも空を見ればう

っすらと薄水色がのぞいていたから、一時的なものだろうとたかをくくり、畑仕事をつづけた。先日の大雪で破損してしまった薬園の雪囲いの補修に追われていたのだ。かがみ込んで作業していたせいで、気づくのが遅れた。いつの間にか空が暗くなり、ますます激しくなった風に白いものが混じり始めていた。

小手をかざして背後の楞伽山を見上げると、すでに山肌は煙ったように霞んでいた。上のほうはもう本降りの雪になっていよう。あわてて蓑をひっつかみ、師を捜しに向かった。

濡れて滑る斜面の小道を、熊笹をつかんで這うように登った。どこにおられるのか。訊ねもしなかった自分の油断を悔いた。半僧たちを呼んで一緒にこようともせず、ひとりで飛び出してきた迂闊さ、判断の甘さに歯ぎしりし、うめきながら先を急いだ。

ご自分で帰ってきてくだされぱいいが。でも、途中で足を滑らせて斜面をころげ落ちでもしたら、大怪我になりかねない。

雪はみるみる激しさを増して横殴りになり、烈風に突き刺されて目を開けていられなくなった。あたりはもはや黒と白だけの世界だ。大声で師を呼びたてる自分の声が風に吹きちぎられて消えていき、わたしを半狂乱にさせた。

おーい、イサよ。

風音に混じってかすかな声が聴こえた気がして、やみくもにそちらへ向かった。

楞伽山の西の谷、例の縄床樹の下に、静かに坐っておられる明恵さまを見つけた。

にこにこと手を振っておられた。

「イサ、見てくれ。ほれ、こんなに」

膝の上に重ねた僧衣の袖を指さし、嬉しげに笑うではないか。

墨染めの衣の袖には数珠玉ほどの霰《あられ》がたまっていた。

「透きとおって、まるで白珠を連ねたようだろう?」

肩にも膝にも雪が積もっているし、首筋も手足も血の気を失って白くなっているのに、その白珠を振り落としてしまいたくなくて、じっと動かずに見ていたというのだ。

「いいかげんになされ。こないに濡れて」

わたしは尖った声で言いたて、蓑をその肩にかけた。

「死んでもええんですかっ」

自分の言葉に自分で驚き、わたしは師の背中に覆いかぶさるようにしがみついた。

「こないに凍えて、ほんまに、死んでしまいますじゃろ」

師の首筋と手足を力まかせにさすりながら、わたしはこらえきれずしゃくりあげた。

「立ってくだされ。ほれ、さっさと」

引ったてるようにして立たせて下駄をはかせ、背負って坂道をくだった。

師のからだはひどく軽かった。涙が出て止まらないのは、雪風が谷底から逆巻いて吹きあげてきて目を突き刺すからだ。そう思い込もうとした。

途中で捜しにやってきた喜海さんらに出会った。

案の定、その夜から明恵さまは熱を出し、数日間寝込んでしまわれた。

イサさん、おまえさんがついていながら、なぜこんなことに。口々に責めたてられるわたしを、イサのせいではないと師が庇ってくださった。

もう二度とあんな無茶はなさらんでくだされ。頼んますからどうか。何度もそう頼んだのに、いくら訴えても、「イサよ、御仏が生かさせてくださるのだから、案ずることはない」とお笑いになるばかりで、わたしは歯ぎしりした。

仏さんが生かさせてくれるというなら、若くして災害や病で死んだ者、不慮の事故で死なねばならなかった者は、仏が見放したということか。そんな理不尽なはなしがあるか。胸の中でそう毒づいていたのだから、罰当たりな不心得者だ。

いまになれは、人の生き死にはまさに神仏の采配で、早死にや無念の死が不幸とばかりはいえぬと思えるが。


ほとんど食事がとれなくなったとき、和気某《わけのなにがし》という高名な医博士がお見舞いにこられたことがある。じつをいえば、たまりかねた喜海さんらが貴家の帰依者に内密に相談して来てもらったのだ。弟子たちが訴えても駄目でも、医者の言うことなら聞き入れてくれるのではないかと期待したのだが、結局無駄骨に終わった。

「とにかくからだを温めなくてはいけません。ことに山中の霧が深くて寒気が厳しい時期は、毎朝よい酒を温めて少しずつお飲みになるのがいちばんです」

医博士が熱心に勧めてくれたのに、師は例によって、かぶりをふるばかりだったのだ。

「法師にとっては、自分のからだも自分のものではなく、生きとし生ける者のための容器《いれもの》です。自分の都合でわがまま勝手にしてはなりません。それに、死すべき前世からの定めであるならば、仏も助けにはなりません」

ですから、釈尊在世の頃の名医の耆婆《ぎば》であっても人の老化を止めることはできないし、中国古代の名医扁鵲《へんじゃく》の薬でも死を免れることはできないです。もし私がいましばらくの間でも生きながらえて世の役に立つのなら、仏・法・僧の三宝の御守護を得て病も治り、寿命も延びましょう。

そうでなければ、釈尊の厳しい戒律である飲酒戒《おんじゅかい》を破ってまで、酒を飲むべきではありません。

ことに飲酒戒は、二百五十戒の中でも特に重要な十戒、そこからさらに重要な五戒の筆頭です。虫や薬の毒はただ一生を滅ぼすだけですが、戒を破って死んだら来世においても罰せられます。たとえ一時《いっとき》生き延びられても、結局は大損。

もしも私が薬として一滴でも酒を飲めば、なにかと自分に都合のいいようにこじつけたい法師たちですから、明恵上人でもときどきは酒を飲んだと言いたて、この栂尾の山中は酒飲み場と化してしまうでしょう。それをよくよく考えて取捨選択しなくてはならぬのです、云々。

医博士は、そこまでおっしゃるのなら、と諦めて引き下がったが、わたしはどうにも業腹でならず、医博士が帰るとすぐさま食ってかかった。

「お釈迦さまが飲酒を禁じたとおっしゃるけども、世の坊さまたちは般若湯《はんにゃとう》と称して飲んどりますがな」

般若は仏の智慧《ちえ》。般若湯は仏の智慧の水というわけだ。つまらぬ屁理屈とわたしだってわかっているが、「仏の方便」とわりきってしまえばよいではないかと言いたかった。

「お釈迦さまは、からだを粗末にしてよいといわしゃったんですかい」

「いや、そうではない。人には定められた寿命があり、それには抗えないとおっしゃったのだ」

「養生もならぬと？　それも戒を破ることになると？」

釈尊は、亡くなる原因をつくった貧しい民が非難されぬよう、おまえのせいではないと皆の前で明言した。そのただ一点でわたしは釈尊というお方を尊敬している。仏陀以前に人としてだ。そういうお方が、自分を大事にして養生するのを禁じるはずがない。

「御坊、どうあっても酒は駄目なら、せめて、足湯と薬湯だけはやってくだされ。そんなら戒を破ることにはならんでしょう。御身をいたわるのがいまの御坊の務め。御坊を慕う者たちへの義務。春日の神さまが、危険な天竺行を無理やり二度も諦めさせてでも、御坊をこの世にいさせたかったのはそのためでしょうが。違いますか」

わたしが明恵さまを見すえて言いつのると、明恵さまは長いこと黙り込んだ末、うなずいた。

「イサは怖いことを言う。わかった。おまえの言うとおりにする」

師はけっして頑ななお方ではない。厳しすぎるほど厳しく自分を律しはするが、道理が通っていると思えば、潔く受け入れる。

しかもありがたいことに、薬湯を服用するため、夕方に「非時食《ひじじき》」として温かい粥を召し上がってくださるようになった。それまでは正午から後夜までの非時は少量の水以外、食べものをいっさい口になさらず、それでは胃の腑が冷えきってしまうし、だいいち体力がもたないと、わたしはそれがいちばん心配だったのだ。

養生、養生、養生。食べてくだされ。ほれ、もちっと食べてくださらんと。

わたしが口うるさくせっつくせいで、無理して粥に口をつけてくださるようになり、温石で腹を暖めてくださるようにもなった。

それでも、明恵さまの不食は改善せず、徐々に衰弱していってしまった。観行や講義をなさる体力がなくなっても、やめようとなさらない。気力はまったく衰えないのだ。わたしにはそれがかえって歯がゆく、腹立たしくさえあったが、命じられるまま従い、長年の習慣を崩すことなくふだんどおりつき添うことしかできなかった。

上覚さまが八十歳の長寿をまっとうされて亡くなられたのは、明恵さま五十四歳の初冬十月。

その三月前の初秋七月、紀州の上覚さまからお便りがあり、歌が一首記されていた。

見ることはみな常ならぬうき世かな　夢かとみゆるほどのはかなさ

遺言とも思えるこの歌に、明恵さまはこうお返事なさった。

長き夜の夢を夢ぞと知る君や　さめて迷へる人を助けむ

ご自分の生涯をはかない夢だったとおっしゃいますが、いいえ、たとえ夢であっても、生きてこられたことはけっしてはかないものではありません。いえ、そのはかなさを自覚なさるあなただからこそ、これからも道に迷う私をどうかたすけてください。あなたを頼りにする者たちを導いてください。

幼くして両親を失った明恵さまにとって、叔父御の上覚さまは師であり、父親代わりでもあった。承久の乱の後、ふたたび兵乱や政変が起こって明恵さまとわれらがまた窮地に陥ることがないよう、高山寺と善妙寺の寺域を明確にし、殺生禁断の聖地と定めてくださったのも上覚さまだ。

師はわれらを伴って紀州に帰り、葬儀の導師を務め、棺に密教で仏菩薩をあらわす梵語の種子《しゅじ》真言《しんごん》を書いて恩師を弔った。

わたしは、自分の生涯ははかない夢のようだといわれた上覚さまのご心中がわかる気がする。いや、上覚さまだけではない。ひとは誰でも、過ぎた過去をふり返ってそう思うのではないか。死ぬほどの苦しみや絶望にのたうちまわった日、人を恨み憎んだ日、歓喜の涙を流した日、その記憶のひとつひとつをわれとわが身に深く刻んだはずなのに、過ぎてしまえば遠くおぼろげに霞んで、まるで夢の中の出来事のようにしか思えない。

苦しみはもはや血や涙を噴き出さなくなり、それが救いでもあり、たまらなく虚しくもある。自分はなんのために生きてきたのか。なにをしたのか。なにを残せたのか。空気中にただよい舞い、はかなく消えていくだけの、塵《ちり》のような自分を思い知らされる。

明恵さまももちろん、それはよくわかっておられた。だからこそ、たとえ夢のような人生であっても、けっしてはかなくはないとはっきり言いきった。それはそのまま、ご自身の死を見すえてのことでもあったろう。

ひとは死ぬ。だが、死んでも他者の心の中で生きつづけることができる。生者と思いを共有することができる。

上覚さまは最愛の弟子の思いを胸に刻んで最期を迎えられたのだと、わたしは思っている。

二

晩年の明恵さまはよく、山内でいちばん奥まった高い場所にある練若台の草庵に籠られた。初夜の行が始まるまでの午後の間、ときには朝から中夜まで、そこでおひとり過ごされた。お弟子たちもよほどの急用以外は遠慮して邪魔をしないようにし、側に控えるのはわたしだけ。

人を避けて書きものや思索に専念できる場所だから、開放された気分になるようで、ふだんはなさらない行動もなさった。

たとえば、石打ち。石を地面に置き、小石を投げて当て、命中させた数を競うだけの他愛《たわい》ない子供の遊びだが、これがなかなかむずかしい。ふたり、勝った負けたと夢中で興じ、時間を忘れることもしばしばだった。

いつだったか、喜海さんが客人をお連れして登ってきて、その現場に出くわしたことがある。急に訪れたそのお客に、お目にかかれませぬと断ったのに、なんとしてもと強引に案内させられて来たのに、いかにも楽しげに遊んでいるのだから、彼も客人も唖然とするのは当然だ。

「いや、書きものが難渋しましてな。気散じにちょっと」

師はしごくすましたお顔でおっしゃり、

「さて、仕事にもどらねば。仕事が詰まっておりますのでな。せっかくお越しいただきましたのに、御免くだされ」

さっさと屋内に入ってしまい、やんわり追い返してしまった。

あとで喜海さんが半ば呆れ顔で、それならそうと前もっておっしゃってくだされば、と文句をつけたが、明恵さまは生真面目なお顔でこたえられた。

「いつ書きものに行きづまり、思考が止まってしまうか、事前にわかればそうもしようがなぁ。石打ちは頭を空っぽにするためなのだ。いったん忘れられるのがいいのだ」

興じると思いがけない発想が浮かび、それで難渋を突破できることがあるというのだ。

それは事実だろうが、しかし、それだけではない。師は案外負けず嫌いで、わたしがつづけて勝つと意地になり、やめようとなさらないのだ。

子供じみている、と言うなかれ。明恵さまというお方は、お年を召して、人々に崇拝される高僧になっても、子供のまま、というところがおありだった。幼くして寺に入り、一途に精進して、無心に遊び呆ける子供時代がなかったせいかもしれないが、それだけではなかろう、どこか分別くさいおとなになりきれない部分を残しておられたように、わたしには思えてならない。

子供が純粋無垢かといえば、けっしてそうではないことは自分を省みれば腑に落ちる。子供は子供なりに、いやおとな以上に、邪《よこしま》で強欲、利己的だ。正邪を知らず、本能のままふるまい、要求が通らないと泣きわめき、ときにずる賢い嘘をつく。

ところが明恵さまは、もって生まれた資質か、厳しく律して生きてこられたからか、子供のよい部分だけを持ちつづけておられたように思う。負けず嫌いも、率直すぎるところも、間違っていると思うことを許せないところも、ひたすら前に進もうとするひたむきさも、そのための貪欲も、わたしにはまぶしく見える。愛おしく思える。


寛喜二年、五十八歳になられた明恵さまは持病に悩まされながらも精力的に仕事をなさった。布薩の日に守るべき『八斎戒自誓《はっさいかいじせい》式』を撰して道俗に示し、『盂蘭盆会《うらぼんえ》式』を定めておこない、華厳教学の集大成に励まれた。

その間も病は少しずつ進んでいったが、ご本人は気にするふうもなく、ふだんどおりの生活をつづけ、よくこうおっしゃった。

「すべて病むほどもよき程だ。これよりもっと苦痛があれば、これほどのどかに法門を心に浮かべるのは無理であろう。しずかに病みながら観念思惟《かんねんしゆい》すれば、見る夢もまた吉夢だ」

自分が善財童子になり、五十五人の菩薩衆がおわす五十五ヶ所を巡礼する夢や、仏像を呑み込んだ夢、菩薩に看病される夢など、毎日のように吉夢を見て、一時は快方に向かった。

だが、翌年四月、紀州に帰って施無畏寺《せむいじ》本堂の落慶法要の導師を務めて栂尾にもどってくると、ふたたび悪化し、周囲はいよいよ覚悟しなくてはならなくなった。

ご本人はそれでもまだ仕事をする気で、墨を磨ってくれと命じられる。

枕元で墨を磨りながら見守るわたしに、

「なあイサ、ふたりでまた白上峰の庵にもどろうか。あそこから海を眺めたい」

しきりにそうおっしゃるようになったが、誰の目にももう旅ができるお体ではなかった。

実をいえば、一年ほど前から、山を降りてどこかに小さな庵を建てて隠居したいと望んでおられたのだが、師が去るのを不安に思うお弟子たちに引き止められて、果たせずにいたのだ。明恵さまあっての高山寺。口々にそう訴える者たちを見捨てることはできなかった。

秋が深まる頃、いつになく興奮したおももちで死夢《しにゆめ》を見たと話された。

「死夢」。そんな言葉がほんとうにあるのかどうか知らないが、師はそうおっしゃった。

「大海の海岸に大きな岩が空中へ高く聳《そび》え立ち、草も木も果実も暗いほど鬱蒼と繁って、それはもうはなやかに美しい絶景の土地があり、それを私は大神通力でもって広い大海原ごとひっくるめて、十町四方ばかり抜き取り、自分のいる場所のそばに置いたところで目が醒めた。これは死夢だと思う。死後に私が受ける果報を告げられたのだ」

つまり、死後に往く世界の光景だということだ。海、空、岩、花、木々、たわわな果実、なんと雄大で、色鮮やかな世界か。師はかねて兜率天《とそつてん》に往生したいと願っておられたから、とすると、それが兜率天の光景なのかもしれない、とわたしは思った。

兜率天には、いまは弥勒菩薩がおられ、釈尊入滅後五十六億七千万年後に如来となってこの世に生まれ出たとき釈尊の救いに洩れた衆生をどうやって救うか、深く考えておられるという。

明恵さまが兜率天往生を願うのは、弥勒菩薩のもとで学び、弥勒がこの世に下生《げしょう》するとき、ともに生まれて衆生のためにはたらくためなのだ。

冬になるといよいよ重篤になり、みずから臨終の儀を望まれ、枕元に経や香炉をしつらえた。谷から吹きあげる風が遣戸《やりど》を鳴らし、香の煙が揺れたなびくのを目で追っていた明恵さまは、やがて集まった喜海さんらにひとりずつ視線をめぐらすと、しずかに言われた。

「いまや私は、人の世での仕事はなくなった。この先久しく存命《ながらえ》れば、かえって皆の諍いを増すことになろう」

「われらが諍うとは、異なことをおっしゃいます。どういうことですか」

皆、戸惑いと心外のおももちで聞き返したが、なにもお答えにならなかった。

あとになって皆は、あるいは法然上人のことが師の念頭にあったのではないかと言い合った。齢八十歳の長生だった法然上人だが、その最晩年は老耄《ろうもう》のせいで弟子らの暴走を招いたのではなかったか。どんな偉大な人物であろうが、老いれば求心力は弱まる。なまじその力で組織をまとめて結束していればいるほど、たがが外れたら最後、無残に崩れてしまう。明恵さまは当時まだ四十歳だったから、そのときはそう考えなかったろうが、いざご自分が病みついて衰えたとき、慄然としたのではなかったか。

年が明けて寛喜四年正月、いよいよ入定《にゅうじょう》のときが近いと誰の目にもあきらかになった。師は遺言ともいえる置文《おきぶみ》に高山寺の向後を託す高弟たちの役割を定められた。

寺の代表者たる寺主《じしゅ》に空達房定真《くうだつぼうじょうしん》さん、学究の指導役の学頭に義林房喜海さん、寺の運営に当たる知事《ちじ》は義淵房霊典さん。

定真さんは、明恵さまより一つ年下の五十九歳で山内の最年長。もとは神護寺の密教僧で上覚師の弟子だったから、明恵さまの相弟子にあたる。上覚師が神護寺を離れると明恵さまにつき、神護寺と高山寺を行ったり来たりしていたが、数年前、神護寺にはもどらないとの起請文を書き、こちらに定住している。明恵さまが彼を寺主に指名したのは、向後、万が一神護寺と諍いになりそうな事態には、その豊富な人脈とつてで回避できると期待したのであろう。

本来なら師とのかかわりがいちばん長い喜海さんが寺主になるべきだが、あえてそうしないのは、喜海さんには華厳教学を受け継いでほしいとの意図だろう。ご自分によく似た学究肌で生真面目な彼を駆け引きや交渉事で悩ませるのはしのびない、そう考えられたのではないかとわたしは思う。

その点、知事に指名した霊典さんは、人当たりがよく、いたって気さく。面倒な雑務もらくらくこなし、融通無碍というか、臨機応変に対処できる人だ。そのうえ勘が鋭く、霊感がある。明恵さまの身辺にしばしば起こる不可解な現象や奇瑞も彼だけは見ることができる。最期の頃も、師のからだがまばゆい光を放つのを見たり、白光がお口に飛び込むのを目撃した。

いずれも長年明恵さまとともにあり、人格的にもすぐれた人たちで、師がいかにそれぞれの特長と資質を入念に見極めて決められたか、皆、あらためて敬服したのだった。

いつその時が来るか予断を許さぬ状況になり、わたしはかたときも離れず側にいた。

ほとんど眠っておられ、ときおり、ふっと目を開けられる。

そのようすはまるで、深い海の底からゆらゆらと浮かび上がってくるかのようで、そのたびにわたしは安堵の吐息をついた。このまま浮かんでこないのではないか、息が絶えてしまうのではないか、不安にさいなまれていたのだ。

現に、数刻もの間ほとんど息をせず、身じろぎもしないことがあり、動転したわたしはたまらず、瘦せた肩を揺さぶり、

「御坊っ、帰ってきてくだされっ」

声を上げて呼びたてた。

すると師はうっそりと目を開け、頬にちいさく笑みを浮かべて、囁くようにおっしゃった。

「イサよ、そっとしておいておくれ。完全に息が絶えるまでは、けっして動かしてはいけない」

引きもどしてはならぬという意味だ。しかも、驚いたことに、

「不思議なことがあるものだ。いままで学んできてわからずに残ってしまっていたことが、いまは手に取るように理解できる。いまや、すべてが明らかになった」

満足感に照り映えるような表情でいわれたのだ。

昏睡状態で意識がないようにみえても、頭のなかは深い禅定に入っているということか。わたしにはとうてい理解できようはずはなかったが、喜海さんらは深々とうなずいた。

師はまた、こうも言われた。

「どのような世に、何に生まれたならば、仏法の大意を得、如来の本意を知ることができようか。重罪に処される十悪が国中に充ち溢れ、賢者が失望して世を捨てる時は、山も川もすべて汚濁《おじょく》にまみれ、国も本来の国ではなくなる。それゆえ、今は仏の教えも本来の仏の教えではなく、俗世間の法も本来の法ではない。見るにつけ聞くにつけ、そればかり気にかかるが、しかし、それに心を留めて悩むのは執着《しゅうじゃく》であり、すべきことではない。それゆえ、今が死ぬのによい時である。死ぬことは、今日が終われば明日へ続くのと違いはなく、ひとつづきなのだ」

『夢記』は焼き捨ててしまえと命じられた。師にとって夢は神仏の啓示であり、未来に起こることの予告でもあったのだから、ご自身の死後は聖教類と違って無用の長物、残すべきではないとお考えだったのだろうが、わたしたちは師のほかの著作より、師のそのときどきの心模様がよりあらわれているように思う。

神仏や梵僧が出てくる夢も、獣や鳥の不思議な夢も、女人と抱き合う性夢も、どう解釈したらいいのかわからない不可解な夢まで、師の心や感情の揺れそのものと思える。ときおりだが、見た夢のことを語られることがあった。わたしをふくめてそれを聞いた者は、『夢記』を読むとそのときの師の表情や声音まで鮮やかに思い出される。

そんななつかしく感慨深いものを焼いてしまうのはどうにもしのびない。誰もがそう思い、寺主の定真さんが秘蔵することにした。師のお言いつけに背いたのはただひとつ、それだけだ。苅磨島の蘇婆石と鷹島の石は、いまも師の文机の上に置かれている。掃除のときや生前同様、お茶をさし上げるとき、わたしや誰かしらが掌に載せてそっと撫でたり、両掌に包み込んだりして愛おしんでいるから、鷹島の石が空を飛んで故郷の島に帰ってしまうことはなかろうと思う。

師が亡くなる半年前、わたしはようやく出家を決心した。

日に日に怯えるようになっていた。たとえつかの間であっても、師がおられぬ世界で生きる意味があるとは思えなかった。八歳のときからお側にいて、このお方を守るとそれだけを考えてきたわたしだ。そのお方なしにどうして生きていけよう。そう思うとただただ恐ろしかった。

いつだったか、師は、仏道修行者は仏が化かして導いてくださっているのだとおっしゃった。その伝でいえば、わたしは明恵さまというお方に化かされてここまでやってきたのだと思う。あのときは、信じるのは自分だけだなどと突っ張ったが、明恵さまが化かしてくださったのだと、いまになれば心底思う。

師は、死は今日に明日を継ぐに異ならず、とおっしゃるが、死に別れてもいずれまた会えるという意味なのか、それとも、この世の縁はぷっつり切れてしまうのか。

人は死ぬと生前のおこないによって、地獄・餓鬼・畜生・阿修羅・人界・天界の六道に分かれて生まれ変わるという。それぞれ行き先が違うのだ。行き先が違えば、二度と会えない。師が兜率天に往生なさったら、わたしがそこに往けるのは望むべくもない。大罪は犯さなかったから、地獄や、人倫にもとるおこないをした者が行かされる畜生道や、争い諍う輩が堕ちる修羅道は免れるであろうが、貪欲な者が行く餓鬼道に堕ちるかもしれない。人間に生まれることができたら万々歳だが、いずれにせよ、師と二度とふたたび巡り合うことはできないのだ。

怯えながら思った。

浄土教は、死ねばかならず阿弥陀仏の西方極楽浄土に生まれ変われるという。どんな人間でも、たとえ非道を重ねた悪人であっても、阿弥陀仏の慈悲を信じて念仏を唱えさえすればだ。

行き先が一つ所なら、かならず再会できるはずだ。いま死に別れても、いずれまた会えると思える。子を失った母、二世《にせ》を契った夫と妻、親を亡くした子、引き裂かれて悲嘆に沈んでいる者がそう思えたら、そう信じられたら、どれほど救われるか。

浄土教の教えをちゃんと知りたいと初めて思った。善導や道綽、それに法然上人はどう教えていたのか。浄土宗ではなんといっているのか。

そして、明恵さまはどう考えておられるのか。なんとしてもお訊きしたいと願いながらも、死が迫る師のお心を乱してしまいそうでできなかった。自分で学び、考え抜いて自分なりにこたえを見つけるしかない。そう思った。それは浄土宗に入らずとも、この寺にいてもできるはずだ。

「心を入れ替えますで。一心に勤めますで。なにとぞどうか」

出家させてほしい。そう頼み込んだとき、

「だがなイサ。おまえはイサのままでよい。そのほうがずっとおまえらしい」

悪たれイサ、ひねくれイサ、野生児のイサ、それがそのまま大人になり、裏表のない、正直でこころやさしい人間になった。そういうおまえを見ているのが私は好きだったのだから。

「いや、どうあっても出家させてくだされ」

「そうか、それほど望むのなら」

師はなにやら面映ゆげなお顔で、ふふっ、とちいさく笑われ、かたわらにあった紙にさらさらと書きつけて、見せてくださった。

未練房広海

房名の「未練」は、もちろん未だ練達していない未熟の意。仏を信じきれず出家できなかった未練がましさの意でもある。「広海」は「後悔」。むろん、師の諧謔。茶目っ気だ。

それは重々わかりつつ、わたしは口を尖らせて抗議した。

「わしは、後悔なんぞしておりませんで。従者のままお仕えして、満足しておりますで」

すると師は、わかっているよというお顔でまた含み笑いをなさり、「広海」の文字にすっと線を引いて消し、横に「青海」と記された。

青い海——。そのとき、わたしの脳裏に、紀州の白上峰の庵から見た海が浮かんだ。師と出会った海、どこまでも波おだやかな海、はるかに苅磨島と鷹島が見晴らせる湯浅湾の海だ。師としては「正解」の意だったのかもしれないが。

師が導師として授戒してくださる予定でいたのに、亡くなってしまわれ、わたしはとうとう僧にはなれなかった。

未練房青海の名は、いや、広海でも後悔でもいいが、この高山寺に残らない。それでいい。いままでどおりただの俗体の寺男のまま、この命が尽きるまで亡き師にお仕えする。薬園を守り、茶を育てていく。

あるべきようわ――。

イサよ、おまえはおまえのあるべき様を考えて生きよ。

明恵さまのお声が聴こえる。

【参考文献】

鎌田茂雄・田中久夫校注『鎌倉旧仏教』 岩波書店 日本思想大系
平泉洸全訳注『明恵上人伝記』 講談社学術文庫
奥田正造編『明慧上人行状記』 森江書店
田中久夫『明恵』 吉川弘文館 人物叢書
山田昭全『文覚』 吉川弘文館 人物叢書
久保田淳・山口明穂校注『明恵上人集』 岩波文庫
京都国立博物館編 明恵上人没後七五〇年『高山寺展』図録 朝日新聞社
高山寺監修・土屋貴裕編『高山寺の美術』 吉川弘文館
奥田勲『明恵 遍歴と夢』 東京大学出版会
白洲正子『明恵上人 愛蔵版』 新潮社
平野多恵『明恵 和歌と仏教の相克』 笠間書院
河合隼雄『明恵 夢を生きる』 講談社＋α文庫
古田紹欽全訳注『栄西 喫茶養生記』 講談社学術文庫
寺内大吉『法然讃歌 生きるための念仏』 中公新書
阿満利麿『法然を読む 「選択本願念仏集」講義』 角川ソフィア文庫
梅原猛・町田宗鳳『仏教入門 法然の「ゆるし」』 新潮社とんぼの本
『華厳宗祖師絵伝（華厳縁起）』「続日本の絵巻8」 中央公論社

本書は書下ろしです。

あかあかや明恵《みょうえ》

著者
梓澤《あずさわ》 要《かなめ》

発行
2023年1月20日

発行者｜佐藤隆信

発行所｜株式会社新潮社
〒162-8711
東京都新宿区矢来町71
電話 編集部 03-3266-5411
読者係 03-3266-5111
https://www.shinchosha.co.jp

装幀｜新潮社装幀室

印刷所｜錦明印刷株式会社

製本所｜大口製本印刷株式会社

ISBN978-4-10-334536-7 C0093